녹차정원

이시원 희곡집 • 1

녹차정원

이시원 희곡집 · 1

평민사

차 례

희곡을 쓰기 시작하면서
조금 덜 게을러지고
집 밖으로 자주 나가게 되었으며
나 자신에 대해서 더 많이 생각하게 되었습니다.
좋은 인연을 만들어주었던 희곡들을 모아 책으로 묶게 되었습니다.
지나고 보니 제 30대를 행복하게 해즌 작품들입니다.

제 나이가 한자리 수였을 때
아버지는 자주 저에게 시를 지어보라고 하셨습니다.
마당가에서, 처마 밑에서, 감나무 밑에서, 마늘밭 사이에서
제가 지은 시들은 모두 무엇이 되었을까요.

시인이 되지 않고 극작가 된 저의 첫 번째 희곡집을
아버지와 엄마에게 드리고 싶습니다

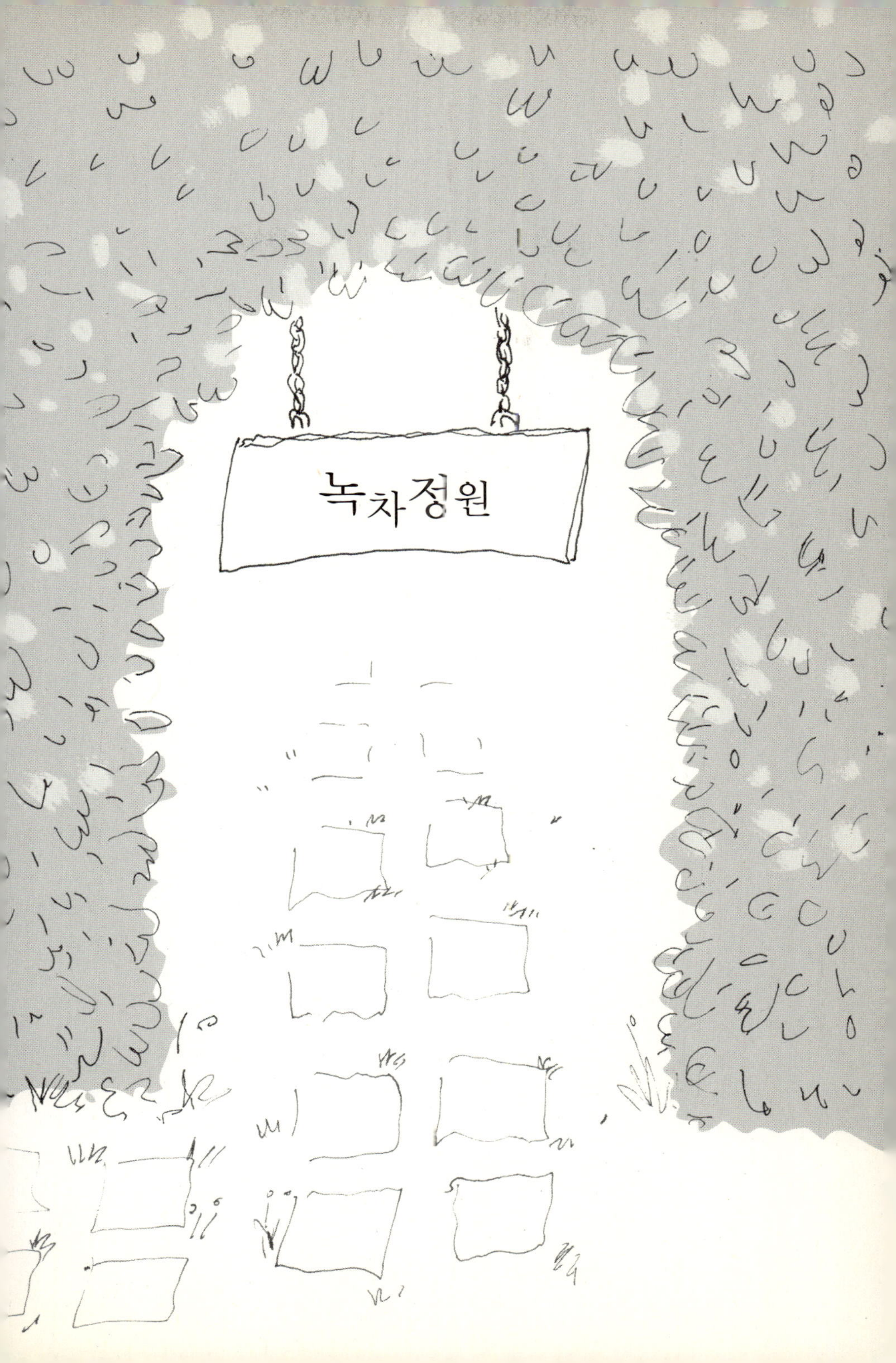

녹차 정원

등장인물

아버지 (50대 후반)
어머니 (50대 중반)
형 (33살, 뇌성마비 장애인)
누나 (29살)
다롱 (20살, 재수생, 가족들 사이에서 다롱이라 불린다)
하루 (20살, 다롱의 여자친구, 대학생)
남자친구 (31살, 누나의 남자친구)
여자 (30대 중반, 형의 첫 여자)

1

대청마루가 있는 단독주택.

마당 정원에는 잘 손질된 오래된 소나무 두 그루가 서 있다.

마루 밖으로 낮은 담장이, 담장 너머로는 앞집의 파란 기와가 보인다.

마당 한편에는 장독대가 있고, 장독더 옆에 화단이 있다.

화단의 정원수 밑에는 낮은 키의 꽃들.

그 옆으로 고추와 녹차나무들이 한창 자라고 있다.

넓은 마당 한편에는 수돗가가 있고, 마당을 가로지르는 빨랫줄엔 수건

들이 널려 있다.

마루에 각각 이불을 깔고 낮잠을 지고 있는 아버지와 다롱.

여름 햇살이 부자의 잠든 콤 위로 내리쬔다.

선풍기 소리. 매미 소리.

멀리 초등학교에서 들리는 정오를 갈리는 종소리.

아이들의 웅성거리는 소리.

알람시계가 울린다.

다롱이 잠에서 깨어 몸을 뒤척인디.

아버지	(누운 채 눈을 감고) 몇 시냐?
다롱	….
아버지	… 더 안 자니?
다롱	이제 일어나려구요.
아버지	지금 몇 시나 됐니?
다롱	12시요.

아버지　　조금 있다 나 좀 깨워줄래?

다롱　　　이미 깨셨잖아요.

아버지　　조금만 더 누워 있고 싶은데… 어디 나가냐?

다롱　　　도서관요.

아버지　　이 시간에 가면 자리가 있어?

다롱　　　네.

아버지　　올해는 대학에 갈 생각이구나.

다롱　　　… 가, 보려구요.

아버지　　잘 돼?

다롱　　　뭐가요?

아버지　　공부.

다롱　　　대학에 가야죠.

아버지　　햇볕이 기승을 부리는구나.

다롱　　　이제 일어나세요. 엄마 올 시간 다 됐어요.

아버지가 뒤척인다.

일어나는가 싶더니 반대쪽으로 돌아눕는 아버지.

매미 소리 왕성해진다.

다롱　　　또 잔소리 들으시겠어요.

아버지　　낮잠이 이젠 습관이 되겠어.

다롱　　　저도 깜빡 졸았다니까요.

아버지　　병원이 몇 시 진찰이랬지?

다롱　　　열한 시요.

아버지　　참….

다롱　　　왜요?

아버지　　니 형 말이다, 그만큼 병원 다녔으면 이젠 혼자 다녀도 되잖아.

다롱	엄마가 같이 가신다고 했어요.
아버지	그러니까 그렇게 어린양 하는 거야. 아프다고 감싸고 하자는
	대로 다 해주고.
다롱	형 수술한 거 결과 별로 안 좋다면서요.
아버지	지가 이기겠다는 의지가 없어서 그렇지, 결과는 무슨.
다롱	….
아버지	다롱아.
다롱	네?
아버지	… 난 우리 다롱이가 내 도움 없이도 혼자서 잘 살았으면 좋겠
	다.
다롱	갑자기 무슨 말씀이세요?
아버지	(혼잣말처럼) 그냥… 그랬으면 좋겠다는 생각이 들어서.
다롱	형 때문에 그러세요?
아버지	학원엔 안 다녀도 되냐?
다롱	하루가 오기로 했어요. 같이 도서관 가려구요.
아버지	아. 그앤 대학에 갔지 아마?
다롱	네.
아버지	저번에 만났을 때 물어봤었는데….
다롱	뭘요?
아버지	무슨 과에 다니냐구.
다롱	독문과요.
아버지	… 아, 독문과.
다롱	독일어는 남성적인 느낌이라고 농담까지 하셨으면서.
아버지	그랬었나.
다롱	점심 안 드실래요?
아버지	먹어야지. 지금 몇 시나 됐냐.
다롱	12시 5분이요. 그냥 누워 계실 거예요?

아버지　　날씨 참 덥다. 시 하나 지어볼래?

다롱　　네?

아버지　　시 말이야. 왜 예전에 많이 해봤었잖냐, 니 형이랑. 내가 제목
을 줄 테니까, 시 하나 지어봐.

다롱　　차암, 아버지도. (일어서며) 식사 준비할게요.

다롱은 부엌(주방)으로 들어간다.

다롱 목소리　　… 제목이 뭔데요?

아버지　　… 대문.

다롱 목소리　　어떤 대문이요?

아버지　　우리 집 대문.

다롱 목소리　　(사이) 아버지.

아버지　　왜?

다롱 목소리　　더우시죠?

아버지　　… 덥다.

다롱 목소리　　시원하게 물 말아 드실래요? 마당에 고추 열린 거 보셨죠?

아버지　　벌써 고추가 열렸니?

다롱 목소리　　제법 많이 달렸던데요.

다롱　　(밥상을 들고 나오며) 생각났어요.

아버지　　뭐가?

다롱　　시요.

아버지　　어.

다롱은 정원으로 내려가 고추를 따기 시작한다.
아버지는 일어나 마루에 걸터앉아 햇살을 본다.

다롱   대문. 대문에는 빨간 낙서, 노란 낙서, 파란 낙서.
         누가 낙서를 했을까? 대문이 열리면 빨간 사람, 파란 사람,
         노란 사람이 들어와요. 낙서를 한 본인들이지요. 우리는 크레
         용 가족.

아버지   ….

다롱   (수돗가로 가서 고추를 씻으며) 역시 시 짓기는 형이랑 같이 해야
         재밌어요.

아버지   니 형은 옛날에 시를 참 잘 지었지….

다롱   (마루로 돌아와 밥상 앞에 앉으며) 발음 안 좋다고 혼만 내시구선.
         칭찬도 해주셨음 또 알아요? 형이 시인이 됐을지.

아버지   …. (일어나 안방으로 들어간다)

아버지 안방에서 운동복으로 갈아입고 나오더니 운동용 좌식자전거를
꺼내가지고 온다.

다롱   그건 또 왜 꺼내세요?

아버지   (시범으로 좌식자전거를 타보고는) 저번에 잘 안 돌아가던데. 기름
         칠 좀 해야겠다.

다롱   형한테 또 운동시키려구요?

아버지   너 이리 와서 이것 좀 잡아라.

다롱   … 무리하지 마세요.

아버지   좀 뻑뻑하지, 돌아가는 게?

다롱   고물이에요 이거.

아버지   타봐.

다롱   (운동기구만 손으로 만지작거린다)

아버지   손을 좀 보면 쓸만할 거다.

다롱   형이요….

아버지	몸도 쓰지 않으면 녹스는 거야, 이 기계처럼 말이다.
다롱	요즘 형이 너무 우울한 거 같아요.
아버지	그게 무슨 뚱딴지같은 소리야?
다롱	이제 형 운동시키는 거 그만하세요.
아버지	(열심히 닦으며) 기름칠도 때가 있는 거야.

아버지는 자전거의 페달을 돌려보고 여기저기 두드려본다.
다롱이 못마땅한 듯 바라만 보고 있다.

대문을 열고 휠체어를 탄 형이 들어온다.
형은 뇌성마비 모습을 보인다.

다롱	왔어?
형	응.
다롱	왜 혼자 와?
형	(좋지 않은 발음으로) 엄만 시장에. 시장 보러 갔어, 송이버섯 산
	다고.
다롱	그 비싼 송이버섯은 왜 자꾸 산대?
형	내 몸에 좋다고. 엄만 건강, 아빠는 운동. (웃는다)
아버지	(형에게) 나가자.
형	… 어딜?
아버지	따라 나와.
형	어디 가는데?
아버지	놀이터, 요 앞에 있는.
형	싫어.
아버지	요즘은 통 운동을 안 하려고 들고, 대체 왜 그러냐. 그렇게 몸
	이 약해서 어떡할 거야. 운동을 해야 몸이 제대로 돌아가지.

그대로 뒀다간 올스톱이야 스톱

형   ….

다롱   (형에게 다가가 수건으로 땀을 닦아주며) 덥지 형?

형   응. 날씨가 찜통이야.

다롱   병원에선 뭐래?

형   (수돗가로 가며) 날씨가 더우니까 (자신의 배를 손가락으로 가리키
            며) 수술한 데 매일 소독하고, 약 먹고. (세수를 하며) 하루 한 번
            씩 화장실 가서 볼일 보래.

다롱   형, 똥 잘 눠.

형   응. 요플레도 많이 먹으래, 의사선생님이.

아버지가 자리를 털고 일거나 형의 휠체어 뒤로 간다.

아버지   씻었으면 가자.

형   그럼 좀 쉬었다 가. 방금 왔잖아.

아버지   언제까지 니 엄마가 밀어주는 휠체어나 탈래?

다롱   (아버지에게) 좀 쉬었다 가라고 하세요. 아버지도 점심 드시다
            말았잖아요.

아버지   (다롱에게) 넌 냉장고에서 물통 하나 꺼내 와라. 가져가게.

형   오늘은… 운동 안하면 안 돼?

아버지   어제도 하는 둥 마는 둥 했잖아.

형   다 해봤잖아. 아버지가 시키는 대로 다 했어.

아버지   어서 가자.

형   운동으로 뭐가 돼. 그건 아버지가 더 잘 알잖아. (말을 할수록 발
            음이 부정확해진다)

아버지   (형의 부정확한 발음이 마음에 들지 않는) 뭐라는 거야. 제대로 얘
            기를 해봐.

형   이젠 내 말도 못 알아들어?

아버지   제대로 얘길 해야 알아듣지.

형   왜 나만 못살게 구냐구.

아버지   너 대체 뭔 얘길 하고 싶은 거야. 하고 싶은 얘긴 똑바로 하라
        고 했잖아.

형   아무 것도 바꿀 수 없다구. 그러니까 운동 같은 걸로는 내 몸
        이 안 바뀐다구… (고집스럽게 자신을 내려다보고 있는 아버지 얼
        굴을 보고는, 답답한 듯) 어휴, 아버지 맘대로 해.

아버지   놀이터 가서 한 시간만 운동하고 오자.

형   알았다구. 가면 되잖아. 빨리 가.

아버지   돌아와서 자전거도 한 시간 타고.

형   알았어. 빨리 가라구. 빨리 가서, 아버지 하고 싶은 대로 다 해.

다롱   ….

아버지가 빨랫줄에 널린 수건을 하나 걷어 휠체어 뒷주머니에 넣는다.
휠체어를 밀고 집을 나서는 아버지.
마루의 밥상 위, 물에 만 밥이 그대로 놓여 있다.

하루가 인사하며 들어온다.

하루   안녕하세요, 아버님.

아버지   음… 그래. (나간다)

하루   무슨 일 있어? 영재 오빠 화난 얼굴인데.

다롱   명예퇴직이 아버지보다 형을 더 힘들게 해.

하루   집에만 계셔서 그런가?

다롱   점점 더 심해져….

하루   밥 먹던 중이었어?

다롱   어. 같이 먹을래?

하루, 마루로 올라온다.
어머니가 마당으로 들어온다.
어머니의 손엔 검은 비닐봉지가 들려 있다.

어머니   하루 왔구나.
하루   안녕하셨어요?
어머니   오랜만이네.
하루   네. 어디 다녀오시는 길인가 보요.
어머니   응, 시장에.
하루   더우시죠. (선풍기를 돌려주며) 이쪽으로 오세요.
어머니   (마루에 앉으며) 이놈의 날씨가 사람을 삶는다 삶어.

어머니가 담배를 피워 둔다.
그러다 아이스크림이 떠올랐는지 비닐봉지에서 '돼지바'를 꺼내 하루
와 다롱에게 나눠준다.

어머니   먹어, 시원하게.
하루   잘 먹겠습니다.

아이스크림 봉투를 뜯어서 먹는 하루와 다롱.

다롱   아버지랑 형 방금 나갔어요.
어머니   밥은 먹었어?
다롱   하루하고 도서관 갈 거예요.
어머니   (밥상을 보며) 안 먹었구나.

다롱 먹었어요.

어머니 먹던 거 마저 먹고 가. 공부하려면 배가 든든해야지.

어머니 (발밑에 담배를 비벼 끄며) 더워서 어떡하니.

다롱 도서관은 에어컨 빵빵해요.

그제야 비닐봉지에서 아이스크림을 꺼내먹는 어머니.

어머니 (하루를 보며) 어서들 먹고 하나씩 더 먹어. 더워서 다 녹았네.

하루 … 네.

어머니 (하루에게) 대학 생활은 어떠냐?

하루 아무래도 고등학교 때보단 편해요.

다롱 (가방을 챙겨들고) 다녀올게요.

어머니 먹고 가.

다롱 그냥 도서관에 갈래요.

어머니 … 어디로 간다고 했니?

다롱 도서관요.

어머니 아니, 형하고 아버지.

다롱 요 앞 아파트에 있는 놀이터요.

어머니 갔다 올게. 밥 챙겨먹고 도서관에 가.

하루 다녀오세요.

어머니 (하루에게) 다롱이하고 같이 밥 먹어. 알았지?

하루 네.

어머니가 나가자 다롱은 챙겨든 가방을 마루에 팽개치듯 내려놓고 털썩 앉는다.

하루 도서관 안 갈 거야?

다롱   모르겠다.

하루   그래, 밥 먹구 가자.

다롱   (담배꽁초를 주워서) 휠체어 바퀴는 엄마에게 담배를 물리고 (앞
       집 파란지붕을 향해 던지며) 이 우울한 청춘에겐 풀 힘을 길러주
       는구나.

하루   웬 멜랑꼴리?

다롱   안 어울려?

하루   전혀.

       다롱이 검은 비닐봉지 안을 들여다본다.
       송이버섯이 그득하다.
       그것들을 꺼내 지붕 위로 던져버리는 다롱.

       하루는 수돗가로 가서 대야에 담긴 물에 손을 씻는다.
       다롱이 옆에 가 앉는다.

하루   … 형은 좀 좋아졌어?

다롱   응. 물 열심히 마시고. 화장실 자주 가고.

하루   니가 관리 좀 해줘. 갑자기 또 아프면 어떡하나.

다롱   장폐색증이 원래 그렇대. 변빈 줄 알고 대수롭잖게 여기다가
       한순간에 픽.

하루   다들 힘들겠다.

다롱   집안 공기가 매일 저기압이야.

하루   형 때문에?

다롱   오죽했으면 누나가 독립선언하고 따로 났겠냐.

하루   지혜 언니가 좀 그렇잖아.

다롱   완전 쌀쌀해졌어.

하루	그래서 우리 다롱이 외롭고 쓸쓸해? 너 나 없으면 어쩔 뻔했냐.
다롱	그러게. (웃으며) 형한테도 여자친구 하나 있으면 좋겠다.
하루	여자친구?
다롱	응, 여자친구.
하루	그거 괜찮은 생각인데?
다롱	너 같은 여자친구라면 더 좋겠지?
하루	우리가 찾아서 소개 시켜줄까?
다롱	… (사랑스럽게 바라본다) 내가 좋아?
하루	응.
다롱	정말로 내가 좋아?
하루	그렇대두.
다롱	진짜진짜, 내가 좋은 거지?
하루	그래, 이 한심한 재수생.

하루가 대야에 채워져 있던 물을 다롱에게 뿌린다.

다롱도 따라한다.

물을 피해 뛰어다니는 하루.

하루	그만 그만. 밥 먹고 도서관 가야지.
다롱	네! …라고 할 줄 알았지?

장난치며 뛰어 다니는 두 사람의 모습에서 암전.

2

비 내리는 날, 저녁 무렵.

마루의 유리문 한쪽이 깨져 있다.
깨진 유리문을 종이테이프로 정리 해놓은 모습.

형이 다롱과 함께 방 안에서 야한 비디오(포르노 비디오)를 보고 있다.
쿠션에 기대어 앉아 있는 두 사람의 뒷모습이 보인다.
TV에서 흘러나오는 남자와 여자의 신음소리.

형   저런 거 하면 기분이 어때?

다롱   … 몰라. 안 해 봤어.

형   (볼륨을 키운다)

다롱   형, 소리가 너무 커. 좀 줄여. (사이) 근데 이 비디오, 아버지가
         사다준 거야?

형   응. 옛날에.

다롱   지금은?

형   안 사와. 매일 운동만 하래지 뭐.

다롱   운동하기 싫지, 형.

형   싫지 않지만… 몸이 말을 안 들으니까.

다롱   형.

형   응?

다롱   수술할 때 많이 힘들었지?

형   너무 아파서 정신이 하나도 없었어.

다롱 의사가 형 마취하면 쇼크로 죽을지도 모른다고 했어. 그래서….
형   들었어.
다롱 미안해.
형   니가 뭐가 미안해? 내 체질이 그런 건데.
다롱 엄마는 형 비명소리 듣자마자 그냥 정신줄을 놓더라. 아버지
      도 많이 충격 받으셨나봐. 그래서 형 운동시키는 거 같애.
형   응….
다롱 다시 건강해져야 한다구.
형   알아….
다롱 난 아버지랑 엄마도 어떻게 되는 줄 알았어.
형   ….

다롱과 형은 말없이 비디오를 본다.

형   니 방 가서 공부해.
다롱 왜?
형   나 혼자 있을게.
다롱 … 그래.

다롱이 마루로 나와 하늘을 본다.
어둠이 짙게 깔려 있다.

다롱 … 형, 그런 거 많이 보면 머리에 땀띠 나.
형   (대답이 없다)
다롱 형.
형   (대답이 없다)
다롱 비 올 거 같다.

방 안의 비디오 소리만 들린다.

다롱　　소리 좀 줄이지 그래.

형　　….

다롱　　옆집까지 들리겠다.

형　　….

다롱　　형, … 자?

형　　….

다롱　　자는 거야?

천둥소리.
다롱이 뭔가 불길한 생각이 들었는지 자리에서 벌떡 일어나 방으로
들어간다.
천둥소리.
비가 거세진다.
다롱, 형을 살피고는 자는 줄 알고 비디오를 끈다.
천둥소리.

형　　… 왜 꺼?

다롱　　어? 눈 감고 있길래 자는 줄 알았지.

형　　천둥소리 듣고 있었어.

다롱　　비가 많이 오려나봐.

형　　몇 시야?

다롱　　….

형　　몇 시나 됐어?

다롱　　몰라.

형　　왜 몰라.

다롱   그런 것 좀 물어보지마. … 아버지도 그러시거든. 자꾸 물어
　　　　봐, '지금 몇 시냐?'
형　　　　시간이 가고 있는지… 확인하고 싶은가 보다 아버지도.

　　　　사이.

다롱　　　눈 좀 붙여.
형　　　　(사이) 가려워. 가려워서 잠을 못 자겠어.
다롱　　　또 어디가. 수술한 데가 가려워?
형　　　　머릿속이. 머릿속에 땀띠가 났나봐.
다롱　　　머릿속에 땀띠가 어떻게 나.
형　　　　머릿속이 가려워.
다롱　　　(혼잣말) 아 답답해.
형　　　　죽으면 가려운 것도 답답한 것도 모두 사라질 텐데.
다롱　　　그게 무슨 말이야?
형　　　　의사 선생님이 그러더라. 한 번만 더 아파서 수술하면 힘들어
　　　　진다고. 죽을지도 모른대….
다롱　　　(화내며) 그따위 의사가 뭘 알아? 형 못 깨날까봐, 마취도 제대
　　　　로 안하고 수술한 사람이야. 그런 의사 말 믿지도 마.
형　　　　죽는 건 어떤 걸까….

　　　　사이.

다롱　　　비도 오는데, 우리 라면이라도 끓여먹을까?
형　　　　… 잘게, 나.
다롱　　　김치부침개는 어때?
형　　　　잘래. 졸려. (형이 눈을 감고 잠을 청한다)

다롱   … 그래 그럼. 불 꺼줄까?

형   응.

다롱   (불을 끄고 나온다. 문을 닫그 문에 기대 혼잣말) 형… 안 죽을 거야.

누나가 우산을 쓰고 마당으로 들어선다.

누나   왜 거기 서 있어?

다롱   어… 왔어?

누나   (우산을 접으며 처마 밑으로. 깨진 우리창을 보고) 무슨 일 있었어?

다롱   서 있지 말고 올라와.

누나   금방 가봐야 돼. 엄마 토러 왔어.

다롱   올라올 시간도 없어?

누나   별일 없지? (마루에 걸터앉는다)

다롱   그럼, 별일 있었으면 좋겠어?

누나   오빤 어때?

다롱   늘 거기서 거기지 뭐. 지금 잔다고 누웠어.

누나   다행이네… 엄마는?

다롱   장례식장에. 아버지 친구 분이 돌아가셨다나봐… 한참 여기
         앉아 있다 나갔어.

누나   전화를 하고 올 걸 그랬나. (갑자기) 그런데 넌 허구한 날 집에
         만 있는 거야?

다롱   그렇지 뭐.

누나   공부하기 싫으면 뭐라도 좀 해. 너 하고 싶은 거 못하게 하는
         사람 있니?

다롱   하고 싶은 거? … 없는데.

누나   오빠 병원에선 특별한 말 없었어?

다롱   똥을 못 눠서 생긴 볏이니까, 똥 잘 누라고 하지, 뭐. '똥 못 누

면 죽을 수도 있다', 알잖아.

누나   이게 진짜 말하는 거 하곤.

다롱   수술한 다음부터 머릿속이 자꾸 가렵대. 아버지가 운동만 시
         켜서 스트레스도 받는 것 같고. 처음엔 운동도 열심히 하고 그
         랬는데 요즘은 잘 안 해. 아버지가 운동 시킨다고 놀이터에 가
         자고 하면…. (유리창을 쳐다본다)

누나   유리창을 깼어, 오빠가?

다롱   (휠체어소리를 흉내 내며) 꽈당. 형이 돌진했어.

누나   ….

다롱   한바탕 난리가 났었어. … 아무래도 형이 좀 변한 것 같아. 예
         전엔 텔레비전도 끼고 살더니 요즘엔 별로 안 보고. 수술한 다
         음부터 뭔가 좀 달라.

누나   쓸데없는 소리 마.

다롱   누나도 변했어.

누나   변하긴 누가 변해? 사는 게 다 그렇지.

다롱   아니야. 우리 가족 모두 다 변했어. … 변한 게 확실해. 형이
         죽을 고비를 넘기면서 우리도 같이 죽었다가 깨어난 거야. 그
         러니 어떻게 예전이랑 똑같을 수 있겠어! 누나나 엄마나 아버
         지나 모두 다.

누나   우리집은 너만 잘하면 돼. 알았어?

다롱   에이 진짜. … 누난, 그 남자하고는 잘 돼가?

누나   바빠, 둘 다. (돈 봉투를 가방에 꺼내며) 엄마 드려.

다롱   두툼하군.

누나   오빠 수술비에 약값에… 엄마도 힘들겠다.

다롱   아버지 퇴직금 있잖아.

누나   아버지가 왜 명퇴한 줄 몰라?

다롱   그 정도는 나도 알아. 맨날 애들 취급이야.

누나   아는 애가.

다롱   누나도 별로 즐거워 보이지는 않는다. 독립할 거야 독립할 거
        야 노래 부르더니.

누나   즐거우려고 나간 거 아니야.

        앞집 파란 지붕 위로 쏟아지는 빗줄기.
        누나가 가방에서 초코바 봉지를 꺼내놓는다.

누나   오빠 일어나면 줘. 좋아하니까.

다롱   미역 초코바네… 도대체 누가 미역으로 초코바 만들 생각을
        다 했을까?

누나   ….

다롱   (초코바를 먹으며) 미역하고 초도바가 어울린다고 생각해?

누나   ….

다롱   (먹어보고) 역시 비려.

누나   (정원을 보며) 엄마랑 아버진 언제나 오실까?

다롱   요즘은 상가 집 가면 늦게 오시던데.

누나   그런 데서 오래 있으니까, 우을증만 더 심해지는 거야.

다롱   아는 분들이 한둘 씩 돌아가시니까, 안 갈 수도 없잖아.

누나   (짧은 한숨. 짧은 사이) 공부는 할만 해?

다롱   그럭저럭.

누나   그렇게 해서 돼?

다롱   그만해. 내 일은 내가 알아서 할 거야.

누나   퍽이나.

다롱   누나야말로 그 남자 어디가 좋아? 난 좀 실망이야.

누나   실망할 거 없어. 나한텐 좋은 사람이야.

다롱   ….

누나   (봉투를 가리키며) 엄마 꼭 드려. 딴 데 쓰지 말고.

다롱   아이 씨, 날 뭘로 보고.

누나   (가방을 챙긴다)

다롱   누나, 근데….

누나   뭐.

다롱   누나도 결혼하고, 아버지나 엄마가 어떻게 되기라도 하면 형
           은… 아니야.

누나   오빠가 뭐.

다롱   형도 결혼할 수 있을까?

누나   쓸데없는 생각 말고, 니 할 일이나 해. (일어난다) 간다.

다롱   누나, 라면이라도 먹고 가지.

           누나가 우산을 받치고 집을 나선다.
           형의 인기척이 들린다.

형 목소리   가려워. 가려워. 머릿속이 가려워.

다롱   (방으로 들어가며) 형, 왜 그래.

형 목소리   가려워. 가려워.

다롱 목소리   어디? 여기?

형 목소리   아아아.

다롱 목소리   어디가 가려운데.

형 목소리   머리가. 머리 반쪽이.

다롱 목소리   머리 어디?

형 목소리   머리 안에. 머리 안에.

           다롱이 형 방에서 튀어나와 마루에 대자로 뻗어버린다.
           형의 잦아드는 목소리를 뒤로 하고 바깥 풍경에 시선을 돌리는 다롱.

3

하루와 다롱이 마루에 누워 있다.

여름날 오후, 푸르른 정원에 내리쬐는 햇살이 눈부시다.

빨랫줄에는 형의 옷가지들이 바람에 나부끼고 있다.

선풍기 돌아가는 소리.

요란한 매미 소리.

초등학교에서 들리는 아이들의 웅성거림, 멀리 사라져간다.

하루   우리도 매일 학교 운동장에서 놀았었는데.

다롱   여기 누워서 학교 종소리 들으면 괜히 졸음이 와.

하루   종소리는 여전히 똑같다.

다롱   우리처럼.

하루   (몸을 다롱 쪽으로 돌리고) 너 왼쪽 겨드랑이에 향수 쓰니?

다롱   앗. (땀냄새를 맡아보고는 손으로 가린다) 미안.

하루   그 냄새 좋아. 사람을 황홀하지 만드는 착한 냄새야.

다롱   좀 이상해, 그런 말.

하루   나 만날 때 샤워하지 마.

다롱이 이불 밖으로 손을 뻗어 하루의 손을 잡는다.

손을 꼭 잡는 두 사람.

둘은 이제 막 섹스를 하고 난 다음이다.

다롱   샤워하려고 했는데 못하겠네.

하루   좀 이따가 같이 하자.

다롱   같이? 좋지.

하루   … 넌 웃을 때 네 번째 앞니가 귀여워.

다롱   (웃는 입모양을 만들어 보며) 내가 웃을 때 네 번째 앞니까지 보
       인단 말야?

하루   흰 돌 같아. 맘에 들어. (안으며) 너도, 오늘 한 것도, 다 좋아.

다롱   오늘 우리집에서 잘래?

하루   우리집 통금시간 열시 땡, 몰라?

다롱   대학 가면 자유로워질 줄 알았더니.

하루   대신 매일매일 놀러오잖아.

다롱   항상 같이 있고 싶다. 낮에도 밤에도, 내일도 모레도, 앞으로
       도 계속.

하루   우리, 달력 만들어서 매일매일 동그라미 치자.

다롱   1년 달력을 다 채우는 거야.

하루   365번?

다롱   꼭 버스 번호 같다.

다롱   (하루 품에 안긴다) 니가 좋아.

하루가 다롱을 꼭 껴안아 준다.

다롱   일어날까?

하루   쫌만 더 누워 있자.

다롱   (일어나며) 대학 가더니 게으름만 늘었어. (주방 쪽으로 간다)

하루   왜?

다롱   물 갖다 줄게.

하루   시원한 물로.

다롱이 부엌에서 물을 가져와 하루에게 건넨다.

마루에 앉아 앞집의 파란 지붕을 바라본다.

다롱   담배꽁초가 많아졌네.
하루   그러게.
다롱   응. (일어서며) 집안이 이런데 재수한다는 게 어쩐지 사치스러운 것 같아.
하루   (기지개 켜며) 아—, 저 태양처럼 살고 싶은데.
다롱   (따라하며) 아—, 저 태양처럼 살고 싶은데.
하루   니가 하니까 웃겨.

다롱이 가방에서 CD를 꺼낸다.
하루 일어나 다롱 옆으로.

다롱   이 CD, 너무 강한 거 아닐까?
하루   그 정도 AV쯤이야.
다롱   너도 보고 놀랬잖아.
하루   그런데 니네 형, 너무 컴퓨터만 하는 거 아냐? 사람들 좀 만나라 그래.
다롱   사람들이랑 같이 있는 거 별로 안 좋아해.
하루   복지관에 여자친구 없대?
다롱   낯선 사람 앞에선 얘기도 안하는데, 무슨.
하루   이런 거 본다고 무슨 도움이 될까? (다롱의 손을 잡고) 내가 널 만지는 느낌. 너희 형은 이 느낌을 못 가져볼지도 모르잖아.
다롱   알아. 이런 성인물, 아무 소용없다는 거.
하루   다를 게 뭐있어. 우리랑 비슷하겠지.
다롱   우리처럼? … 그랬음 좋겠다.
하루   내가 수수께끼 하나 낼게, 맞춰볼래?

다롱   수수께끼? 좋아. 대신, 내가 맞추면 찐하게 키스해주기.

하루   못 맞추면 니가 물구나무 서 있기다. 홀딱 벗구.

다롱   좋아!

하루   다섯 마리 토끼가 달리기 경주를 합니다. 일등 하던 첫 번째 토끼가 자신에게 말했어요. (토끼 목소리로) 내 뒤에는 네 마리의 토끼가 달리고 있어. 그러자 두 번째로 달리던 토끼도 말했어요. 내 뒤엔 세 마리의 토끼가 달리고 있어. 이에 질세라 세 번째 달리던 토끼도 말했어요, 내 뒤엔 두 마리. 네 번째 토끼도, 내 뒤엔 한 마리, 하고 말했답니다. 그러자 꼴찌 하던 다섯 번째 토끼가, '내 뒤에는 네 마리의 토끼가 달리고 있어' 그랬대요. 다섯 번째 토끼가 왜 그렇게 말했게요?

다롱   음, 꼬리 이어달리기?

하루   삑.

다롱   뒤로 달리기?

하루   삑.

다롱   그럼?

하루   다섯 번째 토끼의, 거짓말.

다롱   아 뭐야 그게.

하루   벗어 빨리.

다롱   진짜 벗어버린다.

하루   벗어봐.

다롱   (벗는 척 하다가 하루를 세게 껴안으며) 니가 좋아. 나의 다섯 번째 토끼!

하루   숨 막혀. (다롱이 팔을 풀며) 우리도 다섯 번째 토끼처럼 꿋꿋하게. 알았지?

다롱   오케이! 배고프지? 내가 맛있는 거 해줄게. 뭐 먹고 싶어?

하루   글쎄, 뭘 먹으면 좋을까

다롱   냉면 어때?

하루   좋아. 냉면 당첨! 콧속이 찡하면 온몸의 세포들이 살아날 거
        야.

다롱은 부엌으로 들어가 냉면을 만들기 시작한다.
하루는 휴대폰을 꺼내 마루에서 뒹굴뒹굴 게임을 한다.
칼도마 소리.

다롱 목소리   (리듬을 타며) 냉면을 맛있게 만드는 법. 먼저 면을 잘 삶아야 한
        다. 집에서 냉면을 만들 때 실쾌하는 이유는 면을 잘못 삶기
        때문이다….

하루   (문득 생각난 듯) 섹스 도우미를 소개시켜주는 방법도 있지 않
        을까?

다롱 목소리   … 응? 뭐라고 그랬어?

하루   형 말이야. 요즘은 인터넷으로 장애우들 만남을 주선해주기도
        한다잖아.

다롱 목소리   인터넷?

하루   인터넷 카페에다 글을 남겨보는 거지. '중증지체장애인의 일
        일 활동보조자를 구합니다. 장애인인 저의 형은 30대 초반으
        로, 활동보조자는 젊은 여성분이면 좋겠습니다. 한나절 함께
        시간을 보내주시면 사례하겠습니다'

다롱 목소리   그런데 형이 사랑을 할 수 있을까?

하루   아마도.

다롱 목소리   잘 모르겠다…. (기분을 털어내듯) 겨자 초장 만들기. 연 겨자,
        식초, 물 두 큰 술, 스금, 국간장 한 작은 술….

도마 위에서 오이가 경쾌하게 썰리는 소리.

대문 밖에서 누나와 누나의 남자친구 목소리가 들린다.
남자친구 목소리 쩌렁쩌렁 울린다.

남자친구 목소리　… 아니, 왜 그럽니까? 자기 집에 오면서 왜 말 한마디 없
는 겁니까, 평소엔 쫑알쫑알 말만 잘하던 사람이. 이게 뭡니
까. 집안에 숨겨둔 애인이라도 있는 겁니까, 정말? 저 의심합
니다, 지혜씨.

누나 목소리　… 다음에 와요 우리.

남자친구 목소리　다 왔잖아요. 내가 창피합니까, 지혜씨?

누나 목소리　목소리 때문에 창피해지려고 해요.

남자친구 목소리　뭡니까. 자기 집에 오면서 온 동네를 뺑뺑 돌고. 가뜩이나
더워 죽겠는데.

누나 목소리　자꾸 이럴 거예요?

다롱이 부엌에서 나와, 대문 쪽을 바라본다.
하루가 일어나서 이불을 갠다.

남자친구 목소리　원래 깜짝 방문이 스릴 있고 그런 거예요. 사위 될 사람이
아직까지 장인 장모 얼굴을 모른다는 게 말이 됩니까? 내가 틀
린 말 했습니까?

누나 목소리　싸울 거면 가세요. 여기까지 온 것도 큰 맘 먹고 온 거니까.

남자친구 목소리　알았어요. 갈게요. 그냥 가면 안 싸우는 거죠? 그래도 집
앞까지 왔는데 시원한 차 한 잔은 얻어먹고 가야 되는 거 아닙
니까. (마당쪽 기웃거리며) 이렇게 시끄러운데 안 내다보시는 거
보면 집에 아무도 안계신가 보네.

남자친구가 성큼성큼 마당으로 걸어 들어온다.

누나가 뒤따라 들어온다.
손에 웨딩부케를 들고 있다.
남자와 누나는 모두 말끔한 정장을 하고 있다.

남자친구　　어이, 처남! 오랜만이야.

다롱　　(남자친구에게) 안녕하세요? (누나에게) 왔어? 어디, 갔다 오는 길
　　　　이야?

하루　　안녕하셨어요, 언니? (남자친구를 보며) 안녕하세요?

누나　　(하루에게) 응. 잘 있었니? (다롱에게) 집에 아무도 없어?

남자친구　　(하루를 보며) 아, 이 예쁜 아가씨는 (다롱이 보며) 우리 처남의?

누나　　(남자친구 옆구리를 쿡 치며 눈치 준다)

다롱　　제 여자친구, 하루예요.

남자친구　　처음 뵙겠습니다. 저는 최지혜 씨의 남자친구 김진용이라고
　　　　합니다. 하하하. (자신을 쳐다보고 있는 누나를 보고는) 이젠 입 다
　　　　물고 있을게요, 눈에 힘 좀 풀어요.

하루　　면접 보러 오셨나 봐요.

남자친구 목소리　　네? 아, 말하자면 그렇죠, 하하. 입안이 얼얼한 차 한 잔 얻
　　　　어 마실까 해서 들어왔습니다.

다롱　　(하루에게 부탁하는 눈짓) 하루야.

하루　　잠깐만 기다리세요.

다롱　　좀 올라오세요.

남자친구와 누나 마루로 올라가고, 하루가 차를 타러 부엌으로 들어
간다.

남자친구　　오늘 기쁜 날이거든. 지혜 씨가 부케를 받았어. 30만 원이나
　　　　하는 부케. 이게 30만 원 짜리면 부케면 뭐하냐구. 우리 지혜

씨 미모 앞에서는 팍 시들어버리는데. 하하하. (혼자 웃고는) 근데 장인어른하고 장모님은 어디 가셨나보네?

다롱　　　형 데리고 해병대 극기 훈련에 가셨어요.

남자친구　극기 훈련?

다롱　　　네. 3박 4일 프로그램이니까 모레나 오실 거예요.

남자친구　어머님 아버님 연세에도 극기 훈련을 하시나?

다롱　　　우리 형, 아시죠? 장애인들은 그런 프로그램 자주 가요. 성취욕을 고취시키느니 어쩌느니 하면서 만들어 놓은 거 되게 많거든요.

누나　　　(따지듯) 그게 잘못 된 거니?

다롱　　　그렇다는 거야.

남자친구　부모님 어디 가셨냐고 물어봤으니까 처남이 설명을 한 건데, 뭐 그깟 일로 목소릴 높입니까. 소심하게.

하루 목소리　그냥, 녹차로 다 탈 게요.

남자친구　네. 아무 거나 좋습니다. 얼얼한 거요.

하루 목소리　네, 얼얼한 거요.

남자친구　얼얼하지 않으면 빠꾸시킵니다. 하하.

하루가 냉녹차를 쟁반에 받쳐 들고 나온다.

하루　　　얼얼한 거 나왔습니다.

남자친구　와, 잘 마시겠습니다.

다롱　　　고마워.

남자친구　(차가운 녹차를 한 모금 마시고) 캬~ 얼얼하네. 합격.

하루　　　저기 마당에 핀 잎을 갈아서 만든 거예요.

남자친구　저게 무슨 나뭅니까?

하루　　　녹차나무래요.

남자친구 말만 들었지 집에서 키우는 건 처음 보는데요. 수익성이 좋습니까?

하루 수익성까진 모르겠지만, 보기도 좋고 나름 유용한 식물이에요.

남자친구 네에. 그런데 둘이서 재밌게 놀고 있는데 우리가 방해된 거 아닙니까?

하루 아니에요. 다롱이랑 같이 공부하다가, 날씨가 너무 좋아서 잠시 쉬는 중이었어요.

남자친구 이런 화창한 날씨에 공부는 안 어울리죠. (남은 차를 단숨에 들이키고는) 하, 정말 싱싱한 차 잎이라 그런지 맛있는데요.

다롱 냉면 만들던 참이었는데 같이 드세요.

남자친구 처남이 직접 만들어 주는 거야? 아직 지혜 씨 음식 솜씨도 못 봤는데 처남 실력부터 보겠군 그래.

다롱 좀 기다려, 누나.

다롱이 냉면을 만들러 부엌으로 들어간다.
누나가 부엌으로 따라 들어간다.
남자친구와 남겨진 하루 덧쩍게 앉아 있다.
두 사람 어색하게 웃는다.

남자친구 마당에 정원이 있으니까 좋군요. 눈이 시원해지는 게.

하루 네. 저도 놀러오면 저기 있는 호스로 물을 주는데, 재밌어요.

남자친구 나는 아파트에 살아서 그런지. 마당에 물을 뿌릴 수 있다는 말만 들어도 신나는데요? 제가 또 재밌는 일이라면 발 벗고 찾아다니는 타입이라. 하하.

하루 다음에 오시면 같이 물 주기로 해요. 오늘은 제가 줬거든요.

남자친구 재미있어지려면 지혜 씨보다 하루 씨에게 잘 보여야겠군요.

하루 그렇게 생각하세요?

남자친구   그렇게 생각되는데요?

하루   (멋쩍게 웃으며) 그럼… 재미있는 얘기 하나 해주실래요?

남자친구   지금요?

하루   네. 재밌는 얘기 듣고 냉면 먹으면 더 맛있을 것 같아요.

남자친구   재밌는 얘기는 반말로 해야 재밌는데. 그래도… 괜찮겠니?

하루   (고개를 끄덕인다) 네.

남자친구   난 학교 다닐 때 줄곧 전교 1등만 했거든.

하루   정말요?

남자친구   마음속으로 말이야. 하하하. (웃는다)

하루   (어색하게 웃으며)

남자친구   오케이, 그건 워밍업이었고. (분위기 잡고) 군대있을 때 얘긴데, 깊은 밤 산 속에서 야간 보초를 서고 있는데, 갑자기 배가 너무 아픈 거야. 그래서 고참 몰래 화장실에 가서 볼일을 봤거든. 그런데 그때 뒤에서!

하루   ….

남자친구   갑자기 뒤에서!

하루   … 뒤에서요?

남자친구   모기가 물었어. (혼자 웃는다)

하루   아이, 허탈해요.

남자친구   허탈하다 이거지. 알았어. 이번엔 진짜. (진지하게) 어젯밤에 회사 끝나고 집에 돌아가는데… 아파트 상가 골목에 불이 다 꺼져 있는 거야. 이렇게 어두울리 없는데 이상하다, 생각하면서 쭈뼛쭈뼛 걸어가는데, 컴컴하던 정육점 쇼윈도에 뻘건 불이 확 켜지는 거야. 깜짝 놀라서 뒤돌아 도망치는데, 갑자기 모퉁이를 도는 순간 그냥 확!

하루   (기대하며) 왜요? 뭐가 있었어요?

남자친구   그냥 확!

하루	(기대하는)
남자친구	신발이 벗겨졌어.
하루	(허무하다는 듯 웃어준다)
남자친구	원래 이런 허무개그가 진짜 웃기는 거야. 하하하

누나가 부엌에서 나오면서 화를 낸다.

다롱 따라 나온다.

누나는 마루를 내려가 화단 앞쪽으로.

누나	그게 말이 돼?
다롱	그런 게 있다니까.
누나	그래서 오빠를 여관에 데려다 놓고 여자를 부르겠다고?
다롱	그게 뭐 어때? 우린 다 성인이고, 형도 여자 만날 수 있는 거잖아.
누나	그게 지금 니가 신경 쓸 문제니?
다롱	누나는 형이 이대로 살다 죽었음 좋겠어?
누나	죽긴 누가 죽어!
다롱	누나!
누나	그리고 여자랑 자는 게 뭐가 그렇게 중요해. 오빠는 지금 자기 몸 하나 추스르는 것도 벅찬 사람이야.
다롱	그건 누나 생각이지.
누나	시끄러. 쓸데없는 걱정 말고 공부나 해.
다롱	누나는 말만 막히면 공부하래. 누나 생각만 하지 말고 형 생각도 좀 해라.
누나	내 생각만 한다구?
다롱	뭐가 아냐? 누나는 누나 소원대로 나가서 독립했잖아.
누나	애가 점점….

다롱   내가 돈 벌면 이런 말 하지도 않는다, 뭐.

누나   도대체 너까지 왜 그래?

다롱   우리 형이니까 그래. 지금까진 모른 척만 했으니까.

누나   오빠도 지겹겠다. 생각해준다고 식구마다 사사건건 참견이나
       하고.

다롱   참견하는 게 아냐. 형이 원하는 거지.

누나   정작 본인은 조용한데, 니가 왜 난리야?

다롱   형이 말할 수 있는 문제면 누나한테 이런 말 하지도 않아.

누나   너 정말…!

다롱   알았어, 알았어. 공부할게, 공부나 한다고. 누나가 몰라서 그
       렇지, 형이 갖고 있는 성인물이 몇 갠 줄 알아?

누나   뭐야?

다롱, 씩씩대며 마루로 올라와 부엌으로 들어가 버린다.

신경질적으로 수저와 그릇을 챙기는 소리와 덜그럭덜그럭 그릇 부딪
히는 소리가 크게 들린다.

누나 마루에 걸터앉는다.

남자친구와 하루, 누나의 눈치를 본다.

다롱이 냉면그릇이 올려져 있는 밥상을 들고 나온다.

다롱   누나밖에 없단 말야. 우리 집에서 돈 버는 사람이 누가 있어?

누나   더 얘기하면 밥맛 떨어지니까, 그만해!

다롱   밥이 아니라 냉면이야. 물냉면. (상을 내려놓고) 누난 형이 즐거
       운 게 싫어?

누나   그만하라고 했다.

하루와 남자친구, 밥상 앞에서 어색하게 앉아 있다.

다롱	(남자친구에게) 죄송해요.
누나	이래요, 우리 집은. 그래서 집에 오기 싫어하는 거예요.
남자친구	집안 일이 다 그렇죠. 처남이 냉면 맛있게 만들었는데 먹고 화 풀어요. (냄새를 맡으며 과장되게) 와~ 냄새는 호텔 주방장급이네. 맛있겠다.

좀처럼 분위기가 밝아지지 않는다.
하루가 냉면 그릇을 누나의 앞쪽으로 밀어준다.

다롱	(누나에게) 누나는 외로운 적 없어?
누나	….
다롱	그런 문제는 아무도 입 밖에 내지도 않고, 얘기한다고 해서 들어주지도 않잖아. 그건 누구에게나 있는 욕망이야. 우울한 형한테도 활력소가 될 테그.
누나	다들 그렇게 생각할 것 같아?
다롱	알지만 말을 안 하는 것뿐이잖아.
누나	알긴 뭘 알아. 세상이 니 맘을 다 알아준대?
다롱	사람을 만날 기회가 없으니까, 그 기회를 만들어주겠다는 거 뿐이야.
누나	그런다고 뭐가 바뀌어? 서로 고른 척 하는 게 더 편하다는 거 알잖아.
다롱	누가 뭘 바꾸고 싶대? 난 누나가 얘기하는 그런 거 몰라. 난 그냥 형이 즐거웠으면 좋겠어. 잠깐이라도 행복해서 웃었으면 좋겠단 말야.
누나	니가 부추기지 않아도 다들 힘들어.
다롱	지겨워, 그런 말. 그냥 좀 도와주면 안 돼? 그럼 내가 다 알아서 한다니까.

누나   적당히 해!

다롱   ….

누나   … 외로움? … 우리 가족은 외로울 새도 없었어. 외로우면 지
       는 거라고 생각했으니까.

네 사람 아무 말 없이 밥상 앞에 앉아 그저 냉면만 바라본다.

4

비가 온다.

마루에는 비오는 날 오후의 이른 어둠기 내려 앉아 있다.

다롱은 누워서 책을 보고 있고, 어머니는 신문지를 펴놓고 열무를 다

듬고 있다.

어머니   도서관을 가든지 해야지, 누워서 책을 보면 그게 눈에 들어와?

다롱   비 오잖아.

어머니   비가 오니까 도서관에 가라는 거지.

다롱   (책을 덮으며 돌아눕고) 도서관은 창이 너무 넓어.

아버지가 거실로 나온다.

아버지는 방금 잠에서 깬 듯 가벼운 셔츠에 파자마 차림이다.

두리번거리는 아버지.

어머니   뭘 그렇게 두리번거려요?

아버지   큰 애는?

어머니   좀 전에 뜸뜨고 방에 누워 있어.

아버지   (아무 말 없이 안방으로 들어간다)

어머니   저 사람이… (계속해서 열무를 다듬으며, 다롱에게) 너 그리고 누

워 있다 또 자겠다.

다롱   안 잘 거야.

어머니   비가 그치질 않네.

아버지가 운동복차림으로 안방에서 나온다.

어머니가 뭔가 짐작한 듯 손을 옷에 문지르며 급하게 일어나 형 방으로 들어가려는 아버지를 잡는다.

어머니	나 좀 봐요. 나하고 얘기 좀 해. (아버지를 안방으로 끌고 들어가며) 이제 큰 애 내버려 둬. 왜 그렇게 애를 못살게 굴어.
아버지	못살게 굴다니. 당신은 큰 애가 건강해지는 게 싫어?
어머니	수술한 지 얼마나 됐다고.
아버지	물리치료는 빠를수록 좋은 거야.
어머니	당신도 의사 얘기 들었잖아. 쉬어야 한다고.
아버지	그깟 엉터리 의사 나부랭이가 뭘 알아? 내가 알아서 할 거야.
어머니	억지 쓰지 말어.
아버지	운동이야. 의사 말대로 물리치료, 운동치료라고.
어머니	계속 고집 부릴 거야?

형 방으로 들어가는 아버지.

어머니 따라 들어간다.

아버지 목소리	어서 일어나라. 운동하러 나가자
어머니 목소리	자는 애를 왜 깨워?
아버지 목소리	당신한테 가자고 안했어.
어머니 목소리	비 오는 것도 안보여?
아버지 목소리	그래서?
어머니 목소리	얼마 전에 다친 손이 아물지도 않았잖아.
아버지 목소리	어서 일어나 휠체어에 앉아라. 수술하고는 혼자 휠체어에도 못 앉잖냐. 그나마 있던 팔 힘까지 약해져서는….

마루에서 대화를 듣고 있던 다롱은 이리저리 자세를 바꿔가며 책에
집중하려 한다.

어머니 목소리   어, 어… 조심해. 그러다 침대에서 떨어지겠다.
아버지 목소리   당신은 조용히 좀 해.
형 목소리   아버지, 오늘은….
아버지 목소리   나를 잡아. 자, 어깨어 팔을 두르고… 아니, 이렇게 두르고.
어머니 목소리   그렇게 하면 애가 어떻게 서.
아버지 목소리   나한테 기대 서. 의사 말 못 들었냐. 운동을 안 하니까 그런
          병이 생기고 근육이 굳는다잖아.
형 목소리   비 오니까 다리가 더 풀려….
어머니 목소리   비나 그치면 운동을 하든가.
아버지 목소리   어제도 쉬었잖아. 꾸준히 해도 모자랄 판에.
형 목소리   어어… 다리….
아버지 목소리   (무언가에 부딪히는 소리, 쿵 뗄어지는 소리) 어이쿠.

       다롱이 발딱 일어난다.

어머니 목소리   그러게, 어쩌려고 애 다리를 그렇게 잡아 올려.
아버지 목소리   됐다.

       휠체어를 탄 형과 아버지와 어머니가 거실로 나온다.

어머니   비가 오잖아.
아버지   (우산 두 개를 가져와서 어머니에게 내밀며) 당신이 씌워.
어머니   (우산을 받아들며, 체념한 듯) 이런 날 무슨 운동이고, 모래밭이
          야?

아버지 수술 전엔 이렇진 않았어. 다리가 이렇게 흔들흔들 풀려가지고선.

어머니 바퀴가 쑥쑥 빠지는데 휠체어가 앞으로 나갈 거 같애?

아버지 그게 무슨 상관이야. 걷는 연습하는데.

어머니 연습이 되냐구.

아버지 더 운동이 되겠지. 젖은 모래밭에서 나오는 게 우리 목적이잖아!

형 그만 좀 해, 아버지.

아버지 (형의 다리를 만지며) 이게 뭐냐? 다리다. 못 걸으면 서기라도 해야지.

어머니 쓸데없는 고집 좀 그만 부려.

아버지 다롱아, 여기 좀 잡아라.

다롱이 휠체어의 한쪽을 잡는다.
아버지는 차력사 같은 기합소리를 내더니 형이 탄 휠체어의 한쪽을 번쩍 들고는 마당에 내려놓는다.
우산을 펴고 휠체어 손잡이를 움켜쥐는 아버지.

아버지 가자.

어머니 당신 혼자나 가, 애 잡지 말고.

형 엄마… 나 괜찮아, 운동하고 올게.

아버지와 형은 밖으로 나가고, 다롱과 어머니는 마루 끝에 앉는다.
어머니가 한숨을 쉬며 담배를 피워 문다.

다롱 엄마….

어머니 … 비가 많이 온다.

다롱   형은 괜찮을까?

어머니   니 형은 마루에 앉아서 비 오는 거 보는 걸 좋아하는데.

다롱   이젠 비 내리는 것도 좋아하지 않겠지?

어머니   모래밭이라면 끔찍이 싫어한다, 니 형은.

다롱   아버지도 알아.

어머니   우산이나 제대로 쓰고 있을까?

빗줄기가 거세진다.

멍하니 앉아 있던 어머니가 담배를 끄고 일어선다.

어머니   아무래도 가봐야겠다.

어머니 방으로 들어간다.

다롱은 어머니가 비벼 끈 담배꽁초를 주워 앞집 파란 지붕 위로 힘껏
집어 던진다.

어머니 목소리   다롱아, 큰 타올 못 봤니? 니 형이 해병대에서 타 갖고 온 거.

다롱   맨 아래 칸에 없어?

어머니 목소리   그걸 어디에 둔 거야, 대체. 분명히 빨아서 넣어 뒀는데.

어머니가 우비를 꺼입으며 안방에서 나와 형 방으로 건너간다.

어머니 목소리   여기 어디 둔 것 같은데… '해병대전우회' 라고 써져 있는데,
         그거 못 봤어?

다롱   잘 찾아봐. 거기 어디 있겠지.

어머니 목소리   니 형이 그거 받을 대 눈물을 다 흘리더라. 수술하고 깨어나서
         도 한 번 울지 않던 애가… 믐이 성치 않다고, 남들 다 하는 마

취도 제대로 안 해줬잖니. 진통제도 없이 그 아픈 걸 견뎠는데.

그때 형과 아버지, 마당으로 들어온다.
형과 아버지의 옷은 온통 젖은 모래투성이다.

다롱　　엄마!

어머니가 형 방에서 나와 아버지와 형을 보고 마루 한가운데 우뚝 멈
춰 선다.
맨발로 형에게로 뛰어 내려가는 어머니.
다롱도 뛰어 나가 형을 부축한다.
아버지가 성큼성큼 마루로 와서 걸터앉는다.

어머니　　무슨 일이야? 옷이 왜 이래.
형　　….
아버지　　….
다롱　　넘어진 거야, 형?

다롱이 형을 데리고 마루로 올라간다.

어머니　　(따라가며 아버지에게) 당신 미쳤어? 애를 이렇게. 흙투성이가
되도록 뭘 한 거야?

다롱이 안방으로 뛰어 들어가 수건들을 들고 나온다.
수건을 펼쳐 형의 어깨를 덮어주는데, '해병대전우회'라고 써진 글씨
체가 선명하다.

아버지   (수건으로 얼굴을 문지르며) 아니, 몸을 조금만 돌려주면 훨씬 수
          월하잖아. 계속 하던 건데, 오늘은 왜 못 해 그걸.

어머니   비 오는 날 모래밭으로 데려간 사람이 누군데?

아버지   팔에 힘만 조금 주면, 저절로 운동이 된다구.

어머니   도대체 당신 머릿속에 뭐가 있는 거야?

아버지   저 녀석이 뻣뻣하게 버티잖아.

형   그만 좀 해. 내가 없어질게. 수술 받았을 때, 그때 죽었어야 했
          는데.

어머니   (다롱에게) 니 형 데리고 방으로 들어가.

다롱   응.

다롱은 형을 부축해 방으로 들어간다.

누나가 들어와 마당가에 선다. 누나도 흙투성이다.

그러나 아무도 누나가 눈에 들어오지 않는다.

어머니   내가 못살아. 애 입에서 저런 말까지 나오는 걸 들어야 속이
          시원해?

아버지   버팅기는데 별 수 있어? 그러니까 모래밭에 나뒹굴지.

어머니   뒹굴었어?

아버지   저놈의 휠체어가 문제야. 도통 운동을 안 하려 든다구.

어머니   쟤가 휠체어 없으면.

아버지   저렇게 약해 빠져서. 내가 잘못 키웠어.

어머니   쟤 마취에서 안 깨어날 때 당신 뭐라고 그랬어?

아버지   깨어났으니까 살길을 찾는 거 아냐.

어머니   그럼 당신부터 정신 차리고 살어.

아버지   애들이 지 앞가림을 해야 내가 살지.

아버지가 모래투성이인 채 안방으로 들어가 버린다.
어머니는 휠체어를 접어 마루 앞으로 가져간다.
수건으로 휠체어 바퀴를 닦는 어머니.
거세지는 빗소리.
먹구름이 몰려와 마당은 한층 더 어둡다.
바퀴를 정성스레 닦던 어머니가 휠체어를 쓰다듬으며 소리죽여 운다.

다롱   엄마….

어머니는 다롱이 부르는 목소리를 느끼지 못하는 듯, 반응이 없다.

누나   엄마….

다롱이 그제야 나무 밑에 서 있는 누나를 본다.

다롱   누나.
어머니   … 니가 웬 일이니?
누나   … 엄마.
어머니   아니, 언제부터 거기 서 있었던 거야? (눈물을 훔친다)
누나   … 집에 오다가 놀이터에서 아버지랑 오빠를 만났어.
어머니   그럼 들어오잖고, 왜 거기 서 있어!
누나   오빠가 넘어졌는데, 너무 무거워서… 아버지랑 나랑 일으키려
고 해도 안돼서…. (울먹인다)
어머니   얘기 그만하고 들어와. 어서 올라와.
누나   몰랐어… 난 정말 몰랐어. 비에 젖은 아버지랑 오빠가… 난 정
말… 도저히 일으켜 세울 수가 없을 것만 같았어.
어머니   올라 와서 몸 좀 녹여.

다롱	(마당으로 내려서며) 들어와 누나.
누나	(눈물을 훔치고 진정하고) 그냥 갈게….

	누나가 돌아서서 나가려고 하다가 되돌아와 다롱을 쳐다본다.
	다롱 누나 곁으로 다가간다.

다롱	누나… 괜찮아?
누나	(엄마를 한 번 보고는 핸드백에서 든 봉투를 꺼내 다롱에게 건넨다)
	이거.
다롱	뭐야?
누나	오빠는 혼자서 옷 벗는 것도 잘 못해. 알고 있지?
다롱	…!
누나	내 마음이야. 오빠한테 주는 선물이라고 생각해.
다롱	누나….

	비가 쏟아지고, 누나가 나가고, 다롱이 마당 한가운데 서 있다.

5

늦여름의 한낮.

마루 한가운데 형이 양복을 입고 휠체어에 앉아 있다.

양말을 손에 꼭 쥐고 있는 형.

다롱이 마루에 신문을 깔고 형의 발톱을 깎아주고 있다.

다롱 형. 발가락에 힘 좀 빼.

형 잘 안 돼.

다롱 엄지발가락은 깎을 수가 없잖아.

형 안 깎으면 안 돼?

다롱 안 돼. 창피하잖아.

형 … 그럼 깎아.

다롱 또 힘주고 있다.

형 힘 안줬어.

다롱 그래도 뻣뻣한데?

형 그래?

다롱 그만 깎을까?

형 마저 깎아.

다롱 (콧노래를 부른다) 그런데, 형.

형 응?

다롱 좀 떨리지 않아?

형 … 응. 떨려. 텔레비전에서 선 보는 거 많이 봤는데.

다롱 텔레비전? (웃으며) 좀 다르지.

형 (시무룩해서) … 쑥스럽다.

다롱   왜?

형   여자랑만 둘이서 어떻게 있냐?

다롱   처음엔 다 그래. 그러다가 좋으면 손도 잡고 뽀뽀도 하고 그러
        는 거지.

형   …. (웃는다)

다롱   (마지막 발톱을 자르며) 다 끝났다.

다롱은 마루 이곳저곳으로 튄 형의 발톱을 손바닥으로 긁어모은다.
그리고 신문을 둘둘 만다.

다롱   형, 양말 신자.

형   (양말을 건네준다)

다롱   (양말을 신기려 하는데 잘 들어가지 않는다) 발가락에 힘 좀 빼.

형   … 뺐어. 다시 해봐.

다롱   오른쪽. (신기고) 좋아. 자, 이번엔 왼쪽. (신기고) 됐다.

다롱이 신발장으로 간다.

다롱 목소리 (열어보고) 형, 여기에 있는 거 다 가지고 나가?

형   응.

여러 켤레의 신발을 들고 나오는 다롱.
대부분이 찍찍이 신발이고, 색색 가지다.
검은색 구두와 파란색, 베이지색, 회색, 하얀색 운동화 등.

형   어떤 게 좋아? 니가 골라줘.

다롱   (검은 구두를 가리키며) 이게 최근에 산 거 아냐?

형   ….

다롱   왜, 싫어?

형   좀… 불편해.

다롱   (회색을 들어 보이며) 이건?

형   (고개를 저으며) 찍찍이는 어려보이잖아.

다롱   그럼 형이 골라.

형   검정 운동화 신을래.

다롱   이건 끈 있는 건데. 풀리면 형이 묶을 수 없잖아.

형   괜찮아.

다롱   그럼 신어볼까? (신발을 신기고 끈을 묶으려 한다)

형   내가 묶어볼게. (힘만 들뿐 묶지 못한다)

다롱   거봐. 잘 안되잖아. 내가 해줄게.

형   이거 안 신을래. 하얀색 찍찍이 신발 줘.

다롱   하얀색은 좀 작은 거 같은데, 이게 맞을까? (신기고) 어? 발 사
           이즈가 예전 그대로네.

형   못 걸으니까 그렇지.

다롱   검은 양복에 하얀 운동화, 꼭 교도소에서 나온 사람 같다.

형   나쁜 사람처럼 보여?

다롱   아니. (무스를 손바닥 가득 덜어서) 자, 이제 무스를 바릅니다.

형의 머리에 무스를 발라주는 다롱.
귀 밑머리까지 쭉쭉 잡아당기며 모양을 내준다.
형은 자꾸만 넥타이를 만진다.

다롱   넥타이 자꾸 만지지 마.

형   답답해.

다롱   참아. 젠틀맨처럼 보여야지.

| 형 | 알았어. |
| 다롱 | 답답해도 풀지 마. |

넥타이를 다시 바로 잡아주는 다롱.

다롱	이제 아~ 하고 입 벌려봐.
형	아~.
다롱	더 크게, 아~ 하고 벌려봐.
형	아~.
다롱	삼키지 마. (입냄새 제거제를 뿌리고) 자, 입 가까이 손대고 후~ 하고 불어봐.
형	(그대로 따라 한다)
다롱	좋은 냄새 나지?
형	응.
다롱	아차, 형 팔 좀 벌려봐. (향수를 집어든다)
형	(두 팔을 벌리며) 힘들어.
다롱	(형의 겨드랑이 냄새를 맡으며) 역시! 우린 형제야.
형	왜?
다롱	(향수를 뿌리며) 어쩐다. 냄새가 좀 나는데. 형은 땀을 많이 흘리니까… (고개를 저으며) 아냐. 여긴 그대로 둬야겠다. 여기 냄새를 좋아하는 여자도 있거든.
형	(두 팔을 벌린 채) 팔 내려도 돼?
다롱	응. 다 끝났어.

하루가 마당으로 들어온다.

| 하루 | 다 돼가? |

다롱   왔어?

하루   안녕하세요, 오빠?

형   (쑥스러운 웃음을 띠며 손을 흔든다)

다롱이 마당으로 내려간다.

마당가에서 대화를 나누는 두 사람.

하루   통화는 잘 된 거야?

다롱   목소리가 예쁘고 차분한 여자였어.

하루   그건 말했지? 그런 건 분명하게 말해놔야 돼.

다롱   응. 생각해보고 연락한다고 했는데, 진짜 연락 해왔어.

하루   만나기로 약속해놓고 안 나오는 사람도 있다던데.

다롱   몇 번이나 확인했어.

하루   잘 되겠지?

다롱   그래, 그럴 거야.

하루   비만 오더니 오늘은 날씨도 좋네.

다롱   (마루로 가서) 휠체어 이쪽으로 갖다줄래?

하루   응. (마당가의 휠체어를 마루 앞쪽으로 가져온다)

다롱은 형을 부축해 휠체어에 태운다.

하루   오빠, 근사해요.

형   (쑥스럽게 웃는다)

다롱   (손수건을 챙겨주며) 손수건.

형   (받아 들고 이마를 닦는다)

다롱   (휠체어를 밀며) 형, 이제 출발이다.

58

다롱과 하루 그리고 형이 탄 휠체어가 집밖으로 모습을 감춘다.
마루와 마당의 텅 빈 공간에 햇살이 내리쬔다.

사이.

가족이 모두 나가고 없는 텅 빈 마루.
매미 소리.
누나가 대문을 들어선다.
슈퍼 봉지들과 수박을 두 손 가득 들고 있는 누나.
누나는 마루에 물건들을 내려놓고 시들한 화단과 정원에 물을 준다.
그리고는 봉지를 부엌에 두고 걸레를 들고 나와 형 방으로 들어간다.
형 방에서 라디오음악 소리가 흘러나온다.
누나가 콧노래를 흥얼거리며 형으 방을 닦는다.
다시 라디오를 들고 마루로 나와 마루를 닦기 시작하는 누나.
그러다 마룻바닥 틈에 뭔가 낀 것을 발견한다.
손톱으로 집어 빼려하지만, 쉽지 않다.
누나는 마룻바닥 틈에 낀 것을 두시하고, 다시 걸레질을 한다.
마루를 닦고는 빨래를 들고 나와 빨랫줄에 넌다.
축 처지는 빨랫줄.
아버지와 어머니가 마당으로 들어선다.
아버지의 손에는 신문이 들려 있다.
딸의 모습을 지켜보는 아버지와 어머니.

아버지   뭐 하는 거니?
누나   아이, 깜짝이야.
아버지   왜 그렇게 놀래.
누나   어디 다녀오세요?

아버지   바람 좀 쐬러.

어머니   웬 수박이 이렇게 크대니?

누나   … 과일 차가 지나가길래 샀어.

아버지는 마루에 앉아 라디오의 채널을 이리저리 바꾸다 고정시키고
는 신문을 읽기 시작한다.

누나   엄마?

어머니   응?

누나   … 아냐.

어머니   … 왜?

누나   그냥. 딸이 엄마 부르면 안 되나?

어머니   좋은 일 있어? 왜 자꾸 웃어.

누나   ….

어머니   회사 다니는 건 괜찮고?

누나   그럭저럭.

어머니   넌 어째 점점 마르는 것 같다. 밥은 제때 먹고 다녀?

누나   잘 챙겨먹어. 참, 냉장고에 무슨 요플레를 그렇게 많이 사다놨
          어? 냉장고 문 열기만 해도 질리더라.

어머니   니 아버지 아니면 누구 그런 일을 하겠니.

누나   냉장고에 양념갈비 좀 사다놨어, 쌈채소들하고.

어머니   무슨 날이니?

누나   그냥 같이 저녁 먹으려고. 그러고 엄마, 빨래는 제때 널지 않
          으면 옷에서 물비린내 나. 세탁기 돌려놓고 무슨 딴 생각을 한
          거야?

어머니   내 정신 좀 봐. 지금 니가 다 널은 거니?

누나   그래.

어머니   난 내가 널고 나간 줄 알았지.
누나   엄마두 참. (아빠 눈치를 살피고) 엄마!?
어머니   왜 자꾸 불러.

누나가 귓속말로 어머니에게 뭔가를 말한다.

어머니   뭐?!
누나   (고개를 끄덕인다)
어머니   … 그게 정말이니?

아버지가 모녀를 잠시 쳐다보곤 다시 신문을 읽는다.
라디오 소리가 시끄럽다.

어머니   ….
누나   아빠한테도 얘기할까? (엄마가 얘기하라는 눈짓)
어머니   ….

부엌으로 들어가는 누나.
어머니가 아버지 옆에 앉아 라디오 볼륨을 줄인다.

아버지   왜 건들고 그래.

다시 라디오 볼륨을 더 크게 높이는 아버지.
어머니가 다시 볼륨을 줄이고, 아버지가 다시 올린다.

어머니   하여튼, 누가 최씨 고집 아니랄까봐.
아버지   왜 가만있는 사람을 가지고 그래?

어머니   나 좀 봐, 신문 그만 보고.
아버지   왜 쟤가 뭐라고 그래?
어머니   쟤한테 뭐 잘못한 거라도 있어?
아버지   ….

앞집 파란 지붕을 바라보며 아버지에게 뭔가 말하는 어머니.
라디오 소리에 묻힐 정도의 목소리다.
아버지가 신문에서 시선을 떼고 어머니를 쳐다본다.
아버지 라디오를 끄고 천천히 일어난다.

아버지   ….

아버지와 어머니, 한참동안 앞집 지붕을 바라본다.

아버지   (딴청 부리듯) 어, 저게 뭐지?

마루에서 내려와 담장 가까이 가는 아버지. 고개를 빼들고 쳐다본다.

어머니   뭐가 있어요?
아버지   담배꽁초 같은데. 누가 담배를 피우고 저기에.
어머니   … 다롱인 아니에요.
아버지   그럼, 당신이야?

어머니 일어나 살그머니 부엌으로 들어간다.
뒤돌아서 텅 빈 마루를 바라보는 아버지.
그러더니 늘어져 있는 빨랫줄을 아래로 잡아당겨 본다.

아버지   지혜야! … 지혜야!

누나 목소리   네.

아버지   거기서 뭐하냐?

누나 목소리   식사 준비해요.

아버지   그건 니 엄마한테 하라 그러구, 넌 나하고 할 일이 있다.

누나 목소리   …무슨 일인데요?

아버지   이리 좀 나와 봐.

누나   (행주로 손을 닦으며) 무슨 일인데요?

아버지   빨랫줄이 처져서… 이쪽 것 좀 잡아당겨 봐라.

누나가 마당으로 나가 빨랫줄을 팽팽하게 잡아당긴다.
마치 자주 해봤던 것처럼.

누나   (잡아당기며) 됐어요?

아버지   그러고 가만있어. (안방으로 들어간다)

누나   이거 하다 어디 가세요?

아버지   잠깐만 있어.

누나   뭐 찾는 거예요?

아버지 목소리   … 여기 어디다 뒀던 것 같은데….

누나   언제까지 이러고 있어요.

아버지 목소리   … 여보, 펜치 어딨어?

어머니 목소리   뭐요?

아버지 목소리   공구상자 어딨냐구?

어머니 목소리   그걸 내가 어떻게 알아요?

아버지 목소리   당신이 나보다 기억력이 좋잖아.

어머니 목소리   뭐라구요?

아버지 목소리   밥이나 하라구!

누나가 밝게 웃는다.
빨랫줄을 놓고, 누나가 마루에 앉는다.
여름날의 해가 뉘엿뉘엿 저물어 간다.

대문 두드리는 소리.
휠체어가 대문을 통과하는 소리.
다롱과 형이 마당으로 들어선다.

다롱　　다녀왔습니다.

고무장갑 낀 손으로 부엌에서 마루로 나오는 엄마.
펜치와 철사를 든 채 안방에서 나오는 아버지.
가족들의 환한 표정에 형의 표정이 얼떨떨하다.

누나　　왜 이렇게 늦었어?
다롱　　정자에 좀 앉아 있었어. 바람도 시원하고, 형이 땀을 많이 흘
　　　　려서.
어머니　니 누나가 양념갈비 사왔어. 어서들 올라와서 저녁 먹자. 고기
　　　　가 맛있어 뵈더라.
형　　　… (아버지를 보며) 운동은요?
아버지　어서들 씻어라. 밥 먹자.

형의 표정 그제야 밝아진다.
수돗가로 다가가 수건에 물을 묻혀 형의 얼굴을 닦아주는 다롱.
누나가 옆으로 다가가 다정하게 거든다.

어머니　내 정신 좀 봐. 슈퍼에 간다는 게.

아버지　　있는 거 먹지 지금 또 뭘 사러가?

어머니　　송이버섯 사러가요. (형 가리키며) 쟤 몸에 좋은 거 많이 먹이라
　　　　　면서. (나간다)

시원한 바람.

저녁노을이 마당가에 내려앉는다.

6

12월 초의 한낮. 화창한 날씨.

따스한 겨울 햇살이 마루에 누워 있는 형의 몸 위로 내리쬐고 있다.

마루 옆에는 깨끗하게 빨아놓은 운동화가 놓여 있다.

누워 있던 형이 등 쿠션에 기대어 앉는다.

하얀색 운동화를 혼자서 신어보려 하는 형, 하지만 발에 힘이 들어갈 수록 다리가 떨리고 몸이 비틀어지고 만다.

형　　다롱아~ 다롱아~

운동화에 발가락만 겨우 끼워 넣은 채

형　　다롱아~ 엄마~ 다롱아~.

형의 목소리 점점 신경질적으로 높아간다.

발끝에 걸려 있던 운동화를 마루턱 밑으로 툭, 차버리고는

형　　(화를 내며) 에이 씨.

다시 운동화를 신어보려 하지만 역시나 생각대로 되지 않는다.

발끝에 걸린 운동화를 발로 차버리고 반듯이 누워버리는 형.

중얼거리듯 '혜진씨' 하고 낮게 불러본다.

한숨을 쉬고, 그러다가 흐느끼는 형.

초겨울의 따스한 햇살이 환하게 넓어지면서 마루를 비춘다.

형의 몸이 밝게 빛나는가 싶더니 경직된 몸에서 모든 힘이 빠져 나간 것처럼 몸이 풀린다.
굽었던 형의 목과 어깨와 팔과 다리가 서서히 풀리고 꿈을 꾸는 듯 얼굴 표정도 밝고 부드러워진다.

형이 천천히 몸을 일으켜 마루에 걸터앉는다.
너무나 자연스런 자세로 운동화를 신는 형, 형은 운동화에 붙은 찍찍이를 떼었다가 가지런히 붙이기를 반복한다.
이렇게 쉬운 것이 그간 왜 그리 힘들었는지 알 수 없다는 얼굴로.

한 여자가 대문을 열고, 마당 안으로 들어선다.
파란색 원피스를 입고 하얀 토드백을 든 여자.
여자가 들어선 자리가 파란 바다 빛으로 물든다.
마치 파란 지붕이 바다처럼 일렁이고 있는 듯.

형이 여자를 본다. 입가에 미소가 활짝 번진다.
형과 눈이 마주치자 여자의 얼굴에도 미소가 번진다.

형   … 어서 와요.

여자   잘 지냈어요?

형   (고개를 젓다가, 이내 고개를 끄덕인다) … 당신은요?

여자   (형의 제스처를 따라하며, 고개를 젓다가, 이내 고개를 끄덕인다) 잘
        지냈어요.

형   어떻게, 우리 집을 알았어요?

여자   여길 보고 싶었어요, 당신이 얘기 했던 이 마당이요. 마루에
        누워서 파란지붕을 바라보면, 바다에 있는 것 같다고 말했었
        잖아요. 마당을 걷는 당신을 상상해 봤어요, 바다 속을 걷는

당신을요. 어떤 모습으로 당신은 걷고 있을까.

여자 앞으로 걸어가서 적당히 간격을 두고 서는 형.

여자　　몸이 건강해졌네요.

형　　다시 만나서 반가워요. 다시는 못 보는 줄 알았어요.

여자　　(웃으며) 나보다 키가 크네요.

형　　이렇게 누군가를 내려다보는 건 처음이에요.

여자　　목소리도 좋은데요. 하는 말들, 잘 알아들을 수 있어요.

형　　(쑥스럽게 웃는) 보고 싶었어요, 그 날 이후로 계속.

여자　　씩씩한 목소리, 듣기 좋아요.

형　　… 날 잊지 않았었군요. 정말로 날… 잊지 않았었군요. 잘 왔
어요.

여자가 손을 내민다.

형이 여자의 손을 살며시 잡는다. 둘은 악수를 한다.

여자　　소리가 들리는 것 같아요. 이 소리 들려요?

형　　소리요?

여자　　(눈을 감으며) 파도 소리.

형　　(눈을 따라 감으며) … 파도 소리.

정말로 먼 곳에서부터 파도 소리가 들려온다.

잠시 소리를 듣다가

형　　… 그 날, 정말 고마웠어요. 나, 땀이 많이 나서 혼났는데…,
곤란했었죠?

여자   아니요. 영재 씨를 처음 봤을 때 생각했어요. '이런 눈빛을 하고 있는 사람이라면, 나 할 수 있어.' '이렇게 내 앞에서 떨고 있는 사람이라면, 옷을 벗어도 부끄럽지 않아.'

형   … 내 이름을 기억하고 있네요.

여자   다른 것들도 기억하는 걸요. 영재 씨가 준 미역초코바. 영재 씨가 헤어지면서 나한테 했던 마지막 말.

형   내가 뭐라고 말했나요, 마지막에?

여자   나를 만나줘서 고맙습니다. (웃는다)

형은 쑥스러운 듯 머리를 긁적인다.

그러다 뭔가 번득 생각났는지 급히 방으로 뛰어 들어간다.

형이 대나무바구니를 들고 방에서 나온다.

바구니에는 작게 포장된 초코바가 가득 담겨 있다.

마루턱에 앉는 형.

형   (옆자리를 가리키며) 여기 앉아요. 여기가 햇볕이 따뜻해요.

여자가 마루로 와서 형 옆에 앉는다.

형이 바구니를 여자에게 내민다.

여자가 초코바를 집는다. 형도 하나 집는다.

둘은 나란히 앉아 봉지를 뜯고 초코바를 입에 넣는다.

형   내 손가락이 자유로워지면, 꼭 해보고 싶은 게 있었는데… 뭔지 알아요?

여자   뭔데요?

형   (바구니에서 새 초코바를 꺼내들며) 껍질을 까는 거예요. 이 두 손으로. (능숙하게 껍질을 깐다) 이렇게, 이렇게, 이렇게. 누가 먼저 더 빨리 껍질을 깔 수 있는지 내기 해볼래요?

여자　좋아요.

형　20초 안에 껍질을 많이 까는 사람이 이기는 거예요.

여자　좋아요. (손목시계를 풀어 두 사람 사이에 놓는다)

형　그럼. 준비. 시…작.

둘은 열심히 초코바 껍질을 깐다.
형은 마치 껍질까기 운동선수 같다.
시계를 보고 '스톱' 하고 외치는 형.

여자　하나, 둘, 셋, 넷, 다섯, 여섯, 일곱, 여덟, 아홉.

형　하나, 둘, 셋, 넷, 다섯, 여섯, … 열일곱, 열여덟, 열아홉, 스물.
내가 이겼어요! 나, 껍질까기 운동선수 같죠?

여자가 감탄스런 표정으로 형의 얼굴을 바라본다.

형　왜요? 얼굴에 뭐 묻었어요?

여자　아뇨. 빨라요, 정말!

형　또 있어요. 사람들이 내 말을 못 알아들을 때마다, 속으로 해
보고 또 해봤던 거. (목소리를 가다듬고) 흠 흠. 창경궁 창살은 쌍
창살, 창경궁 창살은 쌍창살. 이분은 박 법학박사이고, 저분은
백 법학박사이다. 작년의 솥장사 헌 솥장사, 금년의 솥장사 새
솥장사.

형은 완벽한 발음으로 발음연습문장을 읊어낸다.
여자가 소리 내어 웃는다. 그러더니 형처럼 허리를 꼿꼿이 세우고 형
의 발음연습문장을 따라해 본다.

여자 창경궁 창살은 쌍찰살, 창경궁 찰살은 창창살… 이분이 박 법
    합밥사이고, 저분이 뱁 법홑 팝삽이다….

    자꾸 발음이 꼬이는 여자. 형은 깔깔대며 웃는다.

여자 작년의 솥장사 헌솥샅자, 금년의 슥장사 새속상자….

    웃는 형과 여자.
    둘은 데이트를 하는 연인처럼 즐겁다.

형   아, 여름이 또 다시 왔으면 좋겠어요… (여름날을 회상하며 꿈꾸
    듯) 내가 텔레비전을 보자고 하니까 당신이 눈을 동그랗게 뜨
    고 나를 봤죠. 이불 속에서 우린 텔레비전을 봤잖아요. 텔레비
    전을 보고 있는데 당신이 내 손을 꼭 잡아줬어요. 그리고… 일
    곱 개의 단추를 하나하나 풀어줬어요.
여자 너무 긴장해서 단추를 풀 때 손에 땀이 났어요. (쑥스러운 웃음)
    내가 리드를 하는 건 처음이었거든요.
형   당신이 가고 난 뒤 혼자 생각했어요. 이건 꿈일 거야… 모텔
    복도에 붉은색 카펫이 깔려 있었잖아요, 휠체어를 타고 거기
    를 나오는데, 하늘을 나는 기분이 드는 거예요. 역시 현실일
    리 없어, 하고 생각했죠. 절대 그런 경험은 해보지 못할 줄 알
    았거든요.
여자 영재 씨는 다정한 사람이에요.
형   (망설이다가) 저랑, 다시 한 번 만나주시면 안될까요?
여자 ….
형   그냥, 한 번만 더, 혜진 씨를 만나서… 다른 사람들처럼 밥도
    먹고 차도 마시고‥ 그럼 나도 보통사람처럼 살고 있다는 느

낌이 들 것 같아요.

여자 　… 미안해요. 영재 씨와 연인이 될 수는 없을 것 같아요.

형 　아니에요. 미안해하지 말아요. 내가 미안해요. 바보 같은 애길 해서. (머뭇거리다가) 날 중심으로 돌아가는 이 집이 싫어요. 떠나고 싶어요.

여자 　… 영재 씨는 가족들을 사랑한다고 말했었잖아요.

형 　언제까지요? 사람들에겐 저마다 각자의 삶이 있잖아요. 사람들은 다 그렇게 살잖아요. 엄마도 아버지도, 지혜랑 다롱이도, 그렇게 살아야 돼요. 그런데 내가 그걸 뺏으며 살아온 거예요.

여자 　가족들은 그렇게 생각하지 않을 거예요.

형 　난 받기만 하며 살아 왔는 걸요. 태어날 때부터 쭉 그랬고, 죽을 때까지도 그럴 거라구요. 도움 없인 아무 것도 할 수 없으니까… 내가 가족한테 해줄 수 있는 건 아무 것도 없어요. 그런데 당신을 만나고 나서, 작지만 그 방법을 찾았어요.

여자 　뭔데요, 그 방법이?

형 　(머뭇거리다가) 독립이요! 당신을 만나고 나서야 내가 마음까지 다른 사람들에게 의존하며 살았다는 걸 깨달았어요. 비록 몸은 불편하지만 혼자 설 수도 있었을 텐데, 난 그러지 못했어요. 내가 가족에게 해줄 수 있는 유일한 일은… 자립하는 거였어요.

여자 　가족에게 있어선 그 누구도 영재 씨를 대신 할 수 없어요.

형 　… 한 번만 더, 날 만나주면 안 돼요? 지금까지와는 다른 내가 될 수 있게요.

여자 　… 영재 씨를 좋아해요. 하지만 사람들한테는 저마다 살아야 할 삶이 있어요. 이해해줘요.

형 　….

여자 　그날 무척 걱정했었는데, 영재 씨처럼 좋은 사람을 만나서 다행이라고 생각했어요.

형   저는 정말 행복했어요. 혜진 씨가 어떤 대답을 해도 원망하지 않아요. 누구도 원망하지 않아요. 그냥 그런 기회가 생긴다면, 당신과 이 마당을 걸어보고 싶었어요. 나에겐 숲이고 바다고 하늘이고 꿈속인 곳. (꿈꾸듯) 당신이 그 마당에 서 있어요. 나는 아버지의 자전거를 꺼내 타고 당신을 마중 나가요. 당신을 자전거에 태우고 바다 속을 달리죠. 바다는 하늘이 되고 우리는 구름 위를 달려요. 바큇살에 부딪히는 햇살이 챙강챙강 소리 내며 우릴 따라와요. "아버지. 내가 달리고 있어요. 자전거를 타고, 모래 위를 달려요, 구름 위를 달려요" 나는 그곳에서 정말 자유로워지는 거예요. 파도가 밀려왔다 구름에 부딪혀 밀려가는 그 하늘바닷가에 방 하나 엮을래요. 거기엔 나 혼자 살아요. 아, 혼자 살고 싶다. 혼자 일어나 아침을 맞고 내 손으로 밥을 짓고 국을 끓이고 그리고 혼자 먹어요. 사람을 외롭게 하는 '관계'도 '기대'도 없는 곳. 그렇게 시작할래요. 외롭지 않으려고 사람들과 싸우고, 세상에 지지 않으려고 나 자신과 싸우다 지친 나를 초대해 위르해줄래요. "사람은 누구나 고독한 거란다. 밝아지려고 하면 할수록 더 어두워지지." 그제서야 아버지가, 엄마가, 지혜와 다롱이가 투명하고 환하게 보여요… 저 마당 한편, 내 마음이 사는 집, 보여요? 당신에게도 보여주고 싶어요. 내 '몸'이 누군가의 눈물이지 않을 때… 내 '말'이 누군가에게 짐이 되지 않을 때… 내가 오롯이 나로 존재할 수 있다면… 언제라도 그런 날이 오면, 나와 마주앉은 누군가에게, 나를 바라보는 누구나에게, 마음을 가득 담아 소리칠래요. "사랑해요" 속삭일래요. "사랑해요" 라고. (사이) 하지만 이 모든 건 꿈속에서만 가능하겠죠… 내가 욕심이 많았나봐요. 불가능한 일을 원했던 적이 없었는데…, 당신을 만나고 그만 욕심을 부렸던 거예요.

여자　(자리에서 일어선다) … 이제 가봐야 할 것 같아요.

형　고마워요, 나를 꿈꾸게 해줘서. 이렇게 날 만나러 와줘서… 또 와줄 거죠, 그 여름이 다시 오면. 그 때 다시 만나요.

여자　잘 지내요, 건강하게.

형　(초코바를 건네며) 고마워요. 잊지 않을게요.

여자는 대문 앞에 서서 형을 돌아다보더니 이내 밖으로 나간다.

몇 걸음 나와서 여자를 바라보던 형은 뒤돌아서서 자신이 누워 있던 마루와 마당을 둘러본다.

눈이 부신지 이마에 손을 올려 그늘을 만든다.

형은 신발을 벗어들고 마루로 올라와 눕는다.

운동화를 손에 꼭 쥐는 형.

형의 몸이 서서히 뒤틀린다.

팔과 다리가 뒤틀리고, 목과 어깨가 딱딱하게 굳어간다.

형은 운동화를 손에 쥔 채 '혜진씨' 하고 낮게 부른다.

아기처럼 동그랗게 몸을 마는 형.

겨울 햇살이 형의 등에 내려앉는다.

형의 몸이 눈이 녹아내리듯 스르르 풀어져버린다.

7

형의 장례식 날, 12월 초의 으후.
방에는 병풍이 세워져 있다.
병풍 앞에 놓인 작은 제단, 그 위에 즈촐하게 향이 피워져 있다.
닫혀 있는 거실(마루) 유리문 밖으로, 누나의 남자친구와 하루의 모습
이 보인다.
둘은 검은 정장 차림.

남자친구   어, 눈 온다!

남자가 거실 유리문을 열그, 소리친다.

남자친구   하루야, 눈 온다.
하루   (서둘러 유리문 쪽으로 가며) 어디요?

하루가 남자친구가 가리키는 하늘을 바라본다.

하루   어디요?
남자친구   … 조금 기다려봐.
하루   어디요? 안 보이는데요.
남자친구   방금 전까지 떨어졌어.
하루   (마루로 되돌아오며) 안 오나 봐요.
남자친구   방금 전에 내 콧등 위로 하나가 뚝 떨어졌다구.
하루   ….

남자친구   내가 잘못 봤나. 분명히 내 요 콧등에 떨어졌는데.
하루   한 잠도 못 주무셨죠, 어제?
남자친구   분명 내 콧등에서 눈송이가 사르르 녹았는데.

하루   거기 그렇게 많은 철새들이 모여 있는 줄은 몰랐어요, 이 동네
           서 20년을 살았는데….
남자친구   나도 처음 봤어.
하루   오빠 유골은 새들의 먹이가 되겠죠?
남자친구   그러겠지.
하루   새들이 다시 돌아올까요?
남자친구   내년 겨울에는 돌아오지 않을까? 철새들이니까.
하루   오빠도 매년 거기에서 다롱이를 만나겠네요.
남자친구   아까 장례식장에 휠체어 타고 온 사람 말야, 머리 길게 기르
           고. 남자였어?
하루   네.
남자친구   역시 '여자친구는 하나도 없었다.' 기대했었는데….

사이.

남자친구   … 좀 늦으시네.
하루   자리를 뜨시는 게 쉽지 않겠죠.
남자친구   말로 다 어떻게 하겠어.
하루   ….

남자친구   한번만 더 버텨냈으면 좋았을 걸. 그렇게 쉽게 자발될 줄은 몰
            랐지.

하루   그러고 보니까 오빠는 사람들보다 TV랑 라디오랑 더 친했던
           것 같아요.

남자친구   ….

하루   (라디오를 끈다) 언니가 너무 많이 울어서 마음이 아프시겠어요.

남자친구   슬픔을 나눈다는 게 참 어려운 것 같아. 할 수 있는 게 고작 옆
            에 서 있는 것 밖에 없으니.

하루   아까 언니가 울 때, 아저씨가 옆에 있어서 다행이라고 생각했
           어요.

남자친구   (미소 지으며) 이거 어깨가 무거워지는데? 재미있는 유머를 더
            많이 개발해야겠어.

하루   상대방 기분을 좋게 하는 마력을 갖고 계시니까 조금만 더 하
           시면 될 것 같은데요.

남자친구   (웃으며) 그래?

하루   (웃는다)

둘은 애써 웃어보지만 웃음은 분위기를 더욱 쓸쓸하게 만든다.
하루, 일어나 유리문 가까이 다가가 하늘을 본다.

남자친구   눈 와?

하루   아직 잘 모르겠어요.

남자친구   내가 헛것을 본 건가.

하루   우리도 언젠가는 사라지겠죠?

남자친구   ….

하루   아까 휠체어 탄 사람이요, 나한테 말을 걸었어요.

남자친구   무슨 말을 했는데?

하루   그런데… 못 알아들었어요. 못 알아들었는데 다시 물어볼 수가
          없더라구요. 아마 오빠 얘기였던 것 같은데, 내가 알아들은 것
          처럼 고개만 끄덕이니까 계속 쳐다보다가… 그냥 가버렸어요.
남자친구   … 그랬구나.
하루   오빠가 보고 싶을 거예요. 항상 쑥스러운 표정으로 웃어줬는
          데.

          아버지와 다롱이 마당으로 들어선다.
          다롱은 형의 영정을 들고 있다.
          마루로 올라와 사진을 제단에 올려놓는 다롱.
          남자친구와 하루가 일어나 옆쪽으로 비켜선다.

아버지   오늘 정말 수고 많았네.
남자친구   별 말씀을요.
아버지   (하루에게) 와줘서 고맙다.
하루   …. (고개 숙여 인사한다)
남자친구   그럼 저흰 이만… 가보겠습니다.
아버지   밥이라도 먹고 가야지, 시장할 텐데. 금방 지혜하고 지혜에미
          올 거야.
남자친구   아닙니다. 또 찾아뵙겠습니다.
하루   다롱아, 나도 가볼게.
다롱   그래, 고마워.
남자친구   쉬십시오, 아버님.
아버지   자네도 잘 가게.

          네 사람은 인사를 나눈다.
          마루에 앉아 상복의 겉옷을 벗는 아버지와 다롱.

잠시 멍하니 앉아 있던 아버지가 마루를 쓰다듬어 본다.
그러다 마루 틈에서 뭔가 발견하고 빼내려 하지만 잘 되지 않는다.

다롱　　… 아버지.

아버지　여기에 뭐가 끼어 있다.

다롱　　제가 빼볼게요.

다롱, 역시 잘 되지 않는다.
아버지, 옆에서 집게를 가져다가 뭔가를 집어낸다.

아버지　이게 뭐냐?

다롱　　뭔데요? (아버지에게 받아들고)

아버지　그게 뭐냐?

다롱　　발톱… 같은데요.

아버지　어디 줘봐.

한참을 들여다보는 아버지.
아버지가 발톱을 마루 틈어 다시 끼워 넣는다.
사이.

다롱　　마실 것 좀 드릴까요?

아버지　시 하나 지어볼래?

다롱　　….

아버지　어릴 때 니 형이랑 했던 것처럼….

다롱　　(손으로 눈을 쓱 문지르며 일어나 부엌으로 들어간다)

아버지　… 내가 제목을 주면, 서로 먼저 한다고 싸우던, 그때처럼 말
　　　　　이야.

사이.

주스가 담긴 잔을 가지고 나와 아버지 앞에 내려놓는 다롱.

다롱   (애써 밝게) 제목이 뭐예요?

아버지   구름 어떨까.

다롱   구름이요?

아버지   그래 … 구름.

다롱   (하늘을 쳐다보다가) 구름을 보면 보인다네, 구름이. 토끼구름, 거북이 구름, 물고기 구름. 호랑이 구름…, 바람 따라 구름이 흘러가네. 흘러가는 구름 속엔, 너구리 한 마리, 원숭이 한 마리, 고양이 한 마리….

아버지   ….

다롱   형이요, 이젠 어디든 마음대로 갈 수 있겠죠?

아버지   그렇겠지. 니 형이 그래도 팔 힘 하난 셌다. 잘 날아갈 거야.

다롱   (주스 잔을 아버지 앞으로 밀어준다)

아버지는 주스가 잘 넘어가지 않는지 천천히, 하지만 끝까지 다 마신다.

아버지   니 형이 태어나기 전에, 태몽을 꿨는데….

다롱   태몽이요?

아버지   정원에 녹차나무가 한 가득 자라고 있었다. 울타리까지 모두 다 녹차나무였어.

다롱   … 엄마는 산에게 송이버섯을 캤다고 하던데요, 한 광주리요.

아버지   (미소 짓는다)

다롱   (아버지를 따라 미소 짓는다)

겨울비가 내린다. 겨울 찬바람 소리와 함께 후드득 맑게 들리는 빗방울 소리.

— 막 —

(2005년 여름)

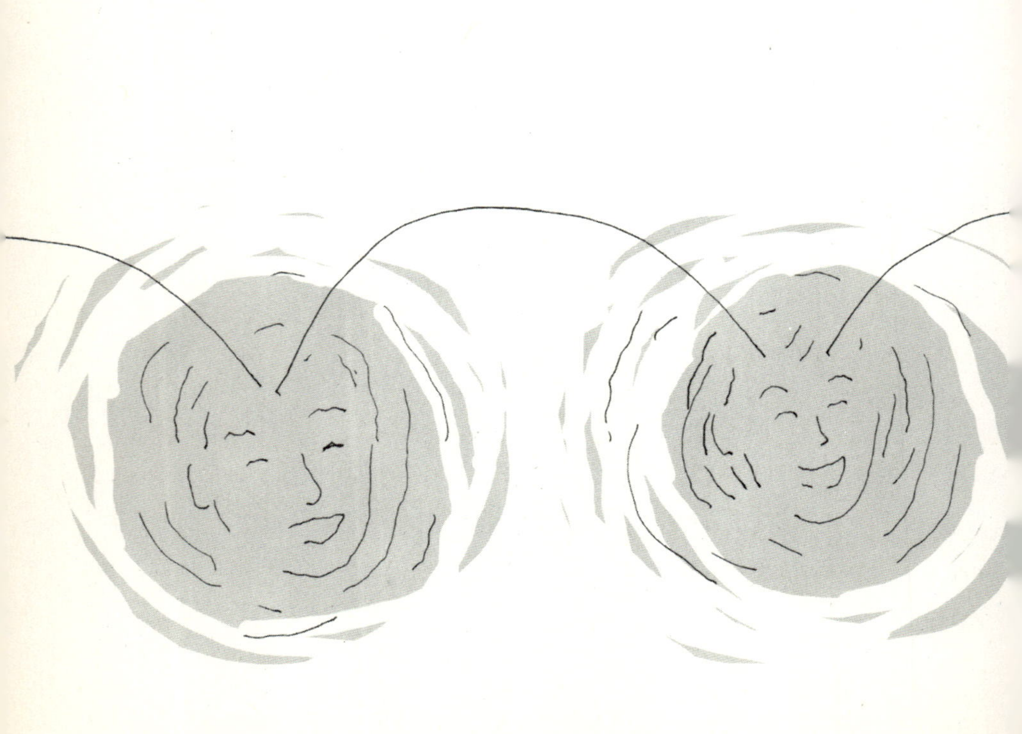

자라의 호흡법

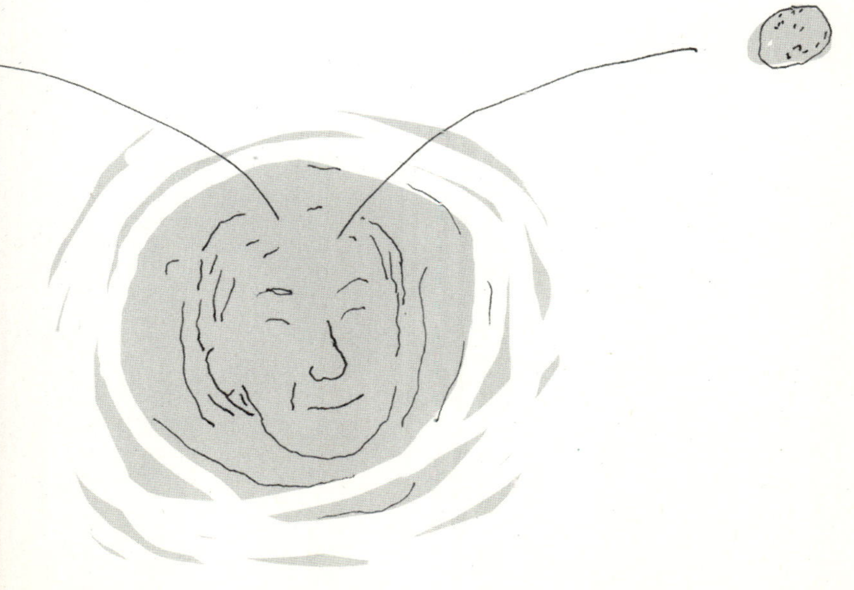

등장인물

세이 (여. 29세)
진수 (남. 29세)
광현 (남. 46세)
성욱 (남. 28세)
다정 (여. 28세)
경호 (남. 39세)
관리인 (남. 40대)

프롤로그

면접장 대기실. 면접이 막바·지에 이르러 한산하다.

진수가 간이테이블 앞에 서서 누군가 기다리고 있다.

정장차림의 세이, 면접을 마치고 나온다. 표정이 어둡다.

진수 앞에 놓아둔 핸드백을 들고 옆 의자에 풀썩 앉는 세이.

세이의 핸드백에서 천 원짜리 한 장이 팔랑팔랑 날아 진수 앞에 툭 떨어진다.

진수   (돈을 주워 드는) 천 원으로 할 수 있는 일이 뭐가 있을까?

세이   ….

진수   김밥도 못 사고, 치즈버거도 안 되고. 천원샵에도 쓸 만한 건 없을 거야. (천원을 내민다)

세이   (돈을 쳐다보며) 인생, 수척하다.

진수   버스비는 되겠다.

세이   교통카드는 후불이거든.

진수   (들고 있던 돈을 자기 주머니에 넣고는) 저 문 나올 때는 다들 그래. 딱 니 표정 같아.

세이   내 표정이 어떤데.

진수   먼 산을 바라보는 것 같은, 그 초점 없고 허탈한 표정.

세이   너 오늘 일 안하냐?

진수   베프(베스트프렌드)가 면접 보는데 5초 대기해야지.

세이   넌 좋겠다. 일도 하고 돈도 벌고, 땡땡이도 치고.

진수   별거 있냐. 야근하라면 하고, 지원 나가라면 나가고. 아무 생각 없이 살고 그러면 되는데.

세이   별거 없는 널 부러워하는 난 뭐냐? … (한숨)

진수   … 이력서에 사진 예쁘게 나왔더라.

세이   (자기 생각에 빠져 있는) 난 너무 말을 못하는 것 같아. 말은 많은
       데 쓸모 있는 말은 별로 안하는 것 같고.

진수   왜? 뭐라고 했는데.

세이   진수야, 나 사회성이 많이 떨어지냐?

진수   대답해야 되는 질문이냐?

세이   난 잘해보려고 하는 건데, 말을 하면 할수록 더 이상한 말을
       하게 된다. 입사하고 싶은 이유를 간단히 말해보래는 거야. 했
       지, 솔직 담백하게.

진수   뭐라고?

세이   할 일이 없다고… 처음엔 그게 아니었는데, 결론은 그게 대답
       이 됐어.

진수   … 그렇게 말했어? 달리 할 일이 없다고?

세이   (끄덕이는)

진수   요즘 … 힘드냐?

세이   너무 많잖아. 이유가 한둘이냐? 나도 일하고 싶다고. 돈도 벌
       어야 하고, 내가 하고 있는 비디오아트가 뭔가 쓸모 있는 일이
       란 것도 인정받고 싶고, 또 나 자신이 어딘가에 필요한 사람이
       란 것도 확인해야겠고.

진수   알았어, 알았어.

세이   할 일이 없다는 건, 그러니까 아주 절실히 이 일이 필요하다는
       뜻 아냐?

진수   나는 들으니까 딱 이해가 된다.

세이   그치? 이해되지?

진수   저 안에 분들은 영 이해랑은 안 친하니까.

세이   내가 백 미터 달리기할 때도 꼭 총소리에 놀라서 늦게 출발하

고 그랬었거든, 고등학교 때. 딱 그 기분이야 지금.

진수 … 백미터 달리기도 참 익숙해지지 않지 그게.

세이 넌 몇 번 만에 붙었냐, 면접.

진수 안 세어 봤는데.

세이 좋겠다.

진수 힘 좀 내. 참, 맨 왼쪽에 앉아 있던 사람은 뭐래?

세이 대머리? 아무 말도 안하고 계속 째려만 보던데.

진수 그럼 관찰하고 있다는 뜻인데. 그 사람 눈에 안 들고는 절대
      입사 못하거든.

세이 째려보다가 나중에는 고개 숙이고 아예 안보던데?

진수 관찰이 짧았네.

세이 아무튼 기회 만들어줘서 고맙다.

진수 이력서 사진 예쁜 걸로 치면 니가 능력이 좀 되는데.

세이 아 긴장 풀리니까 배고프다… (일어서며) 저녁시간 되려면 아
      직 멀었지? 같이 저녁 먹으면 좋은데.

진수 여기 정리하려면 좀 걸릴 텐데. 저기… 잠깐만.

진수, 간이테이블 뒤쪽에서 커다란 종이가방을 가져온다.
안에는 낱개 포장된 빵이 가득하다.

진수 이거… 이번에 새로 나올 초콜릿빵이야. 신품.

세이 오호~ 면접 본 사람들한테 나눠주는 거야?

진수 (고개를 가로젓는)

세이 너밖에 없다. (두 손으로 종이가방을 받으며) 근데 이거 다 갖고
      가도 돼?

진수 (주변을 둘러보며) 빨리 가. 너무 오래 두지 말고 삼일 내에 다
      먹어. 굶지 말고.

세이	알았어. 안 굶을게. 그리고 나, 올해는 꼭 홀로 선다. 내 맘 알지 너?
진수	그래, 알지.
세이	진짜야.
진수	(끄덕이는)
세이	나, 간다. 오늘 밤엔 전화하지 마.

세이, 나가려다가 다시 들어온다.

진수	왜?
세이	내 돈.
진수	(주머니에서 천 원을 꺼내 돌려준다)
세이	내가 사진빨 하난 잘 받지.

세이 나간다.
진수는 세이가 보이지 않을 때까지 뒷모습에 대고 손을 흔든다.

면접장 대기실 어두워지고 무대 반대쪽 밝아지면, 지하철역이다.
경호(40대), 벤치에 앉아 누군가 두고 간 신문을 보고 있다.

경호	(신문 뒤적이며) 대체 애들 먹는 급식에 무슨 짓을 한 거야. 어라? 분유까지? (혀를 차며) 하여튼 먹을 것 가지고 장난하는 것들은 싹 다 긁어다가 고춧물을 먹여야 되는 건데. (뒤적뒤적)

세이, 경호 앞을 지나가는데 손에 들고 있던 종이가방의 밑부분이 터져 빵이 모두 쏟아진다.
신기하게 쳐다보는 경호.

세이는 쏟아진 빵을 주워 들고 경호가 앉은 벤치 끝에 앉는다.

세이 빵까지 말썽이네…. (내친 김에 하나 뜯어서 먹는)
경호 그거 다 아가씨가 먹을 거예요?
세이 …. (먹으며)
경호 (먹는 걸 쳐다본다)
세이 (먹으며 힐끗 보는)
경호 (딴청 부리고)
세이 (하나를 내밀며) … 드시겠어요?
경호 (받으며) 먹으라면야… 먹지요.

두 사람, 빵을 먹는다.

경호 (빵 속을 들여다보며) 초콜릿이네.
세이 (빵 하나를 더 뜯어 먹는다)
경호 (빵을 다 먹고는, 세이를 쳐다보는)
세이 (빵 하나를 더 뜯어 먹는)
경호 (쳐다보는)
세이 (쳐다보는)
경호 (먼 산을 바라보는 듯한 표정과 시선)
세이 (하나를 내밀며) 하나 더… 드시겠어요?
경호 (받으며) 먹으라면야… 먹지요

두 사람 먹다가.

경호 안 좋은 일이 있었나 봐요.
세이 (쳐다본다)

경호   먹는 걸 보면 알지… 쌓인 분노가 많아.

세이   아저씨두요.

경호   난 굶어서 그렇고, 아가씨는 일종의 프러스트레이션, 욕구불
         만이지. 욕구불만은 어떤 목표를 향한 행동이 심리적 갈등이
         나 능력 부족 또는 외부로부터의 장애나 방해로 저지당해서
         욕구의 만족을 얻지 못한 답보상태나 그와 같은 상태에 놓인
         사람의 혼란·당황·짜증스런 감정 상태를 일컫는데, 아가씨
         얼굴이 딱 그래.

세이   (뜨악한 표정으로 본다) ….

         경호 빵을 먹기 시작한다. 세이도 얼떨결에 먹는다.

경호   (먹다가) 참, 난 줄 게 없는데… (가방에서 깨끗하게 접힌 쇼핑백을
         꺼내) 이거 가져요. 나에겐 모든 경우에 대비한 물건이 가방 안
         에 가득하니까 부담 갖지 말고.

세이   ….

경호   (종이가방을 가리키며) 찢어졌잖아.

세이   아…. (받지 않고 바라만 보는)

경호   받아요, 어서. 아가씨가 나에게 보여준 호의에 대한 보답치고
         는 내가 앉아 있는 이 의자에 누군가 붙여놓은 껌딱지처럼 작
         은 보답이지만, 어쨌든 보답이라는 양식은 호의를 베푼 사람
         이 받아줄 때야 비로소 그 뜻이 성립되는 거거든. 단순한 예의
         를 차리는 게 뭐 중요하냐 싶겠지만 이런 생활 속 작은 양식들
         이 깨지기 시작하면 오랫동안 자연스럽게 자리잡아온 사회적
         약속이나 관습들이 무너질 테고, 그럼 우리는 인간적인 소통
         이나 사회적으로 필요한 교감도 나눌 수 없을 거예요. 더 나아
         가서는 사람들 사이에 존재하는 최소한의 규범들이 허물어지

면서 끝내 아노미 상태가 올지도 몰라요.

세이　… (비닐봉지를 받아 빵을 담는다)

경호　(바라보는)

세이　(빵을 더 건네며)

경호　(빵을 받고, 신문을 접어 내밀며) 기브 앤 테이크. 나는 다 읽었으니까 가져가서 읽어요. 며칠 안 된 신문이야.

세이　(받고)

경호　지하철 오네. (잘 가라는 손짓)

세이　안… 타세요?

경호　내 레이더는 집밖에서만 전파가 잡혀서. 먼저 가요.

세이, 지하철에 오른다.

1. 진수의 회사

진수의 회사 소회의실.

진수, 혼자서 넓은 책상에 서류를 잔뜩 펴놓고 뭔가 맞춰보고 있다.

성욱(28세), 스펀지로 만든 빵 모양의 코스튬을 입고 들어온다.

(옷은 아래쪽에 두 다리를 넣을 수 있는 구멍이 있고, 위쪽으로는 얼굴
이 나오게 만들어져 있다.)

진수	어어?
성욱	선배, 저 뭘로 보여요?
진수	… 빵?
성욱	앗싸. 그럼 무슨 빵이게요?
진수	단팥… 빵?
성욱	역쉬.
진수	뭐야 그거.
성욱	이번에 다정 씨하고 진행할 프로젝트요.
진수	PT할 때 그거 입고 하게?
성욱	이왕 하는 거 확실하게 해야죠.
진수	확실히, 좋지. (하던 일로) 열심히 해봐.
성욱	(같이 안하냐는) 연구 성과 좋으면 우리 이름으로 개발상품 나온 대요. 상금도 있고.
진수	노 땡큐.
성욱	같이 하는 거 아니에요?
진수	이미 많이 했어. 덕분에 연구랑 안 친한 것도 알았고.

성욱   선배 노하우가 필요하다구요.

진수   (서류 보며) 발등에 떨어진 불이 한두 개가 아니야. 발가락마다
       불꽃축제.

성욱   그건 그거고, 이건 이거.

진수   바뻐. (일하다가 문득) 참, 나 아까 PT할 때, 티 많이 났지.

성욱   아뇨. 발음 꼬이고 입꼬리 좀 떨렸다고, 설마 긴장했다고 생각
       하겠어요?

진수   보였어?

성욱   목소리 떨림도 최고였어요. 어떻게 하면 그런 효과 나와요?

진수   (쳐다보는)

성욱   원래 이사님들 참석하실 땐 다들 그러잖아요. 저번에 장과장
       님도 PT할 때 눈가 경련 파도치던데.

진수   다음 회의 땐 참신한 기획안 좀 있어야지, 이렇게는 못 버티겠
       다.

성욱   (코스튬을 가리키며) 이게 그 참신한 프로젝트가 될 거라니까요.

진수   차라리 케이크를 팔고 말지.

성욱   제가 또 케이크 파는 데는 일가견이 있는데. 작년 신입연수 때
       요, 입사동기 중에 제가 케이크 제일 많이 팔았잖아요. 일단
       온 손님은 절대 안 놓치니까. 공장연수 성적도 제가 제일 좋았
       던 거 아세요?

진수   그 열정이면 홍보 프로젝트도 성공하겠다.

성욱   못할 것도 없죠. 그런데 연수 때는 생산부터 판매까지 섭렵해
       야 한다는 신입의 신념으로, 공장에도 투입되고 매장 밖에서
       빵도 팔고 했는데, (빵 코스튬을 가리키며) 이번 연구는 어떤 신
       념으로 임해야 될까요?

진수   위쪽에 물어봐.

성욱   (위를 보며) 위쪽….

단팥빵 코스튬을 벗어 안쪽을 살펴보는 성욱.

그때 다정이 크림빵 복장을 입고 들어온다.

(크림빵은 단팥빵보다 색깔이 연하고 길쭉하게 생겼다.)

다정   (들어서며) 저 뭘로 보이세요?

진수   (성욱을 한번 보고) … 빵?

다정   무슨 빵요?

진수   크림빵?

다정   (실망) 아… 진짜 빵으로 보이는구나. 그것도 크림빵으로.

진수   딱인데. 잘 어울려.

성욱   내가 잘 어울릴 거라고 그랬잖아. 그 옷 가져도 돼.

다정   그렇게 맘에 들면 성욱 씨가 안에 껴입어.

성욱   그래볼까?

다정   (고개 저으며) 이렇게까지 해야 하는 걸까.

성욱   일단 시작하면 잘 할 거면서.

다정   그게 문제야. 난 뭐든 시작하면 죽자사자 달려들거든. 빵옷 입
       고 실험결과 발표하는 이런 재롱잔치까지도.

성욱   내가 다정 씨를 파트너로 찍은 이유기도 하고.

다정   (진수에게) 정말 이런 연구가 먹힐까요? 쓸데없는 일 하기 싫은
       데.

진수   위쪽에 물어봐.

성욱   걱정 마. 이번 실험 성공하고 홍보에 적용해서 결과 인정받으
       면, 성과금으로 보라카이 날아가서 스트레스 날려버리는 거
       야. 그럼 그땐, 이런 게 성취감이구나 하면서 바다에 빠져서
       물먹어도 달게 느껴질걸.

다정   내가 왜 물을 먹는데?

성욱   아 수영 잘하는구나. 몰랐네.

다정   참 나 어이없어서. 보라카이를 가든 마라카이를 가든 이 크림
       빵 좀 어떻게 해봐. 단팥빵은 그렇다쳐도 크림빵은 이상하지
       않아? 귀엽지도 않고 끌쭉하기만 한 게 좀….

진수·성욱   (동시에) 좋은데. 귀엽다니까.

다정   난 크로아상이나 슈크림빵이 더 어울리는데. 굳이 단팥이랑
       크림으로 가자는 건 뭐냐구.

성욱   친근하잖아. 색깔도 죽여주고.

다정   (이리저리 살피며) 크림빵은 단팥빵보다는 좀 고급스럽게 표현
       돼야지 않아?

성욱   가격은 똑같잖아.

다정   빵 사먹을 때 가격보고 사먹어?

성욱   난 그러는데.

진수   나두.

다정   아 진짜. 싼 거 좋아하건 저렴마케팅 나오는데, 같이 못하겠
       네. 잊지 마. 우린 지금 우주의 음악적 하모니에 귀기울일 줄
       아는 빵의 세계를 통해서 음악과 맛의 관계와 그 신비로움을
       연구하는 거라구. 싸구려 빵처럼 보이면 안 되는 거야.

성욱   알지. 안되지.

진수   뭐가 그렇게 복잡해. 한번 보여줘 봐.

성욱   서두르시긴. 저희가 다 준비해 왔죠. 연습이니까 프로젝트 빔
       이랑 자료 핸드아웃은 생략할게요. (사인을 보내며) 다정 씨.

다정, 옆에 놓인 빵 상자를 들고 온다.

성욱 목소리를 가다듬고 프리젠테이션 준비를 한다.

성욱   (목소리 가다듬고) 이번 연구는 식물의 초감각적 지각에 대한 연
       구에서 모티프를 얻어 시작한 실험으로, 생명이 없다고 알려

진 음식에도 음악이 영향을 미칠 수 있는가 하는 의문에서 출발했습니다.

다정　　좀 더 쉽게 설명하자면, 음식은 맛있다 맛있다 하면 자기가 진짜 맛있는 줄 알고 최선을 다해서 최고의 맛을 낸다는 흥미로운 연구결과가 있습니다. 그 결과가 빵에서도 예외가 아닐 것이라는 것을 전제로, 저희는 재료들을 숙성시키고 빵을 굽는 과정에서 음악을 들려주면서 성분조사를 해보기로 한 것이죠. (빵 상자를 성욱에게)

성욱　　(받고) 그 결과 저희는 메탈을 들은 빵보다 클래식을 들은 빵이 훨씬 부드럽고 안정적인 맛을 낸다는 놀라운 사실을 발견하게 된 것입니다. 그리고 그 결과물로 확연하고도 미묘하게 맛의 차이를 내고 있는 빵을 선보이게 된 것이구요. (상자를 진수 앞쪽으로 내민다)

진수　　와아, 이거 다르면 진짜 대박이다 그치. (빵을 집으려 한다)

성욱　　(상자를 비키며) 먼저 음악에 대한 설명을 들으시구요. 다정 씨.

다정　　네. 실험에 사용된 음악을 알려드리죠. 보시다시피 상자는 반으로 나뉘어져 있습니다. 이쪽에는 바하의 골든베르크변주곡을 들은 빵이 담겨 있고, 이쪽에는 메탈리카의 '앤 저스틱스 포 올'(And justice for all)을 들은 빵이 담겨 있죠. 음악에 노출된 시간은 각각 반죽에 15분, 발효에 50분, 180도 예열에 25분씩 굽는 동안이었습니다. 객관성을 유지하기 위해 두 종류의 빵을 선택하게 되었는데, 보시다시피 그 하나가 단팥빵이고 다른 하나가 크림빵입니다.

진수　　음, 내가 또 객관적인 평가의 달인이잖아. 그 정도 준비했음 뭔가 나오겠다. 이제 먹어도 돼?

다정　　(전문가적 손길로 상자에서 빵을 하나 집어 건넨다)

진수　　(하나 집어서 베어 물며) 진짜 클래식 들은 빵이 부드러울까?

성욱   음악의 좋고 나쁨을 평가하는 게 아니니까, 전적으로 빵맛에
　　　　만 집중하셔야 됩니다.

진수   알았어. 음 맛있다. 잘 구웠네.

성욱   얘기하면서 드시면 효과가 없죠.

진수   (음미하며 먹는다)

다정   (주시하고, 다른 하나도 주며) 이것도.

진수   (양 손에 들고 한입씩)

성욱   어떠세요?

다정   확실히 다르죠?

진수   (가우뚱) 글쎄.

성욱   차이가 미미하긴 하죠. 그래도 뭔가 다를 텐데요.

진수   잘 모르겠네. 뭐가 다른 거야?

다정   (진수가 먹던 걸 뺏어서 먹어본다)

성욱   (다정이 먹던 걸 뺏어서 먹어본다)

진수   뭔가, 달라?

다정.성욱   ….

진수   그냥 음악 틀어놓고 먹지. 우리 뇌가 음악에 반응하는 게 훨씬
　　　　정확할 거 같은데.

성욱   (들고 있던 걸 다시 먹어보며) 달랐는데….

2. 세이의 집

세이의 집, 거실.
뒤쪽으로 액자에 걸린 할아버지의 사진이 있다.

좌식탁자 위에는 노트북이 놓여 있고, 그 옆으로 비디오카메라와 사진
들. 그리고 그림들이 적당히 쌓여 있다. 그 사이로 비닐에 낱개 포장된
초콜릿빵이 몇 개 놓여 있고 탁자 주변에도 빈 빵봉지들이 널브러져
있다.

마이크를 잡은 세이는 모니터를 보며 녹음을 하고 있다.
그녀는 지금 비디오아트를 하고 있는 중이다.
노트북 모니터에는 세이가 만든 영상이 흘러나오고 있다.

세이   (주문 외듯) 잠이 온다… 잠이 온다… 오븐 속에서 나는 꿈을
       꾼다. 몸이 부푼다… 몸이 부푼다. 떠올랐다 가라앉는다 차올
       랐다 내려앉는다. 문이 열린다 찬바람이 분다. 너는 더 이상
       빵이 아니다. 틱톡틱톡 틱톡틱톡.

세이 녹음을 멈추고, 휴대폰이 잘되는지 확인하다가 결심한 듯 어딘가
로 전화를 건다.

세이   네 안녕하세요. 저는 이번에 입사원서 냈던 지원자인데요, 합
       격통보가 갔는지 해서요. 네, 다음 날에 바로 주신다고… 서류
       심사는 통과했구요 그저께 면접 봤거든요… 네. 아 그럼 언제

쯤. (잠깐 사이) 오늘이요? 그쵸, 원래는 그런데요 인터넷에 공고하기 전에 미리 통보가 가기도 하잖아요. (표정 어두워지며) 아아… 네. 감사합니다. (끊는다)

세이, 침통한 표정으로 빵을 뜯어 입에 물고는 허공을 쳐다본다.
옆에 있는 개집에는 늙고 힘없는 개(짱구) 한 마리가 살고 있다.
세이, 짱구에게 다가가 빵 한 조각을 떼어 짱구어게 주는데 별 반응 없다.

세이   (빵조각을 입 속에 넣으며) 짱구야. 이 누나, 또 떨어졌다.

세이, 고개를 푹 떨구고 있다가 번쩍 들더니 책상 위의 신문을 본다.

세이   그래. 이번 공모도 떨어지면 너랑 나랑 바다로 가자. 바닷물은 짜겠지? 뭐? 차다구?

우걱우걱 빵을 먹는 세이.

세이   (다시 마이크를 잡고) 비디오아트가 돈 되는 광고로 돌아오는 그 날까지! (마이크 스위치를 올린다)

초인종 울린다.
녹음을 멈추고 마이크를 끄는 세이. 찾아올 사람이 없다는 걸 아는 세이는 문쪽을 한번 쳐다보고는 다시 마이크 스위치를 올리려고 하는데, 또 초인종이 울린다. 딩동딩동딩동.

세이   이럴 때 꼭 잡음이 끼어든다니까. (개집을 보겨) 신짱구, 뛰어.

잠잠한 개집.

세이   뛰어가, 신짱구. 뛰어!

짱구 반응 없자 세이 귀찮은 표정으로 일어나 문으로 다가간다.
문이 열리면, 문밖에 다소 화려하고 분위기 있는 옷차림의 광현 서
있다.
적당히 세련되고 적당히 품위 있어 보이지만 튀지는 않는 사십대 중
반의 아저씨 모습인데 어딘가 부드러워 보이는 분위기다.
광현의 손에는 여행용 가방이 들려 있다. 옆에는 슈트케이스.
얼굴 가득 환한 웃음을 지으며 반갑게 인사하는 광현.

광현   메리 크리스마스!
세이   (대답도 않고 문을 닫으려 한다)
광현   (문을 잡고) 얘 잠깐만 (문틈으로 발부터 끼워 넣는다)
세이   (쌩하게)

문을 사이에 두고 힘겨루기.

광현   (힘으로 밀고 들어오며) 너무 춥다. 오늘 같은 날은 외출하려면
         단단히 껴입어야 하는데.
세이   (광현의 슈트케이스를 밖에 내놓으려고 한다)
광현   (슈트케이스를 뺏어 들어온다)
세이   (팔짱 낀 채 문 앞에 서서) 나가
광현   밖이 얼마나 추운데. 눈 올 거 같애.
세이   가.
광현   얘는 오랜만에 들른 사람한테. (들어오며) 문 닫어 추워.

세이   (보는)

광현   보일러 좀 틀고 살어라. 돈 없니?

세이   …. (문을 쾅 닫고 제자리로 돌아와 하던 일을 계속한다)

광현   이게 다 뭐야. 빵봉지들 하고… 너 빵만 먹고 사니?

세이   … 뭐야?

광현   뭐가?

세이   (노려본다)

광현   집에 일 있어서 오니? 집이니까 오는 거지. 어떻게 지냈어?

세이   언제가 궁금한 건데?

광현   쭈욱. 우리 언제 봤더라? (외투를 벗으며) 할아버지 돌아가시고
          처음인가. 아니다. 49제 때 봤구나. (태연히) 그게 벌써 2년이
          다 돼가네. 잘 지냈지?

세이   …….

광현   천천히 듣자. 몸 좀 녹이고. 커피 없니?

부엌으로 가서 전기포트에 물을 올리는 광현.

광현   (찬장을 뒤지며) 원두커피는 없니? (커피 타며) 혼자 지내긴 괜찮
          고? 자주 와보고 싶은데… 알지? 아빠 바쁜 거. 예전에야 할아
          버지 계시니까 자주 못 와도 맘이 놓였는데, 나도 나이 들었나
          봐. 막 너 걱정되고 그러는 거 있지.

세이, 대꾸 않고 방안의 불을 끈다. 노트북 모니터의 불빛만 환하다.
광현을 의식하지 않은 채 마이크를 잡고 다시 녹음을 시작하는 세이.

세이   잠이 온다 잠이 온다… 주위는 마녀의 숲처럼 어두워지고 투
          명한 덩굴이 내 몸을 감싼다. 떠오른다 떠오른다… 검은 나무

사이로….

광현　뭐니?

세이　(한숨. 참는)

광현　새로운 작업이니?

세이　(참고 계속하는) 떠오른다 떠오른다….

광현　(불을 켜며) 환한 데서 일해.

세이　아아 (무너지듯 앉고)

광현　(커피잔 들고 거실로. 할아버지 사진을 보며) 저번에도 말하려고 했는데, 이 사진은 영정으로 별로였어.

세이　그게 그렇게 거슬려?

광현　보이잖아. 보여서 한 말이야. (노트북 쪽으로 가며) 이번엔 뭐야?

세이　(노트북을 확 덮어버린다)

광현　깜짝이야… (가방을 가져다가 뭔가 꺼내 놓으며) 나… 며칠 있을 건데.

세이　(쳐다본다)

광현　너 여수에 김치 공장 많은 거 아니? 전국에 맛있는 김치는 다 거기서 공수한대. 여수에 작은 갤러리 하나 오픈 하는데 내가 그림 댔거든. 뭐 꼭 내가 댔다고는 할 수 없지만 아무튼. (통을 열어 냄새 맡아보며) 갓김치 잘 익었다. 소문난 데서 사온 거야. 전라도 음식 맛있는 건 알지?

세이　(광현이 풀던 보자기를 다시 묶으며) 가.

광현　(다시 풀며) 알았어. 때 되면 갈게. 누가 눌러 산대? 그래도 신경 써서 젓갈 적게 들어간 걸로 산 거야. 먹어봐. 깔끔해. 너 젓갈 들어간 거 싫어하잖아.

세이　(다시 묶는) 장난 해 지금?

광현　(다시 푸는) 장난은. 너 보러 온 거잖아, 같이 밥 먹으려고. 젓갈

이 얼마나 맛있는데, 넌 비위가 왜 그렇게 약하니.

세이 빨리 갖고 나가.

광현 (김치포장 묶는) 숨 좀 돌리자. 할 말도 있고.

세이 빨리 냄새나는 그거 치우라고.

광현 오랜만에 만났는데 이 냄새가 어때서. 아빠한테 말버릇은.

세이 우리 남매거든. 열일곱 살 차이나는 남매. 여태 우리가 부녀지간인줄 알았어?

광현 서류상으로야 남매지만, 그건 할아버지가 서류를 그렇게 꾸민 거고. 실제로는 내가 너 열여덟에 낳았어.

세이 상관없고. 가라구. (책상으로 돌아앉으며) 오랜만에 한 번씩 찾아 올 땐 돈 아니면 남자 아냐.

광현 넌 말을 해도 정 떨어지게. 그만 좀 해라.

세이 여기 내 집이야.

광현 내 집도 돼.

세이 할아버지가 나한테 줬어.

광현 애가 왜 이래.

세이 …. (못마땅하게 잠시 쳐다보는)

광현 … 알았어. 누가 잡아먼니.

태연하게 김치통을 부엌으로 가지고 가는 광현.

세이, 분통이 터진다. 팔짱을 끼고 광현을 째려보는 세이.

옆에 놓인 개집(천으로 만들어진)에서 낑낑대는 소리 들린다.

세이 (앉은 채 발을 쭉 뻗어 개집을 툭 치는) 조용히 해.

개집 잠잠해진다.

광현, 눈을 반짝이며 개집으로 다가온다.

웅크리고 있는 개를 손으로 툭툭 쳐보는 광현.
짱구는 금세 조용해져 반응 없다.

광현 죽었나? (다시 툭툭)
세이 머리 때리지 마.
광현 너도 때렸잖아.
세이 엉덩이 때렸지 머리 때렸어?
광현 (살펴보며) 너 강아지 싫어하잖어.
세이 ….
광현 그런데 왜 얘가 여기 있어? (다시 들여다보고는) 꼼짝도 안 한다.
세이 ….
광현 어떻게 해야지. (담요를 떠들어보고) 골골하네.

세이, 신경질적으로 벌떡 일어나 우유가 든 젖병을 갖고 온다.

광현 병원엘 데려가든가.
세이 (개에게 물려주며) 너 우리집에서 꿱하면 죽을 줄 알어.

광현이 옆에 있는 공을 벽에 던져 개가 움직이는 걸 유도하지만 개는 꿈쩍도 하지 않는다.

세이 정신 사나워.
광현 늙을수록 운동을 시켜야 돼.
세이 야 신짱구. 먹어.
광현 이름이 짱구야? (개를 애틋하게 바라보며) 짱구야~ 힘 좀 내.
세이 ….
광현 우유 먹을 힘도 없어? 아이구.

세이   (젖병을 빼버리는)

광현   줘봐. (젖병을 받아서 개에게 먹이는)

세이   (돌아와 앉는다)

광현   무슨 개가 짖지도 않니. (신기하게 쳐다보며) 어어… 빤다. 젖병
        을 거꾸로 넣어줬나부다.

        잠시 광현은 강아지에게 우유를 먹이고, 세이는 그걸 모른척하며 탁자
        주변을 정리한다.

광현   우리… 여행 갈까?

세이   … 사고 쳤어?

광현   사고는 무슨. 우리 여행간 적 없으니까.

세이   … 그쪽이나 우아하게 다녀오세요. 영화에서처럼 바닷가 리조
        트 예약하고 해변에서 와인도 마시고. 하던 대로 하시라구요.

광현   …. (뭔가 말하려다가 그만둔다)

세이   그게 다야, 할말?

광현   ….

세이   나 진심으로 아빠가 잘 살았으면 좋겠어. 난 내가 알아서 해.
        알았지?

광현   나두 진심으로 말하는 거야… 너 혼자잖아.

세이   누가 혼자래.

광현   그럼, 누구 있어? 짱구…?

세이   ….

광현   니가 남자 아니면 개를 왜 키워.

세이   내가 아빠야? (돌아앉아 정리하는. 개집에 대고) 야 신짱구. 일어
        나서 운동 좀 해.

광현   솔직히 말해봐. 니가 개 키울 애는 아니잖아.

세이   (개 집에 공을 확 던지며) 너 자꾸 운동 안하면 죽는다. (부엌으로
        간다)

광현   (공을 주워 개집 안으로 넣어주며) 참 짱구스럽게 생겼다. 개가 어
        쩜 이렇게 조용하니. 골골한 게, 내일은 병원 한 번 가야겠다.
        (애기 다루듯 쓰다듬으며) 우유를 먹었는데도 힘이 안 나?

        광현, 뭔가 이상한 느낌을 받는다.

광현   세이야….

        광현의 표정이 이상하다.
        짱구, 조용히 죽어 있다.

3. 고궁 연못가

고궁 연못가. 벤치 두 개, 사이를 두고 나란히 놓여 있다.
한쪽 벤치 끝에는 경호가 앉아 있고, 다른 벤치에는 광현과 세이가 유
골함을 가운데 두고 앉아 있다.
(두 벤치의 끝과 끝에 경호와 세이가 앉아 있는 모양)

세이는 연못만 멍하니 보고 있고, 광현은 옆에 건빵 두 봉지를 두고
물고기 밥을 준다.
한 봉지는 뜯어져 있고 다른 한 봉지는 새 거다.
광현은 새 봉지를 가방 밑에 숨기고 뜯어진 봉지를 들고는 관리인의
눈을 피해 건빵 하나씩 던지고 잽싸게 품에 숨기기를 반복한다.

몇 번 그러다가 용기를 내 한 움큼 집어 던지려는데, 어느새 털잠바에
귀마개까지 한 관리인(40대)이 옆에 바짝 다가와 서 있다.
소스라치게 놀라며 과자봉지를 숨기는 광현.

광현	(눈치 살피며) 보셨어요?
관리인	(무뚝뚝) 봤어요.
광현	지금 던지려다가 그만 둔 것도 보셨죠?
관리인	쟤네가 먹고 있는 건 뭐고요?
광현	글쎄요….
관리인	연못 관리를 할 수가 없다니까요.
광현	죄송해요.
관리인	새우깡이죠?

광현   아니에요.

관리인   (이해할 수 없다는 듯) 추운데 왜 여기 앉아서 연못을 흐리세요.

광현   그냥 앉아 있으면 더 춥잖아요….

관리인   잉어는 겨울에 자느라 먹이 안 먹어요.

광현   어 계속 받아먹던데. 이것 보세요. (손에 움켜쥐고 있던 과자를
          던지고) 먹죠? 안 자는 애들 많아요.

관리인   주지 말라니까요!

광현   네….

관리인   새우깡 맞죠?

광현   진짜 아니에요 새우깡.

관리인   그럼 대체 뭡니까?

광현   (봉지를 내보이며) 건빵이에요.

관리인   건빵이요? (얼굴이 환해진다) 말씀을 하시지.

광현   네?

관리인   돼요 건빵은.

광현   돼요?

관리인   기름이 안 뜨잖아요, 건빵은. (봉지를 들여다보며) 보리 건빵이
          네.

광현   아아 건빵은 되요?

관리인   되죠. 건빵인데.

광현   난 또… 그렇죠 구운 거니깐. (한 움큼 던져준다)

관리인   그렇다고 그렇게 한꺼번에 던지면 어떡합니까.

광현   예? 지금 된다고 하셔서….

관리인   물 위에 남는 거 없이, 싹 먹고, 안 뜰 정도로만.

광현   네에. 싹 먹고 안 뜨게.

관리인   적당히 주세요.

관리인 나가려고 하는데, 경호가 관리인을 부른다.

경호   아저씨, 캔커피가 안 뜨겁네요. 자판기 온도 설정이 고장났나
        봐요.
관리인   어디서 뽑으셨는데요?
경호   저쪽 종묘 넘어가는데 있죠, 거기서요.
관리인   오전에 점검 했는데 그러네.
경호   제가 분명히 핫커피를 꾹 눌렀는데, 나올 때부터 미지근했어
        요. hot이 안되면 최소한 warm은 돼야지, 이건 아니라고 보
        거든요. 같이 가서 확인해 보시겠어요.
관리인   그럼 같이 가봅시다.

관리인과 경호 나간다.
광현은 관리인과 경호를 보다가 둘이 나가자 다시 건빵을 던지고, 세
이는 유골함 옆에 앉아 자기 생각에 빠져 있다.
건빵을 오물거리다 연못에 던지다 하면서 허공을 바라보는 광현.

광현   (들고 있던 건빵 봉지를 건네며) 이거라도 먹을래?
세이   ….
광현   (옆에 놓인 새 봉지를 건넨다)
세이   ….
광현   쟤네 줘. 건빵은 된대. (시범을 보이듯 연못에 건빵을 던진다)
세이   아, 정말 변하질 않아.
광현   이거 한 봉지 천원이다. 별사탕도 없는데.
세이   (어이없다는 듯 쳐다보는)
광현   너 물고기가 건빵보다 별사탕 더 좋아하는 거 모르지?
세이   ….

광현   먹나 안 먹나 쥐볼까?

        세이 반응 없자 광현은 짱구의 유골함을 본다.

광현   작다 그치?
세이   ….
광현   근데 십오만 원은 좀 비싸다, 그치?
세이   ….

        사이.

광현   괜찮아?
세이   ….
광현   장례식 정말 하고 싶었어?
세이   ….
광현   아까 자꾸 물어 봤잖아, 동물병원에서… 화장만 하길 잘했어.
세이   ….
광현   너 이거 집에 모셔둘 거 아니지?
세이   ….
광현   연락은 했어, 그 사람한테?
세이   (표정 어두워진다)
광현   그 사람한테 보내야지.
세이   무슨 소리야?
광현   … 짱구 붙들고 있는다고 돌아올 사람도 아닌 것 같고. 살다보
        면 억지로 안 되는 거 많잖니.
세이   그거 조언이야?
광현   (씁쓸하게 웃는) 좀 이상하지?

세이	….
광현	아무튼 강아지 유골을 집에 모시는 사람은 없을 거야, 그치?
세이	….

세이 벌떡 일어나 광현이 들고 있던 건방 봉지를 집어 통째로 연못에
던져버린다.
하지만 연못 안에 떨어지지 않고 근처 바닥에 떨어진다.
경호 들어와 벤치에 앉으면서 세이가 던져버린 건빵 봉지를 쳐다본다.

세이	참, 내가 그 얘기 했나?
광현	무슨 얘기?
세이	저기요, 그 쪽은요, 내가 딱 싫어하는 스타일인 거 아세요?
광현	(멋쩍게 웃으며) 알아. 우리가 부녀지간인 게 얼마나 다행이니.
세이	좋기도 하시겠어요.
광현	그래서 내가 너 낳았잖아.
세이	아—.

세이 나가버린다. 광현, 덩하니 연못을 본다.
경호, 슬금슬금 눈치를 브며, 세이가 집어던진 건빵 봉지가 떨어져 있
는 곳으로 간다.
건빵을 줍고 자기 자리로 돌아오는 경호.
관리인 들어오다 경호와 마주친다.
경호 어색하게 관리인을 지나쳐 자기 자리에 앉는다.
관리인, 광현에게 간다.

| 관리인 | (세이가 나간 쪽을 보고) 여자분, 가시네. 안 잡아요? |
| 광현 | 저 같은 스타일 싫답니다. |

관리인	아쉽네… 커피물 올려놔서 커피 한 잔씩 드리려고 했는데. (경
	호에게 안 들리게) 자판기보다 훨씬 따뜻한 커피예요.
광현	아 고맙습니다. 제가 두 잔 마실게요.
관리인	무리하지 않으셔도 됩니다.
광현	제가 오늘 카페인이 필요하거든요.

광현, 보자기에 싸인 유골함을 들고 관리인을 따라 관리실 쪽으로 걸
어간다.

관리인	그건 뭐예요?
광현	개요. 멍멍이.
관리인	아. 이런 날씨에 먹으면 딱 좋죠, 힘도 욱~ 솟고.

그 사이 경호는 가방에 건빵을 넣으려다가 세이가 주고 간 빵을 발견
한다.

경호	엥? 깜박했네… 하루를 묵히다니.

빵을 꺼내 한 입 크게 베어 먹는 경호.
관리인, 경호가 빵을 꺼내 먹는 걸 발견하고

관리인	(광현에게) 먼저 가 계십시오. 바로 가겠습니다. (경호 쪽으로) 아
	저씨, 연못에 빵은 던지면 안됩니다. 봉지도 꼭 쓰레기통에 버
	리시구요.

그때 경호 빵을 먹다가 씹던 빵조각을 손바닥에 뱉어낸다.

경호   어라, 이게 뭐지?

베어 문 자국을 살피는 경호. 빵에서 나온 것은 5cm가량의 이물질.
그러나 뭔지는 알 수 없다.

경호   아저씨 아저씨, 이것 좀 보세요.

관리인   뭐가요?

경호   이거요. 거무튀튀한 거.

관리인   앙꼬요?

경호   앙꼬 안에 든 거요. 이거. 안 보이세요? 기분 나쁘게 생긴 거요.

관리인   먹다 뱉은 게 기분 좋게 생겼겠어요?

경호   아저씨 잘 보세요, 이거. 나뭇가지 태운 것처럼 생긴 거요. 까
         만 거.

관리인   앙꼬가 까맣죠 그럼.

경호   아니 이거요. 이상한 거.

관리인   뭐요. (보더니) 고무줄 같이 생긴 거요?

경호   그쵸? 뭐 있죠?

관리인   글쎄, 모르겠는데… 드셨어요?

경호   고무줄 맛은 아니고. 뭐라고 해야 되나. 퉤퉤.

관리인   그렇다고 바닥에 뱉으면 어떡해요.

경호   삼킬 순 없잖아요.

관리인   공중도덕 몰라요? 이거야 원…. (칼로 쓱쓱 문지른다)

경호   이거 이물질 맞죠? 그쵸 아저씨.

관리인   그럼 버려요 먹지 말고.

경호   (뭔가 놀랄만한 걸 발견한 듯 휘둥그레지며) 쥐꼬리네 이거!

관리인   쥐꼬리요?

경호   이것들이 먹는 걸 이따구로 만들어? 내 이것들을 확. (휴대폰을

꺼내 사진을 찍는다)

관리인   뭐하시는 거예요?

경호   (이리저리 찍으며) 신고해야죠.

관리인   아저씨, 밖에 나가서 신고하세요. 문 닫을 시간 됐어요.

경호   일단 사진 좀 찍고요. 보셨잖아요. 지금 나온 거.

관리인   그거야 난 모르죠.

경호   먹는 거 보셨잖아요. 제가 딱 깨물 때 와서, 씹는 것도 보고,
뱉은 거 확인하고.

관리인   알았습니다. 알았으니까 댁에 가셔서 인터넷에 올리든 전화
를 하든 보상금을 챙기든 하시고, 관람시간 끝났으니 일어나
세요.

경호   아저씨가 증인이에요. 아셨죠?

관리인   예 예. 일단은 정리를 해야 해서요. 퇴근도 해야 되고.

경호   증인인 거 잊지 마세요. 이것들 다 죽었어. 쥐꼬리가 뭐냐 진
짜.

경호, 빵을 소중히 싸서 일어나더니 움직이지 않고 주춤거린다.

경호   근데요 아저씨… 제가 집에 들어갈 사정이 아니라서.

관리인   …?

경호   이것도 인터넷에 올려야 되고.

관리인   그러시라구요. 일단 궁내에서는 나가주셔야 되요.

경호   저… 아저씨, 이 근처에서는 인터넷 쓸 데가 없어서 그러는데,
관리실에서 좀 쓸 수 없을까요?

관리인   그냥 남은 빵 드시고 집으로 돌아가세요.

경호   잠깐만 쓸게요, PC방 가면 괜히 기본요금만 나가고 낭비잖아
요. 제가 보상 받으면 크리스마스날 빵 한 상자 돌릴게요. 진

짜예요. 놀고 있는 컴퓨터 한 번 빌려주고 빵 한 상자로 돌려
받는다. 나쁘지 않잖아요

관리인　　참 멀쩡하게 생기신 분이. 술 드셨어요?

경호　　저 밖에서 술 먹고 그러는 사람 아니에요, 아저씨.

관리인　　(주머니에서 천원 꺼내 건네며) 알았어요, 알았어. 이제 그만 가세
요.

경호　　전 돈은 안 받아요. 그냥 인터넷단 쓰게 해주시면 되요.

관리인　　허 참. 진짜 찐드기시네.

경호　　제가 진짜루 빵 들고 꼭 올게요 I'll be back on Christmas
day.

관리인　　(나가며) 정 그러시면 따라오세요.

경호　　(따라 나가며) 고맙습니다. 아저씨. 제가 꼭 갚을게요.

4. 진수의 회사

소회의실. 테이블 위에 놓인 빵 반죽들.

한쪽엔 면보에 싸인 밀가루반죽 두 덩어리가 발효 중이고 다른 한쪽엔 오븐쟁반 위에 놓인 작은 빵 반죽이 랩에 덮인 채 발효 중이다.

흰색의 연구원 가운을 입고 빵 반죽에 클래식 음악을 들려주고 있는 성욱과 다정. 표정이 진지하다.

성욱은 초시계로 시간을 재며 리스트에 체크하고, 다정은 발효 온도를 재고 손으로 부푼 정도를 체크해서 리스트에 적는다.

성욱이 초시계를 보고 있다가 다정에게 사인을 보낸다.

손가락으로 5 4 3 2 1 카운트를 세면 다정이 음악을 끈다.

다정　　이번엔 정확했지? 한 치의 오차도 있으면 안돼.

성욱　　당근이지.

다정　　맛의 차이가 없다고 할 경우 확실한 물증과 실험이 뒷받침 되어 있어야 할 말이 있거든. 저번에 배 주임님 봤지.

성욱　　알지. 일반인들이 모두 뛰어난 미각을 갖고 있으란 법은 없으니까.

다정　　다른 사람들도 배 주임님처럼 그냥 모르겠다고 하면 우린 끝인 거야.

성욱　　고마워. 이렇게 험난하고 고통스러운 길을 함께 걸어줘서.

다정　　시작했으니까 끝을 봐야지. 꼭 이 연구 성공시켜서 음악으로 구워낸 빵 특화시키고 상금 타서 여행 간다.

성욱　　그래. 우리 같이 바닷가에서 겨울을 보내보자.

다정　　같이?

| 성욱 | 말하자면 그렇단 거야. 다음으로 넘어갈까? |
| 다정 | 잠깐만. 음악 좀 바꾸고. (mp3를 뒤적이며) 파일이 자꾸 에러나 |

성욱　말하자면 그렇단 거야. 다음으로 넘어갈까?

다정　잠깐만. 음악 좀 바꾸고. (mp3를 뒤적이며) 파일이 자꾸 에러나
　　　는데? 노트북 갖고 올게.

다정 나가고, 성욱은 탕비실에서 다른 밀가루 반죽을 꺼내온다.

그리고 테이블 위에 있던 으븐쟁반을 테이블 밑에 내려놓는다.

다정 노트북을 들고 음악 파일을 찾으며 들어온다.

다정　다음번엔 제조실 좀 빌리자. 여기서 하려니까 위생문제가 걸
　　　린다.

성욱　시작하기 전에 청소 깨끗이 했는데.

다정　(시계 보며) 아까 거랑 5분 차이 나는 거 맞지? 음악 튼다.

성욱　테이블이랑 상자도 다 소독했어.

다정　(음악 틀며) 쉿!

메탈리카의 음악 흘러나온다.

성욱과 다정, 클래식을 들을 때랑 달리 신나게 춤을 추며 몸을 흔든다.

진수 들어온다.

진수　(귀를 틀어막으며 소리치듯) 이거 뭐하는 거야.

다정　쉿! 쉿!

성욱　(진수에게 춤 추라는 시늉)

진수　춤추라고? 여기서? 왜?

다정　(음악을 끄며) 아 배 주임님. 그렇게 소리치면 어떡해요. 잡음이
　　　섞였잖아요.

진수　어차피 소음인데 뭐.

다정   메탈도 엄연히 음악이거든요.

성욱   선배 실망이에요. 소음과 메탈을 구별 못하시네.

다정   일단 끊겼으니까, 다음 애들로 하자.

성욱, 탕비실에서 다른 반죽을 꺼내온다.

성욱   얘네는 10분 차이야. (시계 보며) 8분 있다가 음악 큐.

다정   오오케이.

진수   대체 반죽을 몇 개나 해둔 거야.

다정   이게 마지막 거예요. 얘네 못하면 메탈은 내일 다시 해야 한다
        구요.

성욱   조리실 가는 시간 놓치면 안돼.

다정   알람 맞춰 놨어. 설마 내가 그런 실수 하리하곤 생각하는 건
        아니지?

성욱   알지. 그럴 리 없지.

진수의 휴대폰 벨(뽕짝 종류의 이상한 벨소리)이 울린다.
다정, 성욱 당황해서 진수를 쳐다본다.
휴대폰 벨 음악이 반죽에 섞여버린 것이다.
안돼~~~~~!!

진수   여보세요? 어, 다 돼가. 출시일 적힌 파일 좀 챙기려고. 그래.
        바로 그쪽으로 가볼게.

핸드폰 벨소리에 실험을 망쳐서 침울해진 성욱과 다정.

다정   외근 있으세요?

진수　　(서류를 가방에 넣으며) 빵에서 뭐가 나왔대.

성욱　　그런 것까지 처리하려요? 그런 거 잘못 건드리면 안 되는데.

진수　　일이 그렇게 됐어. 소비자상담실에서 착오가 생겼나봐. 신제
　　　　품인데 우리 쪽 담당이라서, 내가 엮이게 됐어. 요즘 조심해야
　　　　잖아.

다정　　뭐가 나왔다는데요?

성욱　　곰팡이 같은 거겠지.

진수　　쥐꼬리라고 주장은 하는데.

성욱　　예에?

진수　　까만 고무줄엔 털 없지?

성욱　　털까지 있대요?

진수　　일부는 씹었대.

다정　　으으. 삼킨 건 아니겠죠?

진수　　소비자상담실에서 응대를 잘 못했나봐. 술 취한 사람이 건 장
　　　　난전화로 생각해서 누락시켰대.

성욱　　간 크네.

진수　　전화 한다고 하고선 안 하니까 인터넷에 올리겠다고 난리야.
　　　　기사화되기 전에 처리해야 되.

다정　　사진 올라오면 끝장인데.

성욱　　맘대로 내리지도 못하고. 골치 아프지.

다정　　그럼 우리 실험도 끝장인 거 아냐. 당분간은 신제품 출시 안하
　　　　는 거잖아. (진수에게) 또 뭐 넣고 사기 치는 거 아니래요? 어디
　　　　서 샀다는데요? 우리 거 맞대요?

진수　　매장은 아직 모르겠고. 뭐가 나오긴 나온 모양이야. (일어서며)
　　　　새 제품이라 이미지에 타격 생기면 안 되니까 다들 입조심. 갔
　　　　다 올게.

진수 나간다.

다정 (성욱에게) 우리 공장에도 쥐 있나?

성욱 모든 부엌에는 쥐가 있지.

다정 부엌도 부엌 나름이지. 식품 공장에 쥐가 있으면 말이 돼? 혹시 그새 올렸을지 모르니까 빨리 가서 보자.

성욱 여기 정리는 해야지. (테이블 밑에서 오븐 쟁반을 꺼내며) 구울 건 조리실로 가져가고. 새 거에는 음악 틀어 놓고 가자.

다정 잠깐만. 그게 거기서 왜 나와?

성욱 클래식 들은 애들 구워야지.

다정 얘네가 요 밑에 있었으면 다 들은 거네? 메탈까지?

성욱 아니 얘네는 밑에 있었는데.

다정 그러니까.

성욱 그러니까.

다정 배 주임님 뽕짝까지 다 듣고. (성욱을 잠시 째려보다) 엎어. 다시 시작하자.

성욱 미안.

5. 커피숍

진수와 경호 커피숍 테이블에 마주 앉아 있다.

진수   빵은 어디서 구입하셨는데요?

경호   그건 아까도 물어봤잖아요.

진수   자꾸 딴 얘기를 하시니까요.

경호   똑같은 것만 물어보는데 나더러 어쩌라구요.

진수   ….

경호   집 근처에서 구입했어요.

진수   집이 없다고 하셨잖아요.

경호   정해진 거처가 없단 뜻이지 집이 없단 건 아니죠. 일시적인 방
         황기니까.

진수   어쨌든 지내시는 곳 근처란 말씀이시네요.

경호   그렇죠. 그 역 근처.

진수   아까 말씀하신 역 근처엔 저희 매장이 없는데요.

경호   이해를 잘 못하셨나봐요.

진수   이해는 했는데요… 자꾸 말을 바꾸시니까요….

경호   집이 없다고 빵도 못 사먹습니까?

진수   진정하십시오, 선생님. 그렇게 말씀 드린 건 아니구요.

경호   잘 기억은 안 나는데… 내가 지하철 역을 한두 군데 다니는 게
         아니에요. 아무튼 어딘가에서 빵을 샀고 그 빵에서 쥐꼬리가
         나왔다니까요.

진수   아직 분석 결과가….

경호   어쨌든 날 만나러 왔잖아요. 왜 만나겠어요? 만난다는 건 협상

을 할 생각이 있다는 뜻 아닌가요?

진수   (미소를 잃지 않은 채)

경호   그래도 성실하게 답해주신 게 배진수 씨잖아요. 나 PC방 때문
        에 돈도 많이 썼어요. 전화비하구.

진수   네에….

경호   심지어 내 단골 고궁에서 일하는 관리인한테는 빚이 있다니
        까요.

진수   성분 조사하고 열에 의한 유해물질 배출 여부를 확인하려면
        최소 일주일은 걸립니다. 자꾸 연락하시고 인터넷에 사진 올
        린다고 거듭 말씀하셔도 그 전에는 저희도 딱히 해 드릴 수 있
        는 게 없거든요. 기다려보시고…

경호   없다뇨 쥐꼬리가 확실한데.

진수   (조심스레) 그 빵 정말로 사 드신 거죠?

경호   지금 나를 거지로 보는 거예요? 그럼 빵을 어디서 났겠어요.
        (목소리 커지며) 내가 내 돈 주고 빵을 그것도 무척 오랜만에 큰
        맘 먹고 샀는데, 거기서 쥐꼬리가 나온 게 말이 되냐구요.

진수   목소리 조금만 낮추시고 말씀하세요. 아직 그게 뭔지는 아무
        도 모르니까요.

경호   쥐꼬리 확실해요. 증인도 있고. 쥐꼬리든 뱀꼬리든 나도 모르
        게 쪼금 삼켰다고 해서 이러는 거 아니에요. 참고 이해하고 넘
        어갈 수도 있는데 그 후에 적절한 보상이 없는 거, 내가 그건
        못 참죠.

진수   예, 말씀해보세요. 저희가 적절한 보상은 해 드려야죠.

경호   적절한 걸 요구하죠. 설마 말도 안 되는 거 요구 하겠어요?

진수   ….

경호   나도 성실한 대한민국 국민이에요. 잠시 일을 접고 있는 중이
        라 세금은 안내고 있지만 그래도 집도 있고, 가족도 있고, 꼬

박꼬박 일하러 다니던 시절도 있고 그랬단 말입니다. 그렇다고 여기서 우리 사회가 안고 있는 문제점을 일일이 열거하면서 자본주의와 시장경제체계가 몰고 온 21세기의 문제점과 그에 대한 대처방안에 대해서는 설명하고 싶지 않아요.

진수 네에… 그래서 하시고 싶으신 말씀은….

경호 이 회사, 작은 회사 아니잖아요. 머장도 수십 개에 공장도 엄청 클 텐데. 물론 현 사회가 떠안고 있는 중소기업의 경영난이 심각한 건 알지만 그래도 인력은 언제나 필요한 법이고, 경영진들은 최소비용으로 최대의 능력을 발휘하는 인재를 기다리는 법이니까….

진수 …?

경호 … 나 경비도 좋으니까 취직 좀 시켜줘요.

진수 예?

경호 비정규직이니 임시직이니 그런 거 신경 안 쓸 테니까, 공장에서 청소라도 시켜줘요. 또 쥐꼬리 나오고 그러면 어떡해요 내가라도 쓸고 닦고 해야지.

진수 선생님….

경호 무리한 부탁 아니잖아요. 알바자리라도 괜찮고. 배달, 내가 운전도 할 줄 알고 엔지니어링, 관리, 판매 어떤 분야에 끼워놔도 바로 작동하는 자동 밧데리처럼 일을 잘한다니까요. 내가 공고 다닐 때 따놓은 자격증도 있어요, 선반기능사 2급.

진수 진정하시구요. 저는 그런 능력이 없을 뿐더러. 그건 말도 안 되죠.

경호 왜 말이 안 돼요. 그지 쥐꼬리면 다른 부위는 다 어디 있겠느냐구요. 손가락 길이의 꼬리가 나왔는데 그게 다겠어요? 쥐꼬리가 좀 긴가? 머리는 노래방새우깡에 갔다 쳐도 몸통은? 다리는? 크~ 생쥐 발을 못 봐서 그렇지, 작지만 만만한 충격이 아닐 텐데.

진수　　쥐꼬리 아니라니까 그러시네요.

경호　　일 수도 있잖아요. 무조건 아니라고만 하지 말고.

진수　　그렇게 협박하시면 곤란해지세요.

경호　　협박? 협박이요? 지금 쥐꼬리 아니라고 단정 지을 수도 없을
　　　　텐데, 협박이요?

진수　　진정하시고, 제 말을 들어보세요. 아무리 회사 이미지가 있다
　　　　고 해도 아직 결과도 모르는 상태잖아요. 계속 같은 말만 하시
　　　　면 저도 더 이상 드릴 말씀이 없습니다. 말씀하신대로 보고는
　　　　하겠습니다. 그 다음이야 제 소관이 아니라서 도와드릴 수 있
　　　　을지도 모르겠구요.

경호　　쥐꼬린데두요?

진수　　제 월급도 쥐꼬리만 합니다. 저처럼 힘없는 월급쟁이한테 무
　　　　리하게 요구해봤자 소용없으세요.

경호　　아니. 이봐요. 배 주임님… (잠시 생각하다) 그럼 빵 삼천 개로
　　　　합시다. 빵 하나 천원이라 쳐도 삼천 개면 현금 삼백만 원도
　　　　안 되고. 현물 삼백만 원 상당. 나쁘지 않잖아요.

진수　　다 뭐하시게요.

경호　　먹어야죠.

진수　　이삼 일 지나면 상해서 먹지도 못하는 걸 언제 다 먹어요.

경호　　불우이웃 도울 거예요. 불우한 이웃과 나눠 먹을 거라구요.

진수　　불우이웃이요? 선생님이요?

경호　　꼭 해보고 싶었는데 못했으니까. 이번 크리스마스엔 할 거라
　　　　구요.

진수　　(웃는)

경호　　그것도 안돼요?

진수　　그거든 이거든 보고를 하고, 결과가 나오면 연락드리겠습니다.

경호   내 전화 지금 수신만 되는데 언제 끊길지 모른다구요. 그 전에
        연락 받아야 되는데. 시간은 금이다, 몰라요?

진수   연락이 안 되는 것까지 저희가 어떻게 할 수는 없죠.

경호   좋아요. 딱 천 개. 천 가로 합시다. 더는 안 돼. 빵 천 개는 받아
        야지. 내가 먹은 쥐꼬리는 어떡하냐구요.

명준   억지 그만부리시구요.

경호   억지라니 사실을 얘기하는 거잖아요.

진수   선생님.

경호   나 선생님 아니에요. 나 아무거나 잘한다니까 그러시네. 한번
        만 기회를 줘 봐요.

진수   자꾸 이러시면 선생님만 불리해지세요. 저한테도 이 이상 무
        리한 요구하시면 빵에서 소꼬리가 나왔대도 귀 틀어막고 상대
        안 해드립니다.

경호   딱딱하게 굴지 마시고. 천천히 제 말 좀 들어보시라니까요.

진수   …. (서류를 정리한다)

경호   (제지하며) 벌써 가시게? 그건 그렇고… 가지고 다니는 빵은 없
        으신가. 아직 점심을 못 먹었는데.

진수   (핸드폰이 울린다. 핸드폰 번호를 확인하며 일어난다)

경호   (따라 일어나며) 증인도 있는데 만나보시겠다면 연결을 해드릴
        수도 있고.

진수   (전화를 받으며 나간다)

경호   이봐요, 배 주임님. 얘기는 끝내고 가셔야지. 배 주임님 같이
        가요. (따라간다)

6. 고궁 연못가

연못가 벤치에 나란히 앉아 있는 광현과 진수.

광현 옆에 유골함 놓여 있고, 진수가 앉은 쪽 옆 벤치에는 경호가 앉

아 있다.

광현	우리 진수는 똑같네, 오년 전이나 지금이나.
진수	네. 아저씨도 똑같으세요.
광현	내가 갑자기 전화해서 놀랐지?
진수	… 조금요.
광현	회사는 잘 다니고?
진수	(힘없는 목소리로) 네.
광현	아닌 것 같은데.
진수	다닐만해요.
광현	건강은 하지?
진수	예.
광현	우리 세이하고도 여전하고.
진수	예.
광현	여자친구가 세이랑 친한 거 알면 무지 안 좋아할 텐데.
진수	아직….
광현	없어?
진수	예.
경호	배 주임님 애인 없으세요? 소개시켜 드릴까?
광현	….
진수	(경호를 한번 쳐다보고, 광현에게) 자꾸 따라와서.

광현   일하는데 불러냈나봐.

진수   아니에요. 시간 많아요.

광현   원래 말이 그렇게 없었나?

진수   아뇨.

광현   세이 아빠라 부담스럽지?

진수   괜찮습니다.

어색해진 진수, 가방에서 건빵 봉지를 꺼내 뜯고는 광현 앞에 내민다.
광현이 아무렇지 않게 건빵을 하나 꺼내 먹는다.
둘은 오물거리며 건빵을 먹고 동시에 하나를 꺼내 연못에 던진다.

진수   이 연못은 건빵만 줄 수 있어요.

광현   어?! 알고 있었네, 진수도!

진수   (봉지를 내민다)

광현   (건빵을 몇 개 집어 들고 하나씩 던진다)

경호   (자리에서 일어나 진수의 건빵 봉지에서 건빵을 몇 개 집어간다)

광현   나는 짱구가 우리 진수 개인 줄 알았지….

진수   그랬으면 저도 좋았겠지만….

광현   (들고 있던 건빵을 입어 넣고 오물거린다)

경호   이상하죠? (건빵 하나를 집어 쳐다보며) 물고기 밥인데도 들고 있
        다 보면 자꾸 입에 넣게 된다니까요. 그쵸. (웃는다. 먹는다)

광현   (웃으며) 맞아요.

        사이.

경호   (손가락으로 연못을 가리키며) 저기 움푹 팬 연못가랑 저기 소나
        무 많은 곳이랑… (고개를 옆으로 빼며) 이렇게 보면 하트 모양

같지 않아요?
광현　(몸을 기울여 보고는) 진짜 그러네요.

　　　세 사람, 연못을 쳐다본다.

진수　물고기 많죠.
광현　많다, 생각보다.
진수　제가 가끔 와서 깨워놔요.
광현　어?! 진수도 깨웠었구나, 잉어들을.
진수　그래도 버티는 녀석들이 좀 있죠. (일어서서) 추운데 그 녀석들
　　　좀 불러내 볼까요?
광현　어떻게?
진수　물수제비요.
광현　여기서?
진수　(건빵을 들고) 이게 통통통 세 번 이상 떠져야 좀 떴다 싶거든요.
광현　관리인 오면 어쩌려구.
진수　그러니까 건빵으로 통통통 떠야죠. (던진다)
광현　… 두 번이네.
경호　(일어나 따라한다) 앗싸. 세 번.

　　　광현과 진수 경호를 쳐다본다.
　　　경호 다시 자리로.

진수　물고기들 물 위로 머리 내밀 때 있잖아요. 그럴 때 탕탕탕 머
　　　리 때리면서 한번 떠봤으면 좋겠어요.
광현　짓궂지만 … 재밌겠다.
진수　(건빵 한 개를 건네며) 해보실래요?

광현	옛날에 해보고 오래 되서 될타나 모르겠다. (일어나 던진다) 퐁 당이네.
진수	퐁당이네요.

광현은 자리에 앉고, 진수는 연못 가까이 가서 물속을 본다.

진수	이쪽엔 살얼음이 끼였네요.
광현	… 잉어는 몇 년이나 살까?
진수	글쎄요. (생각하며) … 한 십년?
광현	(고개를 가로젓는) 그보다는 더 살겠지.
진수	… 이십 년?
광현	아니야.
진수	하긴 병풍에도 그리니까 … 삼십 년은 살겠죠?
경호	오십 년.
광현	오십 년이요?
경호	예. 이 연못엔 나보다 늙은 애들도 여럿 있을걸요.
광현	놀라운데요.
경호	이 연못엔 삼백 년 넘게 산 자라도 있습니다.
광현	자라요?
경호	예. 자라도 거북이처럼 오래 사는 편인데… 이 자라는 지가 거 북인 줄 알고 더 오래 사는 거예요. 저 너머에 움푹 패인 자리 있죠, 연못 끝에. 그 밑에 작은 동굴이 있는데 말이죠.
광현,진수	(고개를 빼고 본다)
경호	연못 청소할 때는 모두 그 밑에 숨으니까 아무리 관리인이 조 사를 해도 알 수가 없는 거죠.
광현	거북이라고 생각하면 더 오래 살 수도 있나요?
경호	그럴걸요. 분수를 모르는 자라긴 해도, 자신이 거북이라는 데

에 한 번도 의심을 하지 않았을 테니까 문제될 게 없잖아요.
그리고 저기 소나무들 중에는 이백 년 넘은 것들도 있어요.

광현, 주위를 둘러본다.
바람이 분다.
세 사람, 잠시 연못 위를 달려가는 바람을 바라본다.

경호   … 그런데 거북이가 왜 오래 사는지 아세요?
광현   글쎄요. 원래 장수 동물이니까.
경호   걔네는 숨을 천천히 쉰대요. (심호흡을 해보이며) 일 분에 두세
       번쯤?
광현   (따라해 보며) 이렇게 쉬다간 숨 막혀 죽겠는데요.
경호   (심호흡) 우린 거북이가 아니니까요….
진수   (심호흡한다) 힘드네요.
광현   그래도 가끔은 심호흡이 필요하다고 생각해. 깊게… 천천히…

세 사람, 잠시 먼 곳을 바라보며 심호흡한다.
관리인 들어온다.

관리인 (광현을 보고) 또 오셨네요. (경호를 발견하고) 어허 이 사람, 또 여
       기 있네.
경호   오늘은 저 분하고 일이 있어서 온 거예요.
진수   (어깨를 으쓱하며 모르겠다는 듯)
관리인 꼭 문 닫을 때쯤 오던데, 일부러 그러는 거죠?
경호   아니에요 아저씨.
관리인 자꾸 그런 식으로 나오면 앞으로 고궁출입 어려워집니다. 일
       단 저랑 얘기 좀 하시죠. (나간다)

경호 그게 아닌데… (진수와 광현에게) 제가 저 아저씨한테는 좀 약해
서… 잠깐 다녀올게요.

진수 안 오셔도 됩니다. 연락 드릴게요.

경호 나 참 이거….

경호 나간다.

광현 재밌는 사람이네. 그치?

진수 (웃는다) 정말 거북이라고 생각하는 자라가 있을까요?

광현 있지 않을까? 아니, 있을 거야. (심호흡하며) 이렇게 숨을 쉬니
까 나도 이 연못에 사는 자라가 된 것 같은데.

진수 ….

광현 진수가 우리 세이한테도 가르쳐줘, 심호흡.

진수 아버님이 가르쳐 주세요. 세이가 좋아할 거예요.

광현 세이는 내 말 안 들어. 일부러 반대로 할 걸. 아마 헐떡거리면
서 숨 몰아쉴 거다. 걘 나랑 딱 반대야. 우리 아버지랑 나랑 그
랬던 것처럼.

진수 안 그래요. 아버님을 얼마나 좋아하는데요.

광현 우리 세이는 남자다운 거 되게 좋아해. 앞으로는 나랑 딱 반대
로만 해. 알았지?

진수 (웃는) 네.

광현 한판 더 뜰까?

둘은 다시 건빵으로 물수제비를 뜬다.
진수가 던진 건빵이 통통통 세 번, 물고기들 머리를 맞고 물수제비를
뜬다.
놀라는 진수와 광현.

| 진수 | 방금 보셨죠. 물고기 머리 맞은 거. |
| 광현 | 봤어봤어. 탕탕탕 세 번. |

둘 얼싸안고 좋아한다.

| 진수 | 이번엔 아버님 차례예요. |
| 광현 | 그럼 해볼까? |

7. 세이의 집 / 회사 사무실

무대 한쪽 세이의 방. 세이가 빵에 대한 비디오를 찍고 있다.
캠코더를 세워두고 양손에 빵 모양의 손장갑인형을 낀 세이, 목소리를
바꿔가며 양손의 인형들로 대화를 한다.

세이   (오른손) 우리 사랑이 이루어지지 못한다면 난 차라리 죽음을
택하겠어. (왼손) 무슨 소리야 죽다니. 태어난 이상 열심히 최
선을 다해 살아야 돼. (오른손) 사람들한테 먹히면서 살라고?
(왼손) 그래봤자 삼일만 기다리면 되잖아. 그때까지 안 팔리면
어차피 우린 자연사해. (오른손) 비참하군. 하지만 삼일은 너무
길어. (왼손) 운이 좋으면 태어나자마자 팔려서 사람들에게 먹
힐 수도 있어. (오른손) 그럼 우리의 사랑도 거기서 끝이네. (왼
손) 그런 슬픈 얘긴 그만둬. (오른손) 빵칼을 줘. (왼손) 제발 빵칼
만은… 빵칼의 톱니가 네 배를 가르게 놔둘 순 없어. (오른손)
내 몸에서 흘러내리는 팥소르 너에 대한 사랑의 맹서를 남기
고 죽을 거야. (왼손) … (세이 자신의 목소리로 혼자서 궁리하며)
아니다 여기서 색감을 살리려면 딸기쨈을 좀 섞어볼까? 이게
인형이 아니고 빵이라고 치면 어떤 게 리얼리티가 살지… (카
메라를 끄고) 생각보다 잘 안 되네. 버터크림빵으로 해볼까. 옆
이 갈라져 있으니까 죽을 때는 크림 벅범이… 아니다, 패스트
리를 한 겹씩 벗겨?

무대 반대쪽 밝으면 성욱과 다정이 있는 회의실이다.
모두 퇴근한 밤 시간, 어두운 회의실에서 테이블 등만 켜고 머리를 맞

댄 채 초콜릿빵을 해부하고 있는 두 사람.

성욱 잘게 분해된 빵을 구석구석 유심히 살피다 한 조각씩 떼어먹는다.

성욱 (뚫어지게 보며) 밀가루를 너무 먹었나, 메스껍네. (한 조각 입에
     넣는)

다정 그만 먹어. 저녁도 많이 먹었잖아.

성욱 이게 먹고 싶어서 먹는 게 아니고 자동이라니까. (한 조각 먹으
     며) 거봐 자꾸 입에 들어가잖아.

다정 근데 이걸 언제 다 조사하냐.

성욱 밖에도 몇 상자 더 있어. 빨리 찾기나 해. 그게 쥐꼬리면 다른
     부위가 있을 거 아냐. 발가락 하나도 놓치지 말고 찾아내야 한
     단 말야.

다정 설마 쥐꼬리겠어? 이거 진짜 성욱 씨가 만든 거야?

성욱 내가 개발한 건 아니지만, 샘플 중에 상당부분은 내가 만들었
     단 말야. 매장에 레시피 나가기 전에 확실하게 해두려고, 계속
     만들면서 함량 평균 냈단 말이지. 알잖아. 이번에 처음으로 내
     가 맡은 빵인 거.

다정 알지. 그건 알겠는데, 내가 모르는 건 어쩌다가 음악 들려주는
     실험을 성욱 씨랑 하게 돼서, 여기서 빵까지 해부하게 됐는지
     를 모르겠다는 거지.

성욱 좀 도와주라.

다정 돕고 있잖아. (빵을 하나 먹으며) 근데 빵은 참 잘 구웠다. 진짜
     맛있네. 개발홍보보다는 제빵사가 더 어울리겠다.

성욱 집중해서 좀 찾아보시지.

다정 (씹던 걸 손바닥에 뱉으며) 어, 이건?

성욱 뭐 나왔어?

다정 아, 건포도 조각이구나. (도로 입에 넣고 먹는다) 잠깐! 그런데

왜 초콜릿빵에서 건포도가 나오지? 쥐가 건포도를 먹었나?

성욱을 쳐다보는 다정. 의문스런 눈빛으로 서로를 쳐다보는 두 사람.

다시 무대 반대쪽 밝으면 세이의 집 거실.
네모난 탁자를 사이에 두고 세기와 광현이 마주 앉아 있고, 진수가 가운데 앉아 삼각형을 이루고 있다.
탁자 위에는 강아지 유골함이 있고, 탁자 주위로 뭔지 모를 긴장감이 흐른다.
진수가 일어나려고 하는데, 양쪽에서 진수를 붙잡아 앉힌다.

진수	저기… 난 아버님이 같이 오자고 해서.
세이	넌 가만 있어.
광현	내가 불렀다. 일이 좀 있어서.
세이	핸드폰 뒤졌어?
광현	뒤지긴. 봤어 그냥.
세이	누구 맘대로?
광현	만나면 좀 어때서. 창피하니?
세이	….
광현	아빠가 창피해?
세이	왜 시키지도 않은 짓을 하고 그라.
진수	세이야… 말이 심하잖아.
광현	니가 방안에 처박혀서 밖에 나가지도 않고 빵만 먹으니까 그렇지.
세이	그게 무슨 상관인데.
광현	니가 청승떨면서 빵만 먹으니까- 짱구 주인이 진수인 줄 알았잖아.

세이   도대체 언제까지 이럴 거야.

광현   둘이 만나게 해주려고 그런 건데, 그것도 이해 못해주니? 다
       지 걱정해서 그런 거지. 그걸 몰라주고.

진수, 슬그머니 일어나려고 한다.
광현이 진수를 콱 잡아 앉힌다.
광현과 세이의 팽팽한 침묵이 흐른다.

진수   저기… 명준이한테는 내가 전화했어. 짱구 죽었다고.

세이   (버럭) 니가 왜!

진수   친구니까.

세이   이건 우리 둘 문제야. 니가 거기 왜 끼어?

진수, 다시 일어나려고 한다.
광현이 잡아 앉힌다.

진수   나도 친구니까. 너하고도 친구고, 명준이하고도 친구고.

세이   오늘 왜들 그래?

진수   너희 둘 헤어져서 너만 괴로운 줄 알아? 나도 괴로워. 괜히 어
       색해져서 우리 셋이 만나지도 못하고. 나도 힘들다구.

세이   그럼 나 만나지 말고 명준이 만나.

진수   왜 말을 그렇게 하냐.

세이   됐고.

진수   뭐가 돼. 너희 둘 헤어지고 나 명준이하고 안 만나잖아. 너만
       만나잖아.

세이   누가 나만 만나래? 너희 둘은 나 만나기 전부터 친구였으니까,
       명준이 만나.

진수   지금 내가 명준이 만나고 싶어서 이러는 거냐?

세이   그럼 뭔데.

광현   흠흠. 진수야.

진수   … 죄송해요.

광현   아니 그게 아니라, 갑자기 아이스크림 먹고 싶다.

진수   네? (광현을 보는)

광현   투게더 있잖아, 떠먹는 아이스크림. 그거 먹으면 맛있겠다. 난
       바닐라 맛, 세이 넌? (진수에게 눈짓하며) 알아서 사와. 지하상가
       슈퍼마켓 알지?

진수   네. 넌 녹차 맛이지?

세이   (말없이 못들은 척)

진수 일어나려고 하면, 세이가 진스를 꽉 잡아 앉힌다.
진수 이러지도 저러지도 못하고 엉거주춤 있다가 어색하게 앉는다.
유골함을 사이에 두고 앉아 있는 세이와 광현, 진수.

광현   세이야….

세이   말하지 마.

광현   세이야

세이   두 번 말하게 하지마.

광현   너 웃는 얼굴 기억도 안 난다.

세이   없어, 웃을 일.

광현   애는. 그 얼굴 간직하고 떠나긴 싫다 애.

세이   그냥 하고 싶은 얘기 해.

광현   (먼 산을 바라보는) 나… 시골토 이사 간다.

세이   ….

광현   이번엔 진짜 좋은 사람이야. 아빠랑은 틀려.

세이   허. (어이없는 감탄사가 저도 모르게)

광현   결혼했다 상처한 사람인데.

세이   (말 자르며) 골고루 한다.

광현   그래. 화내도 돼. 화 내.

세이   내가 왜 화 내? 이럴 땐 그냥 비웃지요~

광현   … 내가 몸이 좀 안 좋아.

세이   이제 철 좀 들겠네.

광현   수술하고 나서 이사갈 거야.

세이   ….

광현   좀 큰 수술인데 너한테 미리 말해두려고.

세이   왜 죽기라도 할까봐.

광현   운이 안 좋으면.

세이   큰일 났네.

광현   뭐가?

세이   평생 운이 안 좋았잖아.

광현   (웃는) 얘는 말을 해도. 하지만 그 말은 맞다.

세이   (침묵)

광현   이런 말 듣기 싫지.

세이   (침묵)

광현   돈은 걱정하지마. 그 사람 돈 많아. 사람도 착하고. 같이 종합
             검진 받으러 갔다가….

세이   미쳤네. 완전히 미쳤어. (일어서며) 마음대로 해.

광현   (잡아 앉히고) 앉아봐.

세이   (다시 일어서는) 아직도 미리 말해둘 게 더 있어?

광현   나 미워하지마.

세이   이제 와서 좋아하라구?

광현   미워만 하지 말라구… (사이) 나 철없는 거 알잖아. 너 놓고 집

나왔다 들어갔다… 들어갔다 나왔다… 니가 훌쩍 커버려서
집에 오는 게 더 어려웠어.

세이 ….

광현 그때로 돌아간다 해도, 나… 바보 같은 짓을 똑같이 하겠지…
그치?

세이 일일이 물어보지마. 혼자서 생각해.

광현 (혼자서 생각에 잠기며) 어떤 선택이 너와 나를 위한 걸까… 옛
날부터 고민했었는데 아직도 그 답은 모르겠다… 모르고 죽
을 것 같아… 그치.

세이 진짜 이기적이다. 나한테 어떻게 그런 말을 해? 나 엄마에 대
해서 물어본 적 없잖아. 아빠가 왜 남자친구만 있는지 안 물어
봤잖아. 그런데 진짜 자기 마음대로다.

광현 ….

세이 아프다구. 그래서 나한테 어쩌라구.

광현 ….

세이 돈 많은 남자 물었다며.

광현 사람은 그렇게 쉽게 안 죽어….

세이 그래서, 수술대 위에서 증명이라도 해 보이게? 나 쉽게 안 죽
는다, 그렇게.

광현 별거 아닐 수도 있대. 진짜야.

세이 ….

광현 그냥 너랑 같이 있고 싶어서… 병원 가기 전에.

세이 하하하. 오늘 많이 웃네. 이제 와서 가족이란 게 생각났나봐.

광현 ….

세이 하나만 물어볼게. 아빠… 나 낳은 거 좋았던 적 있었어? 아니,
내가 어딘가에서 태어나서 아빠에게 전해졌을 때, 내 존재를
알고 기쁘기나 했었어?

광현	….
세이	그럼, 내가 커가는 걸 보는 게 아빠에게 기쁨이었던 적이 있었어? 한 번이라도 있었냐구!
광현	….
세이	대답 못하네.
광현	… 지금은 좋아.
세이	지금 말고 그때!
광현	….
세이	할아버지가 나 왜 좋아해 주셨는지 알아? 당신 아들이 남긴 혈육이라서. 마음대로 밖으로 나돌아도 나 하나 세상에 내놓고, 당신에게 가족을 만들어줘서, 그거 하나 잘한 일이라고…. 아빠가 그거 알아?
광현	… 미안해.
세이	아. 아. 아. 정말 싫다. 정말 살기 싫다.
광현	가지 마….
세이	잡지 마. 나 폭발하면 할아버지만 말릴 수 있는데, 돌아가셨잖아. 아빤 감당 못해. 알았어?

세이 일어나 나가려 하는데, 진수가 꽉 잡는다.

세이	놔.
진수	(꽉 잡고 있다)
세이	놔.

세이의 퍼런 서슬에 진수 움찔하며 세이를 놓는다.

세이 나간다. 진수 눈치를 보다 세이를 쫓아나간다.

광현 혼자 유골함을 앞에 두고 앉아 있다.

8. 커피숍 – 성욱과 다정 그리고 경호

성욱과 다정이 경호에게 빵을 건네주고 있다.

성욱　배 주임님은 일이 있으셔서 저희가 대신 전달하러 왔습니다.

경호　이왕이면 배 주임님한테 받았으면 했는데 할 수 없죠. (상자를 내려다보며) 이게 단가요?

성욱　나머지는 제 차에 실어뒀습니다.

경호　예에. 감사히 잘 받겠습니다.

성욱　저희가 심기를 불편하게 해드려 죄송합니다.

경호　… 예에.

성욱　저… 이렇게 뵙게 된 것도 인연이라면 인연인데, 뭐 하나 여쭤봐도 될까요?

경호　나한테요? 뭐든 물어보세요.

성욱　예. 듣기로 꽤 정밀한 미각의 소유자시라고요.

경호　배 주임님이 그러던가요? 정밀할 정도까지는 아니고, 맛도 잘 보고 냄새도 잘 맡고, 아무튼 좀 예민한 편이죠.

성욱　예. 그래서 말씀인데, 저희가 실험을 하나 한 게 있는데요.

다정　성욱 씨, 내가 말씀드릴게요. (작은 상자를 테이블에 올려놓는다) 저희가 작은 실험을 하나 했는데요, 일반인들은 잘 모르는 미미한 차이를 알아보는 실험이거든요. 그 결과를 측정하려고 하는데 맛을 봐주셨으면 합니다.

성욱　그게 어떤 실험이냐던요.

다정　어어. 그걸 미리 말씀드리는 것보다는 그냥 차이가 나는지만 여쭤보면 어떨까요?

성욱   아, 그럴까요?

경호   (상자를 들려다보며) 그냥 먹어보고 맛을 얘기하면 되는 거예요?

성욱·다정   네.

경호   이렇게 직접 전달까지 해주셨는데, 그 정도 부탁쯤이야 들어
          드려야지.

          경호, 왼쪽에 있는 빵을 집어 한 입 베어 문다.
          맛을 음미하듯 꼭꼭 씹어 먹는 경호. 두어 번 더 반복하고는 물을 마
          셔서 입안을 깨끗이 헹구어낸다.
          그리고 다른 쪽 빵을 똑같은 방법으로 음미하며 먹는다.
          성욱과 다정, 숨을 죽이고 그런 과정을 지켜보고 있다.

경호   (양손에 든 빵을 내려놓으며 다정에게) 직접 만드셨나요?

다정   아니요. 이 분이 만드셨어요.

경호   아아. 빵을 맛있게 잘 만드셨네요.

성욱   네. 고맙습니다. 그런데 다른 차이는 없습니까?

경호   있죠. 확연히 차이가 납니다. 왼쪽 건 첫맛이 무척 젠틀하군
          요. 굳이 비유하자면 옆방에서 피워둔 아로마가 문틈으로 스
          며들어 건너온 정도의 은은한 향이랄까, 그런 향이 입안을 감
          으면서 퍼지는데 무척 부드러워요. 절임 과일들이 푸른 풀밭
          에서 봄볕을 쬐며 피크닉을 즐기고 온 듯하군요. 한마디로 클
          래식한 맛이라고 할까요

          성욱과 다정, 깜짝 놀라며 감탄한다.

경호   그리고 오른쪽 건 입안에서 팡 팡 터지는 느낌이랄까, 바닷가
          의 폭죽이 떠오르기도 하고 네온사인이 번쩍이는 젊음의 거리

에 선 기분이기도 하고. 입천장으로 날아드는 즐거운 펀치를 맞는 기분도 드네요. 강한 훅은 날아드는 순간 정신이 번쩍하면서 모르는 사이에 당했다는 것 때문에 기분이 더러워지는데, 적절한 순간에 적당한 곳으로 날아드는 훅은 한번 더 맞아보고 싶은 묘한 흥분을 낳을 때가 있거든요. 이 빵의 펀치가 그래요. 어떤 때 맞으면 아픈데 어떤 때 맞으면 시원한 펀치. 한마디로, 헤비메탈 아시죠? 그런 헤비메탈틱한 맛이라고 해두죠.

성욱과 다정의 입에서 감탄의 비명소리가 터져 나온다.

경호　　두 빵의 맛의 차이를 비교해야 한다면, 허니문과 정글탐험? 또는 발라드와 하드락. 클래식과 헤비메탈.

성욱과 다정 감탄하며 열렬히 박수친다.

경호　　뭐 이 정도 갖고.

9. 세이의 집

세이가 카메라 앞에서 호빵맨과 호빵맨 딸 역할을 하며 비디오를 찍고 있다. 손에는 손잡이 달린 가면이 들려 있다.

세이 (호빵맨) 난 늙고 병들었어. 너에게 떼어줄 빵조각이 더는 없구나. (호빵맨 딸) 아빤 나에게 몸을 떼어준 적이 없어요. 난 지금까지 옥수수전분만 먹었다구요. (호빵맨) 마지막 남은 빵조각이야, 받아두렴. (호빵맨 딸) 필요없어요. 난 옥수수전분으로 충분해요. (호빵맨) 너에겐 호빵의 피가 흐르고 있어. 호빵은 밀가루를 먹어야돼. (호빵맨 딸) 이제 와서 밀가루를 먹으라니. 아빤 나에게 말라붙은 빵부스러기도 건넨 적 없잖아요. 아무 것도 강요마세욧!

초인종 소리.
세이, 호빵맨 손가면을 들고 문을 연다.
진수, 빵을 한 아름 들고 들어온다.

진수 작업 중이었어?

세이 (빵 받아들고 들어서며) 호빵맨이 안 풀려서.

진수 (웃으며) 빵이나 먹어라.

세이 이렇게 많이 갖고 와도 돼?

진수 회사일급비밀.

세이 (뜯어서 먹는)

진수 (유골함을 쳐다보며) 짱구가 없으니 이제 니 비디오엔 누가 나

오냐.

세이 니 걱정이나 하세요. 그 쥐꼬리는 잘 해결하셨어요?

진수 그게… 풀리지 않는 미스터리가 있어서… 그 빵 말이야, 쥐꼬리 나온. 그건 신품이라 아직 밖으로 유통이 안 된 거거든. 근데 그게 어떻게 밖으로 나간 걸까.

세이 (먹는) 글쎄. 그 경로를 찾는 게 니 할 일이지.

진수 내가 제일 못하는 일이기도 하고. (둘러보며) 아버님은?

세이 ….

진수 (할아버지 영정사진을 보는) 아버님 닮았네.

세이 (아무렇지 않게) 갔어.

진수 어. 그래?

세이 (먹는)

진수 싸우지 좀 마라, 부녀지간에.

세이 (빵을 다 먹고는) 이제 너도 가.

진수 왜.

세이 나 빵 다 먹었어.

진수 내가 빵 배달원이냐. 차도 한 잔 안 주고, 친구가 왔는데.

세이 니가 타 먹어.

진수 됐다. 나 진짜 간다.

그때 초인종이 울린다.

세이 (진수에게) 배진수, 뛰어.

진수 (어리둥절) 응?

세이 뛰어가 배진수. 뛰어!

진수 뭐야 그거.

세이 뛰어!

진수 어색하게 뛰어가서 문을 연다.

광현, 한 손엔 슈트케이스, 다른 손에 시장을 본 비닐봉지를 들고 서 있다.

광현　　메리 크리스마스!

진수　　아버님!

광현　　진수도 와 있었네. (들어오려는)

세이　　(쌩하게 다가와 문을 닫으려는)

광현　　(문틈에 구두를 잽싸게 끼워 넣는)

세이·광현　　(문을 사이에 두고 힘겨루기를 한다)

진수　　야아.

진수, 세이를 떼어내고 문을 연다.

슈트케이스를 받아 들고 들어오는 진수.

광현　　진수가 힘 하나는 세구나. 남자다워. (테이블을 보며) 무슨 애가 빵을 이렇게 먹어.

진수　　(난감한)

세이　　뭐야.

광현　　(장 본 슈퍼봉지를 들어 보이는) 진수야, 빵 먹지 말고, 밥 먹고 가라. 아저씨가 카레 해줄게.

진수　　제가 카레 알레르기가 있어서… 체질이 좀 유별나죠.

광현　　그럼 샤브샤브 만들어 먹자. 앉아들 있어.

광현, 뚱한 세이를 아랑곳하지 않고 비닐봉지를 들고 부엌으로 들어 간다.

엄마 같은 아빠의 인상.

광현 밖에 추워. 눈 올 것 같더라. 너희들은 데이트도 안 하니.

세이 무슨 소리야.

진수 (부엌으로 따라 들어가서) 뭘 이렇게 많이 사오셨어요. (봉지를 열어보는)

광현 내가 할게. 세이 옆에 앉아서 말동무나 해줘. 쟤 요즘 그거 하나봐. 완전 가시야.

진수 네? 네. (세이 옆으로 가는)

세이 (진수를 쳐다보는) 왜?!

진수 (다시 광현 쪽으로 가려다) 아무래도 전 가봐야겠어요.

광현 하던 거 해. 둘이 뭐 하고 있었잖아.

세이 하긴 뭘 해.

진수 빵 먹고 있었는데요.

광현 우리 세이가 진수 때문에 굶진 않겠어.

진수 그럼요.

광현 남자는 여자 안 굶기는 게 중요해.

세이 둘이 엄청 이상하거든.

광현 짱구는 어떡할 거니? 난 집에 모셔두는 건 반대다.

진수 뿌려줄까, 미끄럼틀 밑에. 아니면 그네 옆에.

세이 ….

진수 짱구랑 어디 자주 가던 데 없어?

세이 아파트 뒤편 약수터. 짱구가 허리돌리기 회전판 좋아했는데.

진수 회전판 밑에 뿌리면 되겠다. 갈까?

세이 지금?

광현 (식사준비하며 끼어드는) 갔다 와. 딱 불만 켜면 먹을 수 있게 해둘 테니까.

진수 가자.

광현 다녀와. 난 신경 쓰지 말고.

세이	신경을 누가 쓴대. 근데 불법 아닌가, 이거 뿌리는 거?
진수	자주 만날 수도 있고, 편하잖아, 가깝고.
세이	그래. (상자를 든다) 가자, 짱구야.
광현	엄청 추워. 잠바 껴입고 가. 진수, 넌 내 꺼 껴입어.
진수	네.

세이 방으로 가서 옷을 갖고 나온다.

세이 옷 입고 나오면 진수 유골함 들고, 둘은 문 쪽으로 간다.

광현의 외투를 껴입는 진수.

광현	(배웅하며) 기대해, 샤브샤브.
세이	가스 잘 봐. 왼쪽 건 확 켜지니까.
광현	알았어.
진수	다녀오겠습니다.

둘 나가면, 광현 현관문을 잠그고 텅 빈 거실에 남는다.

세이 할아버지의 영정을 바라보는 광현.

사진 앞으로 가서 액자를 들고 사진을 어루만진다.

| 광현 | 아버지…. |

무대 서서히 어두워진다.

에필로그

크리스마스 이브.

고궁 앞.

빵이 담긴 상자 앞에 앉아서 빵을 팔고 있는 경호.

팻말에는 '불우이웃을 도웁시다! 천 원짜리 빵이 세 개 천원!' 써 있다.

경호　유명 회사 빵이 세 개 천원, 서 개 천원입니다.

관리인 다가온다.

관리인　아저씨, 여기서 장사하시면 안 되는데요.

경호　장사하는 거 아니구요, 불우이웃 돕는 겁니다. 맛있는 빵을 싸게 제공하는 거예요. 한 개 천 원짜리 빵을 세 개 천원으로.

관리인　그래도 안 되는 건 안되는 거예요. 이제 고궁 안에서 밖으로 옮기셨어요?

경호　이건 (밀봉된 상자를 내밀며) 로또 당첨금이요 빵 한 상자. 제가 떼먹을 줄 아셨죠.

관리인　…?

경호　크리스마스 선물이어요.

관리인　진짜 빵이에요?

경호　물론이죠. 맛있게 드십시오. (다시 빵을 파는) 불우이웃을 도웁시다. 맛있는 빵이 서 개 천원입니다. 세 개 천원.

다시 반대쪽 무대 밝아지면

성욱과 다정 빵 코스튬을 입고 커다란 헤드폰을 머리에 끼고 있다.
헤드폰에서 흘러나오는 음악은 메탈과 클래식.
성욱은 두 손으로 헤드폰을 잡고 헤드뱅잉.
다정은 콧노래를 흥얼거리며 작고 느린 고갯짓
두 사람, 헤드폰을 빼고

성욱 이상 음악과 맛의 상관관계를 연구 실험한 결과였습니다.
다정 여러분은 어떤 빵이 더 부드러울 것 같으세요?

— 막 —

(2008년 가을)

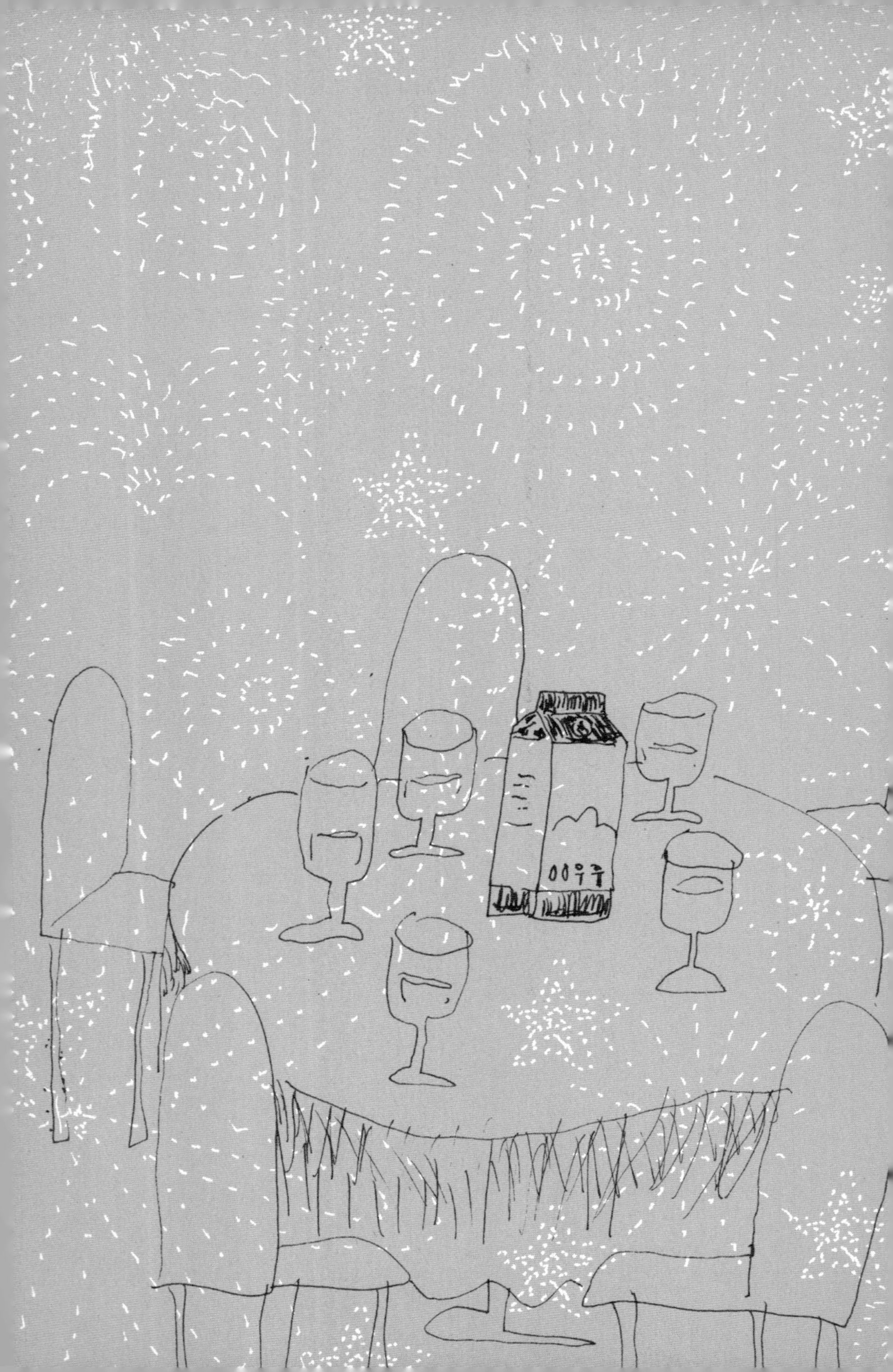

2.100

천국에서의 마지막 계절

등장인물

아버지 (40대 후반)
어머니 (40대 중후반)
큰딸 (20세)
아들 (17세)
막내딸 (14세)
여자 (임신한 여자)

무대

단칸방
화장실 하나
중앙에 고급스런 원목 식탁 하나
과학서적들이 빼곡히 꽂힌 책장에는 액자에 담긴 상장들

무대 밝으면 형광등 불빛 아래, 바닥에 누워 잠을 자고 있는 아버지.
이불도 덮지 않은 채다.
머리 염색용 비닐커버를 쓰고 식탁의자에 앉아 있는 어머니.
공책에 뭔가를 썼다 지웠다 하고 있다.

막내딸 들어온다.

막내딸   (자는 남자의 등을 발로 차는 시늉)
어머니   (썼다 지웠다 하는)
막내딸   옆집 아저씨 봤어.
어머니   (계속 쓰는)
막내딸   (어머니의 연필을 움켜쥐는) 우즈베키스탄은 지금 덥지?
어머니   (쳐다보는)
막내딸   저 방….
어머니   ….
막내딸   몇 명이나 사는 걸까?
어머니   ….
막내딸   아침에는 넷. 오후에는 둘. 밤에는 여자 셋. 필리핀 아저씨도
         있다.
어머니   (계속 쓰는)
막내딸   너무 조용해. 어떻게 저렇게 조용할 수 있어?
어머니   ….
막내딸   내 말 안 들려?
어머니   (계속 쓰는)
막내딸   (식탁을 쾅쾅 내려치고) 내 말 안 들려?
어머니   들려.
막내딸   왜 안 들리는 척 해?

어머니	그런 적 없어.
막내딸	그랬어.
어머니	배고프니.
막내딸	배고파.
어머니	밥통에 밥.
막내딸	(식탁에 엎드리고) 배 안 고파.
어머니	(천 원짜리 몇 장 건네고) 라면.
막내딸	사람들이 아냐. 귀신 같애. 사람이라면 저렇게 조용하게 살 순 없어.
어머니	(쳐다보는)
막내딸	귀신이야.

대꾸 없는 어머니.
막내딸, 일어나서 아버지에게로. 발로 차는 시늉.
악몽에 시달리는 아버지.

| 막내딸 | 안 자는 거 다 알아. |

딸, 나간다.
깨는 아버지.
악몽의 여운.
냉장고 쪽으로 걸어가 우유팩을 꺼내 마신다.
옷섶에 쏟아지는 우유.

아버지	(갑자기 주머니에서 뭔가를 찾는) 내 열쇠.
어머니	(계속 쓰는)
아버지	차 열쇠 못 봤어?

어머니   팔았잖아.

아버지   ….

어머니   (뭔가 생각난 듯)

아버지   내 말 안 들려?

어머니   (일어나서 부착용 옷걸이 쪽으로)

아버지   (쳐다보는)

어머니   (입어보는) 이 옷 어때?

아버지   ….

어머니   (발레 동작을 해 보는)

아버지   괜찮아?

어머니   뭐가?

아버지   머리.

어머니   머리 뭐?

아버지   피가 났어.

어머니   (만져보는) 무슨 소릴 하는 거야?

아버지   … 꿈에 우리가 다 죽었어.

어머니   (약통에서 약을 꺼내고) 자, 먹어.

어머니, 다시 글을 쓴다.

아버지가 식탁에 우유팩을 놓고 옷걸이의 옷들을 들춰본다.

아버지   큰 애는?

어머니   아직.

아버지   (초초한 듯) 둘째는?

어머니   ….

아버지   둘째는?

어머니   (수화로) 독서실. 중간고사.

| 아버지 | 막내는? |
| 어머니 | (소리치는) 집중할 수가 없잖아. |

아버지, 아내의 노란 꽃무늬원피스를 발견하곤 안도의 한숨.

아버지	소들을 봤어.
어머니	더 자.
아버지	하얀 소들… 검은 소들. 소들이 전염병으로 죽어가.
어머니	(우유팩을 보며) 얼룩소가 세 마리나 그려져 있네.
아버지	브레이크. 브레이크가 고장 났어. 브레이크. (얼굴에 쏟아지는 비를 상상하는… 손으로 닦아내는)
어머니	(귀를 막는)
아버지	나가면 안 돼.
어머니	(귀를 막는) 막아도 들리네.
아버지	나가지 마.
어머니	갈 데나 있으면.
아버지	내 말 듣고 있어?
어머니	(무시)
아버지	나가면 안 돼.
어머니	(건성으로) 어. (다시 약을 주며) 안 먹을 거야?
아버지	(받지 않는)
어머니	먹어. 먹든가 입을 다물든가.
아버지	….
어머니	멍청한 얼굴 좀 하지 마.
아버지	내 말 안 들려?
어머니	(안 들리는 것처럼) ….
아버지	(글을 써서 보여주는)

어머니   (쳐다보는)

다시 원상복귀.
어머니는 글을 쓰고 아버지는 옷에 묻은 우유를 행주로 닦아낸다.

아버지   행주에서 냄새나.
어머니   (검지를 자신의 입술에 가져다대고) 쉿.
아버지   쉰내.
어머니   쉬. 쉿.
아버지   (퐁퐁을 섞어 행주를 빨고 식탁 쪽으로… 식탁에 코를 가져다 대보
          는)
어머니   뭐하는 거야?
아버지   냄새나. (식탁을 닦는)
어머니   이러지 마.
아버지   팔 좀 들어봐.
어머니   (버티는)
아버지   (무시하고 닦는)
어머니   (행주를 움켜쥐는… 빼앗아서 싱크대 쪽으로 집어던진다)
아버지   이러지 마.
어머니   약 안 먹을 거야?

아버지, 어머니를 노려본다.
냉장고에 우유팩을 넣고, 믄을 쾅 닫는 아버지.

어머니   그놈들 끌어들인 건 당신이야. 벌써 잊었어? 우리한테 한 짓?
          우릴 찾아낼 거야. 그 전에 돈을 갚아야 해.
아버지   ….

어머니   안 들리는 척 하지 마.

아버지   (냉장고를 열었다 쾅 닫는… 반복하는… 그러다 울먹이며) 내 여기
          (심장) 여기(신장) 여기(눈)라도 팔면 안 될까.

어머니   (어이없이 웃는) 그게 몇 푼이나 될 거 같애?

아버지   (약통의 약을 한 움큼 먹는)

어머니   (바라보는) 당신, 우리한테 해줄 수 있는 거 없어.

아버지   … 알아.

어머니   벌써 석 달이야. 왜 들으려고 노력도 안 해?

아버지   … 나 머리 아파. 누울게.

어머니   난 뭐든 다 할 거야. 애들한테 상처주지 않을 거야. 나, 그 일
          할 거야. 그러니까 방해 마.

아버지   … 졸려.

어머니   내가 할 줄 아는 건 애 키우는 거, 당신하고 함께 살면서 그거
          하나밖에 없었어. 다시 한 번 해보겠다는 거야, 그거.

아버지   큰 애는?

어머니   알아.

아버지   둘째는?

어머니   곧 알게 되겠지.

큰딸, 들어온다.
누워 있는 아버지 등 뒤로 다가가 어깨에 손을 올려놓는다.

큰딸   다녀왔어.

외면하는 아버지.

어머니   일찍 왔네.

큰딸   이번 주는 낮 근무.

어머니   벌써 월요일?

큰딸   (의자에 앉으며) 아, 다리 아퍼.

어머니   밥은?

큰딸   치즈버거.

어머니   밥이라도 챙겨 먹잖고.

큰딸   살찌면 안 돼.

어머니   그러다 쓰러지면.

큰딸   걱정 마.

어머니   쫓겨나면.

큰딸   일은 빅맥버거 먹은 것처럼 해. (엄마의 노트를 보며) 아직도 그
         거 써?

어머니   저번 건 인터넷에 올려놨고. 이번엔 좀 다르게 쓰려구.

큰딸   어떻게?

어머니   (숨기며) 조금. (못이기는 척 건네고) 잘 안 써져.

         큰딸이 읽는다.

어머니   어때?

큰딸   여기 받침 틀렸네.

어머니   어디?

큰딸   이렇게 써서 될 거 같애?

어머니   그럼?

큰딸   (밀어 놓는)

어머니   씻어.

큰딸   좀 쉬고.

어머니   냄새나.

큰딸   뭐.

어머니   감자튀김.

큰딸   머리염색약이 더 독해.

어머니   어머, 내 정신 좀 봐.

큰딸   얼마나 지났어?

어머니   응? 아, 40분

큰딸   설명서 안 읽어봤어?

어머니   안 읽었어.

큰딸   (식탁 위의 염색약 케이스를 보고) 이건 15분만 넘겨도 까매져.

어머니   밝은 갈색이 아니라?

큰딸   시커매졌겠네.

어머니   좋지, 새치 안보이고.

큰딸   주름은 자글자글한데, 머리만 까마면… 늙어 보여.

어머니   그 정도야?

큰딸   아침에 나가면서 말했잖아, 설명서 자세히 읽어보라고.

어머니   그렇게 늙어 보여?

큰딸   ….

어머니   (설명서를 읽는)

큰딸, 가방에서 돈 봉투를 꺼내 엄마에게 건넨다.

아버지, 일어나 화장실로 들어가고, 샤워기에서 물 떨어지는 소리.

(※이후 아버지가 화장실에 있는 동안 아버지의 모습이 관객에게 보여
져도 좋고 안보여져도 좋다. 만약 보여진다면, 아버지는 가족들의 소
리를 듣지 못하고(않고), 묵묵히 무언가를 하고 있을 수 있다. 예를 들
면 같은 자세로 앉아 성냥을 쌓거나 책을 읽거나 화장실 구석구석을
청소한다거나. 그러나 관객의 시선을 집중시키거나 가족이 들을 수 있
는 행동을 해서는 안 된다)

어머니   야간수당?

큰딸   … 응.

어머니   많네?

큰딸   (한숨)

어머니   그래도 너무 짜다, 너 일하는 거 생각하면.

큰딸   응. 감자튀김처럼.

어머니   너무 짜.

큰딸   배고파.

냉장고 문을 여는 큰딸.

큰딸   다른 거 없어?

어머니   밥통에 밥.

큰딸   지겨워, 우유.

어머니   그게 요즘 세일하는 거야.

큰딸이 컵에 우유를 따라 마신다.

엄마가 돈을 세서 탁자 위에 용도별로 늘어놓는다.

큰딸   아빠 뭐래?

어머니   뭘?

큰딸   그냥 다.

어머니   죽었대, 우리가.

큰딸   죽었지. 아빠가 정확하게 봤네.

어머니   진종일 자니 꿈밖에 더 꿔?

큰딸   밖에 좀 나가라고 해.

어머니   들키면.

큰딸	요 앞 골목에라도.
어머니	들키면 끝장이야. 더 어딜 가겠니.
큰딸	엄만… 무서워?
어머니	응. 무서워.
큰딸	우리 때문이란 얘긴 하지 마.
어머니	응… 그래도 무서워.
큰딸	(공책을 바라보는) 이 일은 뭐래?
어머니	뭐가?
큰딸	아빠가.
어머니	약이나 먹으라고 그랬어.
큰딸	엄마.
어머니	왜.
큰딸	(옷걸이에 걸린 화려한 옷들을 바라보는) 아니야.
어머니	왜.
큰딸	저 옷들 이제 버려라.
어머니	왜 버려.
큰딸	입을 일 없어.
어머니	(옷들을 바라보는)
큰딸	다 갔잖아, 젊은 날.
어머니	너 입어.
큰딸	다 갔어, 젊은 날.
어머니	… 무슨 고민 있어?
큰딸	나 일 관둘까봐.
어머니	왜?
큰딸	… 그냥.
어머니	사고 쳤어?
큰딸	사고는 무슨. 그런 시시껄렁한 데서.

어머니　　어디 아퍼?

큰딸　　아냐.

어머니　　그럼 뭔데.

큰딸　　내 시간도 없고, 하루 종일 서 있어야 하고… 그러다보면 내
　　　　가 뭐하고 있나 싶기도 하그. (엄마를 쳐다본다) 다른 일 해보려
　　　　구.

어머니　　어떤 일?

큰딸　　쉬운 일. 돈 많이 벌고.

어머니　　그런 게 있어?

큰딸　　찾아보면 있겠지.

어머니　　없어, 그런 일.

큰딸　　… 좀 쉬고 싶어.

어머니　　어디 안 좋아?

큰딸　　다 귀찮아.

어머니　　이제 야간은 하지마. 잠은 제대로 자야지.

큰딸　　나…, 남자들 만날까봐.

어머니　　남자?

큰딸　　잠깐 만나서 같이 있어주기단 하면 될대….

어머니　　너 연애하니?

큰딸　　나쁜 사람 같진 않아.

어머니　　데이트 시간 없어서 그래?

큰딸　　그게 아니구….

어머니　　어떤 사람인데.

큰딸　　채팅으로 만났어. 컴퓨터. 자기하고 있어주면 돈을 주겠대.

어머니　　!!

큰딸　　그렇게 보지 마.

어머니　　널 어떻게 보고 있을 거 같니?

큰딸   나도 알아.

어머니   알면 됐어.

큰딸   난 할 거야.

어머니   … 엄마한테 더 이상 상처주지 마.

큰딸   나쁠 것도 없어. 그건 일이니까.

어머니   일? 그게 딸이 할 소리니?

큰딸   난 아무 것도 없잖아. 아무 것도 없는 게 너무 무거워. 좀 덜고
         싶어.

어머니   ….

큰딸   나한테 뭐 있어? 몸밖에 더 있어? 비쌀 때 팔아야지. 나중엔
         팔고 싶어도 못 팔아.

어머니   너 미쳤구나.

큰딸   날 미치게 한 건 엄마랑 아빠야.

어머니   그게 엄마 앞에서 할 소리야.

큰딸   죽어라 몸으로 일하는 건 똑같아. 한 번 만나주면 한 달 알바
         비의 삼분의 일을 준대. 세 번만 만나도 지금보다는 나아.

어머니   (싱크대로 가는… 컵에 물을 담아 딸의 얼굴에 뿌리는) 정신 차려.

큰딸   내가 뭐 때문에 이런다고 생각해?

어머니   ….

큰딸   난 쉬고 싶어.

어머니   쉬면 되잖아.

큰딸   쉬면서 돈도 많이 벌고 싶어. 집에 돈도 더 많이 가져오고 싶
         어.

어머니   (어이없이 쳐다보는)

큰딸   그냥 함께 있어주는 거야. 외롭고 돈 많은 사람들은 옆에 있어
         주기만 해도 돈 준대.

어머니   어떤 미친놈이, 가만히 옆에 있다고 돈을 뿌려대?

큰딸   엄마가 하려는 일은?

어머니   ….

큰딸   엄만 정상이 아냐.

어머니   넌 제정신이야?

큰딸   나 엄마 맘이랑 똑같아.

어머니   뭐가 똑같아.

큰딸   난 딸이야.

어머니   그래, 딸년이 잘 났다.

큰딸   (한숨)

어머니   한 번 더 그 따위 소리 하면, 너 죽고 나 죽어.

큰딸   ….

어머니   대답해.

큰딸   (일어선다)

어머니   딴 맘 먹지 마. 이번엔 될 거야. 예감이 좋아.

큰딸   그게 잘 될 리 있어?

어머니   안되면 되게 하고!

큰딸   엄마 나이가 몇인데.

어머니   군말 할 거 없어.

큰딸   ….

큰딸, 화장실로 간다.

안에서 잠긴 문.

큰딸   아빠. 나 씻어야 돼

아버지   ….

큰딸   문 열어.

아버지   ….

큰딸   (두드리는) 감자튀김 냄새 땜에 토할 거 같단 말야.

        어머니가 딸의 가방에서 맥도날드 유니폼을 꺼낸다.
        유니폼을 바라보는.

큰딸   (화장실 문에 이마를 기댄 채) 아빠. 아빠. 냄새가 난다구, 냄새
        가….

        엄마, 화장실 앞으로.

어머니   그런다고 들려? (문 옆의 스위치를 끄며) 이렇게 해야지.

        어색한 큰딸.
        화장실 안은 묵묵부답.

큰딸   답답할 텐데.

        화장실 스위치를 올리는 큰딸.
        식탁의자에 도로 앉는다.
        어머니, 옷걸이 옆에 맥도날드 유니폼을 건다.
        냄새 맡아보고, 손으로 탁탁.

어머니   일 힘들면 좀 쉬어. 쓸데없는 소리 말고.

        식탁 위에는 어머니의 노트.
        큰딸이 노트에 글을 쓴다.
        맞은편에 앉는 어머니.

어머니   우리 잘 될 거야. 옛날로 돌아갈 수 있어.

큰딸   엄마, 대학 나온 거 맞아?

어머니   … 왜?

큰딸   뭐야, 글이 이게.

어머니   언제 글이란 걸 써봤어야지.

큰딸   이럴 땐, 이렇게 쓰는 거야. 대리도를 지원합니다. 저는 10년
간 주부 생활을 해온 전업즈부입니다. 갑자기 집안 사정이 어
려워져서, 이렇게 글을 올립니다. A형이구요, 키는 170센티미
터, 몸무게는 45킬로, 30대 중반입니다. 예술분야에 소질이
있어서 무용을 전공했습니다. 꾸준히 운동을 해왔고, 건강합
니다. 술 담배는 전혀 못합니다….

어머니   이거 순 거짓말이잖아.

큰딸   별 수 있어?

어머니   적당해야지. 키하고 몸무게야 그렇다 쳐도 30대와 40대는 엄
연히 다른데.

큰딸   누가 사실만 써.

어머니   진실 되게 써야하지 않을까?

큰딸   사기라도 쳐야지.

어머니   사기는 아무나 쳐?

큰딸   (한숨)

어머니   이것 봐봐. (공책 사이에서 샘플계약서를 꺼내) 쌍둥이 낳으면 돈
을 두 배로 받을 수 있대. 건강한 아이라고 판명되면 그때부턴
생활비도 지급되고.

큰딸   (계약서를 보는) 태아가 여자애로 밝혀지면 애를 떼야 되고. 돈
한 푼 못 받고

어머니   설마, 그렇게까지 하겠어? ㅈ 새낀데.

큰딸   아직도 현실을 몰라?

어머니　　내가 사람은 볼 줄 알아.

큰딸　　　펵이나.

어머니　　서로 돕자고 하는 일이야.

큰딸　　　이게 서로 돕는 일이야?

어머니　　… 큰일이야 있겠어?

큰딸　　　전화는?

어머니　　(고개를 젓는다)

큰딸　　　물어보는 전화도?

어머니　　… 경쟁률이 엄청나. 사이트 들어가 보니까 젊고 조건 좋은 여
　　　　　자들이 얼마나 많은지. 나이를 줄일 수도 없고… 근데 출산 경
　　　　　험자가 유리할 수도 있대.

막내딸, 슈퍼마켓 봉지 들고 들어온다.
봉지 안에 우유와 라면.
대리모 계약서를 공책 사이에 숨기는 어머니.
냉장고에 우유를 넣고 신경질적으로 문을 닫는 막내딸.

큰딸　　　어딜 쏘다녀.

막내딸　　보면 몰라?

큰딸　　　목장까지 가서 젖 짜오니?

어머니　　왜 이렇게 늦었어?

막내딸　　아랫동네.

어머니　　멀리 가지 말랬잖아.

막내딸　　거기가 싸.

어머니　　내려가지 마.

책장 틈에서 작은 돼지 저금통을 꺼내 동전을 넣고는 책장 틈에 다시

숨기는 막내딸.

큰딸   감출 데가 어디 있다고.
막내딸   소중히 두는 거야.
큰딸   몇 푼이나 된다고.
막내딸   (언니에게) 나도 아르바이트 시켜줘.
어머니   공부나 해.
막내딸   학교도 못 가게 했잖아.
어머니   가야지, 내년엔.
큰딸   맥도날드는 고등학생부터야.
막내딸   나 키 크잖아.
큰딸   더 커야 돼.
막내딸   점장한테 말해주면 안 돼?
큰딸   안 돼.
막내딸   고1이라고 해주면 되잖아.
큰딸   내가 왜?
막내딸   언니한테 상납할게, 십 퍼센트.
큰딸   십 퍼센트… 안 돼.
어머니   오빠 오기 전에 오늘 숙제 하나.
막내딸   싫어.
큰딸   빨랑 책상 앞으로 가.
막내딸   왜 나만 무시해.
큰딸.어머니   (무시)
막내딸   한푼 두푼 모아서 꼭 이 집을 나갈 거야.
큰딸.어머니   ….
막내딸   두고 봐. 모두 놀래켜주고 말 거야. 그때 가서 후회하지 마.
큰딸.어머니   ….

막내딸　　아—아.

막내딸 발악. 어머니와 큰딸 무반응.

막내딸　　나만 왕 무시야.

투덜거리며 책상으로 가 앉는 막내딸.
의도적으로 크게 책장을 넘기는 소리.
의자 다리를 삐걱이는 소리.
함께 글을 쓰는 큰딸과 어머니.

막내딸　　나, 오다가 UFO 봤다… 나 외계인 만났어. 바로 집 앞에서…
　　　　　외계인한테 납치도 당할 뻔 했어… 놀이터에 앉아 있었는데
　　　　　외계인이 나를 이상한 데로 끌고 갔어. 정신을 차리고 보니까
　　　　　처음 와본 곳이었어. 죽어라 도망쳐 왔다니까.
큰딸　　　엄마.
어머니　　응?
큰딸　　　같이 가줄게. 의뢰인 만날 때.
어머니　　으응.
막내딸　　난 위협 받고 있어.
큰딸　　　조용히 안 해?
막내딸　　아빠도 봤대. 내가 얘기하니까 우리 집에서 유황냄새가 난다
　　　　　고 했어.
큰딸　　　니 몸에서 이상한 냄새나는 거 아냐. 너 언제 목욕했니?
막내딸　　언닌 왜 그래?
큰딸　　　….
막내딸　　외계인은 있어!

172

큰딸   그래. 너라도 꿈과 희망 손에서 살아라.

막내딸   아빠 때문이야.

큰딸   아빠가 왜?

막내딸   화장실에서 안 나오니까 씻을 수가 없잖아.

큰딸   나가 놀아.

막내딸   내가 모를 줄 알아?

큰딸   ?

막내딸   언니가 남자 만나는 거 다 봤어.

어머니   (큰딸을 쳐다보는)

큰딸   쟤 말을 믿어?

막내딸   난 거짓말 안 해.

어머니   공부해.

막내딸   오빠 얘긴 다 들어주잖아….

막내딸   힘드냐고 물어도 보고…

막내딸   돈도 많이 주고.

큰딸   너도 공부 잘하면 될 거 아냐.

막내딸   언니가 세상을 알아?

큰딸   대꾸를 안해야지.

막내딸   이건 음모야.

큰딸   뭐어?

막내딸   음모야!

큰딸   (코웃음)

막내딸   세상은 음모들로 넘쳐 나.

큰딸   안 나가?

막내딸   난 혼자 싸우고 있어.

어머니   그만들 해. 정신 사나워.

막내딸   난 알아… 이 집에 사는 사람들 모두, 음모에 빠진 거야. 갇혔어. 실험 당하고 있는 거야.

큰딸   청소나 해.

막내딸   (째려보는)

큰딸   외로운 싸움 집어 치우고 니 할 일이나 하라구.

막내딸   나만 들어오면 자꾸 숨기고.

큰딸   ….

막내딸   진짜 봤어. 언니가 남자 만나는 것도 봤고, UFO도 봤단 말야.

어머니   그래, 그래. 알았어.

큰딸   엄마.

막내딸   (씩씩대는)

어머니   외계인만 왔다 가면 유황냄새가 얼마나 독한지 머리가 지끈
         거려.

큰딸   애 말 받아주지 마. 거짓말만 늘어.

         어머니, 큰딸에게 그냥 두라고 손짓.

막내딸   외계인들이 내 콧구멍에 긴 바늘을 집어넣었어.

큰딸   거 봐.

막내딸   날 연구하려는 게 틀림없어. 내 몸을 바꿔서 인간이 갖는 고통
         을 없애주려고 한 게 아닐까? 걔들은 아무것도 먹지 않는대.
         잠을 자지도 않고, 인간처럼 말도 안하고 욕망도 없어서, 늘
         편안하대.

큰딸   욕망? 니가 욕망을 알어?

막내딸   ….

큰딸   외계인들이 그렇게 할일 없대니?

막내딸   나는 고통 받고 있는 십대의 전형이야. 외계인들은 특정유전
         자를 가진 사람들만 납치해서 생체실험을 해.

174

큰딸   ….

막내딸   난 몸이 아파. 외계인들이 내 몸 속에 전자장치를 이식했어.
           고성능 추적 장치는 몸에 아무런 흔적도 없이 이식되니까 내
           가 멀쩡해 보이는 거야. 엑스레이를 찍어봐야겠어. 정체를 알
           수 없는 쇠붙이가 있으면 그건 외계인들이 이식한 장치야. 난
           그것 때문에 온몸이 아픈 거야.

           큰딸과 어머니는 별 반응 없다.

막내딸   공주님, 공주님 그랬었잖아. 공주가 이런 데서 살아?

           막내딸, 자신의 영역 표시를 하듯 방 한 구석에 금을 긋고, 그 안에 들
           어가 엎드린다.

           그때, 갑자기 옆집에서 문이 부서지는 소리가 난다.
           긴장하는 세 사람.

어머니   뭔 소리야?

큰딸   뭐지?

막내딸   쳐들어왔다.

어머니   그놈들이야.

막내딸   UFO다.

어머니   우릴 찾아냈어. 어떡하지?

막내딸   외계인이야.

어머니   (막내딸에게) 누가 너 따라왔니?

큰딸   미행당했어?

어머니   누가 따라오는지 항상 보라고 했잖아.

때려 부수는 소리.

어머니	문 잠가. 문.
큰딸	못 가겠어. 몸이 안 움직여.
어머니	창문. 창문.
큰딸	없어, 창문.
어머니	어떻게 여길 알았지?
막내딸	(문 앞으로 가는)
어머니	막내야. 문 잠가. 빨리.
막내딸	옆방인가 봐. 가보고 올게.
어머니	나가지 마. 거기 안 서? 이리 와.
큰딸	이리 안 와?
어머니	니 아빠. 어서 나오라 그래.
큰딸	(화장실 문 두드린다) 아빠. 아빠.
어머니	(막내딸을 잡는다)
막내딸	놔 봐.
어머니	죽고 싶어?
막내딸	도와줘야 돼. 외계인한테 다 납치당한단 말야.
어머니	조용히 해.
막내딸	못 데려가게 싸워야지. 모른 척하면 어떡해? 우린 같은 지구인이잖아.
어머니	쉿!
큰딸	불 끌까?
어머니	꺼. 모두 다 꺼, 다.
막내딸	엄마. 우읍.

거친 발자국 소리들이 멀어져간다.

어둠 속.

한동안 정적.

큰딸 불을 켜면, 막내딸을 부둥켜안은 채 구석에 웅크리고 있는 엄마.

큰딸   갔나?

어머니   아냐. 숨어있어.

큰딸   아무 소리도 안 나는데?

어머니   우릴 속이고 있는지도 몰라.

막내딸   놔봐. 내가 볼래.

어머니   가만 안 있어?

큰딸   (문밖에 귀를 기울이는)

막내딸   놓으란 말야. 다 납치당했잖아. 내가 가서 확인해 볼래. 직접
         보고 와야 돼.

어머니   조용히 좀 해!

큰딸, 조심스레 문을 열고 나간다.

막내딸   같이 가.

막내딸, 어머니를 밀치고 밖으로 나간다.

어머니, 무릎 꿇고 기도한다.

막내딸과 큰딸 들어온다.

큰딸   아무도 없어.

어머니   무슨 일이야. 그 사람들 누구야?

큰딸   빈방이야. 오래전부터 비어 있었던 것 같은데. 사람 살았던 흔
         적도 없고.

막내딸　　아침까진 있었어. 아침에 아저씨하고 줄넘기 했단 말야.

큰딸　　　낙서만 가득해, 벽에. 알아볼 수가 없어. 빨간매직, 파란매직, 매직들이 쓰레기통에 가득하고.

막내딸　　그거, 우즈베키스탄 아저씨가 쓴 거야.

큰딸　　　뭐라고 써있는지 모르겠어. 처음 보는 글자들이야.

막내딸　　글자에서 눈물이 떨어져. 글자들이 울고 있었어. 글자라서 늘 조용했던 거야!

넋이 빠진 표정으로 식탁에 앉는 세 사람.

그때, 어머니의 핸드폰이 울린다.

모두 화들짝 놀란다.

전화를 확인하는 어머니. 큰딸과 눈을 맞춘다.

어머니　　모르는 번호인데?

큰딸　　　(받아보라는 눈짓)

막내딸　　(엄마 옆으로 가려는)

큰딸　　　(막내딸 제지)

어머니　　여보세요?… 네, 맞습니다. 네, 네, 그럼요. 시간 괜찮습니다… 거기 쓰여 있는 대롭니다… 아니요… 좋습니다. 그럼 거기서 뵙죠. 네.

큰딸　　　그 전화야?

어머니　　음.

큰딸　　　만나재?

어머니　　어떡하지?

큰딸　　　같이 가.

막내딸　　나도 갈래.

178

어머니   할 수 있을까?

큰딸   맘 굳게 먹어.

어머니   음.

큰딸   침착하게.

어머니   처음이잖아….

큰딸   익숙해질 때까지 기다릴 거야?

어머니   우리가 어쩌다가.

큰딸   지치면 안 돼.

어머니   그래. 나 할 수 있어. 우리 가족, 내가 지킬 거야. 이 단칸방, 하나뿐인 화장실. 이 빚더미, 벗어날 거야.

큰딸   같이 가.

어머니   뭐 입지?

큰딸이 어머니의 나들이옷을 가져온다.
옷을 몸에 대보는 어머니. 아름답고 싱그럽다.
유일한 이 집의 풍요. 어머니.

어머니   내 정신 좀 봐. 이 머리를 하고. (화장실로 다가가) 여보, 나 머리 감아야 돼.

어머니가 화장실문을 두드린다.

어머니   여보. 여보. 좀 나와 봐.

큰딸   시간 없어. 가는 길에 미용실 들러서 드라이하고 가.

어머니   어.

바삐 옷과 가방을 챙겨들고 나가는 어머니.

되돌아와 식탁 위의 공책과 계약서를 가방 속에 넣는다.

막내딸　어디 가.
어머니　오빠 오면 라면 끓여먹어.
막내딸　어디 가는데. 왜 나만 빼? 왜 나한텐 말해주지 않는 거야?

어머니와 큰딸, 집을 나선다.
막내딸, 화장실로 간다.
잡아 당겨도 열리지 않는 문.

막내딸　또 아빠지? 안에 있지? 대답해. 대답 좀 해봐.

아버지는 묵묵부답.

막내딸　(화장실 스위치를 마구 껐다 켰다 하며) 대답 해. 대답 좀 해. 대답
좀 해봐. (갑자기 화장실 문을 사정없이 발로 찬다) 이 귀머거리야,
귀머거리. 그만 좀 해. 여기가 옛날 집인 줄 알아. 여긴 화장실
이 하나밖에 없다구. 빨리 나와. 나 미칠 것 같아. 나 오줌 마
려워. 예전으로 돌려놔. 아빠 때문이잖아. 아빠 때문에 학교도
못가고, 친구들도 다 잃고. 왜 오줌까지 못 누게 해? 빨리 나
와. 왜 오줌 하나 맘대로 못 싸게 하냐고.

막내딸, 화장실 앞에서 발을 구른다.
그러다 혼자 지쳐서 되돌아와 우유를 꺼내 마신다.
1리터짜리 우유를 벌컥벌컥 마셔대는 막내딸.
갑자기 배가 아픈지 식탁 위에 엎드려 신음소리를 낸다.
아버지가 화장실에서 나오게, 막내딸은 더욱 더 크게 신음소리를 낸다.

아들이 들어와, 식탁 위에 엎드려있는 동생의 모습을 본다.
아들의 교복이 흙투성이다. 눈가에 상처. 찢어진 입술.
별일 아니라는 듯, 식탁에 엎드린 동생을 시큰둥하게 바라보는 아들.

아들   아빠?
막내딸   몰라.
아들   엄만?
막내딸   몰라.
아들   누난?
막내딸   몰라.
아들   넌?
막내딸   … 몰라.
아들   나가.
막내딸   갈 데가 없어.
아들   ….
막내딸   오빠, 또 맞았어?
아들   ….
막내딸   옆집 사람들, 사라졌다. (사이) 외계인이 내 콧구멍에 긴 바늘
            을 집어넣어서, 나 지금 많이 아파.
아들   ….

막내딸, 상체를 일으킨다. 할 수 없다는 듯.

막내딸   시험 끝났어?
아들   ….
막내딸   중간고사 성적은 언제 나와?
아들   ….

막내딸　　시험은 잘 봤지?

아들　　닥쳐.

막내딸　　잘 본 거지?

아들　　왜! 너까지 내 성적에 따라 니 인생을 결정하게?

막내딸　　왜 화내?

아들　　건드리지 마.

막내딸　　거짓말쟁이!

아들　　….

막내딸　　이번에도 시험 망쳤지? 오빠가 학교 빼먹고 딴 데 가는 거 모를 줄 알고? 저번 성적표도 다 가짜였어.

갑자기 아들이 책장 앞으로 간다.
과학 서적 한 권을 꺼내 마구 찢는다.
그리곤 잠시 마음을 가라앉히려는 듯 책상 의자에 앉아 컴퓨터 전원을 켠다.
화면을 한동안 멍하니 응시하는 아들.
그러더니 책장에 반듯이 놓여있던 액자에서 상장을 꺼내 찢는다.

아들　　이따위! 이따위 상장! 다 필요 없어. 내가 왜 이따위 공부를 해?! 내가 왜 하고 싶지도 않은 걸 해! 왜! 왜! 왜!

막내딸　　오빠 이상해….

아들　　밥 없어?

막내딸　　라면.

아들　　에이 씨.

막내딸　　(몸을 배배 꼬는)

아들　　왜.

막내딸　　오줌 마려워.

아들   (화장실을 노려보는)

막내딸   나가서 싸고 올게.

아들   오지 마.

막내딸 나간다.

아들은 화장실로 가서 문을 발로 찬다.

분이 풀릴 때까지 차고 또 찬다.

책상으로 돌아와 가방에서 반지포장용 선물상자들을 꺼내놓는다.

그리곤 과학서적들이 빼곡히 꽂혀있는 책장 뒤쪽에서 300ml정도 되

는 약통 하나를 찾아 꺼내든다.

아들이 식탁 위에 정제된 약들을 쏟아놓고 비닐장갑을 낀다.

막내딸 들어온다.

막내딸   이게 뭐야?

아들   비켜.

막내딸   뭔데.

아들   (밀친다)

막내딸   뭔데 그래.

아들   만지지 마!

막내딸   왜에.

아들   (빤히 보고는) 열 알씩 넣어서 포장해. 예쁘게.

아들, 비닐장갑을 벗어준다.

막내딸, 포장한다.

찢어진 상장을 스카치테이프로 붙이기 시작하는 아들.

막내딸   선물이야?

아들   알 거 없어.

막내딸   누구한테 주는 건데?

아들   ….

막내딸   나도 알아야겠어! 나도 알고 싶어!

아들   하기 싫음 비켜.

막내딸   누구한테 주는 선물이냐구.

아들   … 팔 거야.

막내딸   팔아? 누구한테?

아들   ….

막내딸   누구냐구.

아들   … 사람들.

막내딸   돈 버는 거야?

아들   ….

막내딸   나도 돈이 필요해.

아들   ….

막내딸   아빠가 알면 오빠 죽을 걸. 아빠는 오빠 하나 믿고 사는데….

아들   (막내딸을 노려본다)

막내딸   진짜야….

아들   그 전에 니가 죽어.

막내딸   아빠가 그랬어, 엄마한테. 아빠는 죽고 싶어도, 수백 번 죽고 싶어도, 오빠 생각만 하면 어떻게든 살아야겠다고.

아들   ….

막내딸   아빠 속이지 마.

아들   입 다물어라.

막내딸   아빠가 오빨 얼마나 좋아하는데. 엄마도, 언니두.

아들   (머릴 때린다)

막내딸　왜 때려.

아들　그게 내 책임이야? 그렇게 해 달랬어?

막내딸　그러니까 나도 돈 벌게 허줘. 나도 돈 벌고 싶어.

아들　닥쳐.

막내딸　외계인 때문이야. 외계인 때문에 이러는 거야. 증명하고 말
겠어.

아들　… 각자, 알아서 살자.

막내딸　무슨 약인지나 알려줘. 아무한테도 말 안 할게.

아들　말해도 몰라.

막내딸　말해줘, 말해줘.

아들　다 쌌어?

막내딸　말해줘.

아들　시안화칼륨.

막내딸　(옆의 사전을 펼쳐들고) 시안화, 시안화, 시안화 (뒤적뒤적) 칼륨…
청산가리?!

아들　포장이나 해.

막내딸　오빠!

아들　….

막내딸　좋았어.

아들　….

막내딸　오빠를 돕겠어.

아들　뭔지나 알어?

막내딸　눈치 깠어.

아들　마저 해.

막내딸　사람들이 이런 걸 사?

아들　….

막내딸　그 사람들… 정말로 이 약 먹고 죽으면 어떡해?

아들	원했던 거야.
막내딸	왜?
아들	각자에겐 각자의 인생이 있으니까.
막내딸	아프겠지… 죽을 때.
아들	누구나 아파, 죽을 땐.
막내딸	내가 죽고 싶다고 하면, 나한테도 팔 거야?
아들	죽고 싶으면, 외계인한테 데려가 달라고 해.
막내딸	오빠도 외계인 믿는구나. 그치.
아들	우리가 이렇게도 사는데, 뭘 못 믿어.
막내딸	맞아. 아무 것도 믿을 수 없어. 1947년에 외계인 비행접시가 추락한 거 알아? 그걸 아직까지 감추고 있잖아. 음모지. (포장하며) 오빠 그거 알아? 인간은 달에 간 적이 없다. 달에서 찍은 사진들 보면 말도 안 된다니까. 바람도 안 부는데, 달에 꽂아 놓은 깃발이 펄럭인다니까.
아들	무식하긴.
막내딸	?
아들	달엔 공기나 대기가 없어. 당연히 깃발이 축 처지겠지.
막내딸	내 말이.
아들	그러니까. 철사를 집어넣었었지. 깃발이 바람에 흔들리는 것처럼 보이려고. 폼 나게. 나사(NASA)가 바보냐?
막내딸	아냐. 그럼 비행접시는. 그건 어떻게 설명할 건데? 미국의 과학발전은 다 외계인의 기술전수 때문이야.
아들	음모? (코웃음) 시경용풍 군자해로편에 이런 얘기가 있어. 진나라 충신 공손교가 길을 가는데, 임금의 잘못된 정치를 불평하며 떠드는 소리가 들리더래. 그래서 주위를 둘러봤더니 아무도 없고 13개의 바위만 웅성웅성 떠들고 있었댄다.
막내딸	그래서? 그게 끝이야?

아들	입 없는 바위가 말을 했다잖아. 사람들 생각이 바위에 붙어서 말을 시켰다구.
막내딸	무슨 소리야.
아들	사람들 생각이나 욕망은 어떻게든 밖으로 표현되게 돼있어. 니가 하는 얘기들은 바위가 떠드는 소리랑 똑같아. 음모론 떠들어대지 말고, 책이나 읽어. 거기 다 나와.
막내딸	공부 잘한다고 잘난 체 하는 거야? 매일같이 TV에서 떠드는 소리는. 외계인들이 조정하는 게 아니라면 이렇게 많은 사람들이 자살할 리 없어. 음모가 아니고는 불가능해.
아들	자살은 오래전부터 있었어.
막내딸	달라.
아들	돈이면 해결돼.
막내딸	돈…?
아들	모든 음모 뒤엔 돈이 있어.
막내딸	외계인이야.
아들	….
막내딸	정말 없다고 생각해?
아들	난, 보이는 것만 믿어.
막내딸	….
아들	돈은 명확해.
막내딸	외계인이 보이면?
아들	보일 리 없지.
막내딸	(상자를 세어 본다)
아들	왜.
막내딸	스무 상자. 얼마씩 팔아?
아들	알 거 없어.
막내딸	오만 원?

아들   ….

막내딸   십만 원?

아들   ….

막내딸   십오만 원?

아들   이십.

막내딸   와!

아들   너한테 줄 건 없어.

막내딸   매일 이렇게 팔려?

아들   ….

막내딸   한 상자에 이만 원씩만 떼 줘.

아들   꿈 깨.

막내딸   아빠한테 이를 거야.

아들   … 죽어!

막내딸   이렇게 벌어서 뭐 할 건데?

아들   ….

막내딸   엄마 줄 거야?

아들   나 하고 싶은 거.

막내딸   엄마도 돈 필요해. 언니 월급은 쥐꼬리만 하고.

아들   인생은 각자 사는 거라고.

막내딸   하지만 아빠랑 엄마는 우리를 위해 살잖아. 언니도….

아들   (말을 자르며) 인생은 어떻게?

막내딸   각자.

아들   알았으면 실천해.

막내딸   그렇지만, 아빠도 병원에 가봐야지. 석 달 동안 귀가 안 들리
          잖아.

아들   관심 없어. (타자 치는)

막내딸   그럼 돈은 왜 벌어?

아들   밴드 만들 거야.

막내딸   공부는?

아들   음악마저 없으면 미쳐버릴 거야.

막내딸   역시. 오빠 멋있다.

아들   ….

막내딸   오빠, 기타 쳐라.

아들   트롬본.

막내딸   트럼본?

아들   여자애들 마음을 사로잡는 악기지.

아들이 컴퓨터에 쓴 것을 인쇄한다.

프린트된 종이를 반으로 자르고 막내딸에게 건넨다.

아들   이것도 안에 넣어.

막내딸   뭔데?

아들   설명서.

막내딸   설명서가 필요해? 입에 넣고 물마시면 되지.

아들   그래도 알아? 겁 많은 놈들이 조금 털어 넣는 척 하다가, 죽지
           도 못하고 살아 있으면 얼마나 괴롭겠냐?

막내딸   맞다. 죽으려고 했는데 못 죽으면 괴롭지.

아들   주소 불러줄 테니까 똑바로 써.

막내딸   펜 좀 찾고.

아들   시간 없어. 몇 정거장 떨어진 우체국으로 가야 된단 말야.

막내딸   불러.

아들   서울시 종로구 명륜동 4가 70번지 201호

막내딸   보내는 사람은?

아들   서울시 여의도구 여의도동 MBS 행복한 세상 담당자.

막내딸   천천히 불러.

아들   시간 없다니까.

막내딸   쓰고 있어.

아들   마감시간에 늦겠다.

막내딸   잠깐만.

아들   나머진 가서 쓰고. 빨리 챙겨.

막내딸   오빠.

아들   뭐.

막내딸   나도 오빠처럼 살 거다. 쿨하게.

아들이 냉장고를 열어 한참을 보더니 우유를 꺼낸다.
우유를 마시려다, 싱크대에 쏟아 붓는다.
그리곤 수도꼭지에 얼굴을 들이밀고 세수를 한다.

아들   가자.

막내딸, 식탁에 있는 선물상자를 두 손 가득 든다.
그 중 한 개가 바닥으로 떨어진다.
양말 신은 발가락으로 상자를 들어 올리려고 하지만 잘 되지 않는다.
아들, 먼저 집을 나간다.

아들   (문 밖에서) 빨리 안 나오고 뭐해?

막내딸은 급한 나머지, 상자를 발로 차서 책장 밑 귀퉁이에 집어넣고
집을 나간다.

텅 빈 집, 화장실에서 아버지가 나온다.

들어가기 전 모습 그대로다.

아버지는 가족들이 앉았던 식탁 쪽으로 걸어가서 식탁 의자에 앉아
본다.
일어나 냉장고로 가는 아버지. 우유 한 통을 꺼내 들이킨다.
갑자기 배가 아픈지 식탁에 엎드려 신음한다.
그러더니 벌떡 일어나 의자를 밟고 식탁 위로 올라간다.
한동안 천정을 올려다보고, 단칸방을 둘러본다.
눈으로 기억하고 기록하듯.
식탁 위에서 내려와 책장에 있는 액자 속 상장들을 들여다본다.
액자에서 상장을 꺼내는 아버지.
너덜거리는 상장을 투명박스테이프로 단단하게 고정시킨다.
상장을 액자에 집어넣고, 책장 위에 보기 좋게 올려놓고는 들고 있던
테이프로 방바닥의 머리카락을 찍어낸다.
가끔 머리카락을 손으로 집어 올려 오랫동안 쳐다보기도 한다.
표정이 슬퍼 보인다.

그때, 밖에서 문 두드리는 소리. 요란하다.
아버지는 그 소리가 들리지 않는지 앉아만 있다.
한 여자가 문 쪽에서 얼굴을 들이길고 집안을 살핀다.
아버지를 발견한 여자가 다시 문을 두드리며 자신의 존재를 알린다.
아버지, 별 반응이 없다.

여자가 집안으로 들어온다.
만삭의 그녀는 걷는 것이 힘겹다
여자를 발견한 아버지 놀라며 일어선다.

여자   (반갑게) 안녕하세요.

아버지   …? (여자를 살피는)

여자   찾느라 혼났어요. 이렇게 꼭꼭 숨어 계시다니. (땀을 닦으며) 집
         이 너무 높네요. 허리 끊어지는 줄 알았어요.

아버지   …. (알아들으려 애쓰는)

여자   오다보니까요, 요 아래서 아스팔트를 깔더라구요. 처음에는
         아래를 훈증한다고 생각하고 기분 좋게 올라 왔는데요 좀 가
         파르더라구요, 그런데 또 오다가 생각하니까요 아스팔트는
         석유 찌꺼기로 만든다잖아요. 그러면 몸에 해롭잖아요. 그래
         서 피할라구 했는데, 피할 데는 없구요, 길은 계속 위로만 나
         있고 다시 내려갈 수도 없구요. 그렇게 계속 올라오다 보니
         까요 땀구멍은 열리구 아래는 뭉치구요, 물은 자꾸 멕히는데
         쓸데없이 눈물까지 나는 거 있죠. 내 안에 있는 물이 다 없어
         져버렸어요. 혹시 물 있어요? 아니, 제가 어떻게든 찾아볼게
         요.

         냉장고로 간다.

여자   어? 물은 없구 우유만 있네. (벌컥벌컥 다 마신다) 맛있다.

         집안을 두리번거리는 여자.

아버지   누구…?

여자   집이.아늑하네요. 내 옥수동 신혼집두 딱 요만했는데… 아, 좀
         더 컸구나. (상장들을 보는) 야 상장 많다. 자제분들이 똑소리 난
         다고 들었어요.

아버지   (여자가 상장을 만지자, 제지하려는 듯) 그….

여자	(상장을 내려놓고) 걱정 마세요. 아, 내 정신 좀 봐! 안 들리신다구 했는데….

테이블 위에 놓인 공책에 두언가 쓴다, 어떤 이름이다.

두 사람 사이에 흐르는 긴장감.
여자, 노트를 아버지 앞쪽으로 밀어준다.
아버지, 화장실문을 열고 들어가 숨어버린다.

아버지	(목소리) 가! 안 돼. 안 돼! 가란 말야. 살려줘. 우릴 괴롭히지 마. 안 돼. 가! 가! 안 돼

막내딸 들어온다.

막내딸	(쳐다본다)
여자	(쳐다본다)
막내딸	아빠, 아빠. (화장실 쪽으로 가서 문을 발로 차는) 김필진. 현관문 안 잠갔어? 귀머거리. 문도 안 잠그고.
여자	….
막내딸	언니들은 옆방 살아요.
여자	그래.
막내딸	여긴 B4호. 5호는 오른쪽이거든요. 그런데, 언니들은 아침에 외계인들한테… 아니, 이사 갔어요, 아침에.
여자	아.
막내딸	우리 아빠한텐 물어봐도 소용없어요. 아무것도 모르거든요.

막내딸은 자신이 떨어뜨린 약 상자를 찾는다.

막내딸   어? 어딨지? (뒤지는) 어우. 난 죽었다.

막내딸, 약상자를 찾으며 여자를 의식하고.

막내딸   우리 아빤 안 나와요. 문 잠가야 하는데.
여자   아버지 보고 갈게요.
막내딸   안 나올 텐데…. (노트를 가리키며) 중요한 일이면 써야 돼요.
여자   (뭔가 쓴다, 혼자 왔다는 내용)

막내딸은 여자 옆으로 가서 노트를 힐끗 보고는 자기가 화장실 문틈
으로 넣어주겠다는 듯 종이를 집어 올리더니 잘 보이게 큰 글씨로 써
서 화장실에 밀어 넣어준다.

화장실 문이 벌컥 열리고,
막내딸의 글씨체를 본 아버지가 뛰쳐나온다.
여자에게서 막내딸을 보호하려고 필사적인 아버지.

아버지   안 돼! 내 딸 건드리지 마. 죽일 거야. 건드리지 마. (더욱 세게
         끌어안는)
막내딸   아빠아. 왜 그래.
아버지   건드리지 마. 안 돼. 저리 가. 가.
막내딸   아아, 아빠나 건드리지 마. 아빠나 저리 가. 화장실에서 또 꿈
         꿨어? (밖으로 나가려는)
아버지   가지 마. 나가지 마. 죽어. 가지 마. 안 돼. 가지 마.
막내딸   몰라. (나가며) 아 —. 완전 죽었다.
여자   ….

막내딸 나간다.

아버지   (막내를 따라가지만, 차마 밖으로 나가지는 못하고)

여자   저 혼자 왔어요. 아무도 안와요. 걱정 마세요.

아버지   도망쳐야 돼. (뒤적뒤적. 차 열쇠를 찾는지 짐을 챙기는지, 혼란스러운 행동) 가야돼. 시간이 없어. 도망쳐. 가야 돼.

여자   오해를 했어요, 제가. 전 사장님이 들리는 줄 알았거든요. 가족과 있으면 안 들리지간.

아버지   들이닥칠 거야. 개를 풀 거야. 개가. 찾아낼 거야… 나를… 안 돼.

여자   못 듣는 척 한다구 생각했는데… 듣지 않는 거죠 일부러. (일어나 아버지에게로)

아버지   하라는 대로 다 할게요. 한번만 봐줘. 한번만. 나 다 할게. 다 할게.

여자   (아버지의 어깨를 살며시 만지며) 이해해요 충분히. 저두 임신했을 때 상상임신이길 바랬거든요. (남자의 손을 가져가 자신의 배에 닿게 한다)

아버지   (배를 보는. 그제야 여자가 임산부인 것을 알아챈)

여자   8개월째예요. 팔삭둥이라면 오늘이라도 금방인데.

아버지   (식탁으로 가서 앉고. 귀에서 뭔가 소리가 나는 듯 귀를 만지며 괴로워하는)

여자   괜찮으세요?

아버지   벌레… 벌레가… 당신도 알고 있지… 벌레들. 잠도 안 재우고… 물도 안줘. 전기 톱소리, 오함마 소리… 탄내… 어! (맨발을 내려다보며) 내 신발! 신발 어디 갔지? 신발. 전기톱으로 내 신발을 잘랐어. (발목을 잡고, 잘려나가는 고통을 느끼듯) 아아아아… 뭔가를 계속 갈아대고… 드라이버로… 펜치로… 귀 속에서 벌레가 날아다니더니, (가슴, 배, 머리 등을 가리키며) 여기로 여기로 여기로 소리가 옮겨 다니고. 드릴이 위잉 위잉… 머릿속을 위잉… 기계소리가… 웅웅웅웅웅….

여자　… 알고 있어요.

아버지　나를 찾는다고 했어. 다 가르쳐줬어. 다 줬어. 그놈들도 여길 알 거야. 여길 알지?

여자　모를 놈들이 아니니까… 그래도 내가 찾기 전엔 가르쳐준 적이 없어요, 한번두.

아버지　빠루를 들고 있지? 그놈. 그놈이. 내 앞에 죽은 사람을 봤어. 보여줬어. (카메라로) 찍어서. 나를 찍었어. 옷을 벗겨놓고 개들을 풀었어. 그런데 당신… 누구야. 그 배는….

여자　그래도 일 잘해요, 저. 처음엔 하혈도 하구 그랬는데요 하다보니까 나름대로 성과도 좀 있었구요. 내가 막 애 책임지라구 그러고 애 뗀다고 마구 그러구 아무데서나 그러구 그러니까요 막하지 못하드라구요. (웃음)

아버지　왜 웃어. 왜 웃어. (문득 가족 생각이 나는) 애들 건드렸어? 집사람한테 접근했어? 우리 애들 어딨어!

여자　(배를 만지며) 아, 배고프다. (가방에서 먹을 걸 꺼내는)

아버지　(여자가 가방에서 뭔가 꺼내려하자 경계하는데, 나온 것은 감자다)

여자　(한입 베어 물고) 맛 있다.

아버지　(멱살 잡고) 어딨어. 우리 집사람 어딨어. 은아 어딨어.

여자　(꿋꿋이 먹으며) 애 놀랬겠다.

아버지　(손을 풀고 물러서며)

여자　저도 사장님과 같은 처지예요. 그 사람들을 대신해서 사장님을 찾고, 그 사람들 말을 전하러 온 거예요.

아버지　(흠칫 놀라 멱살 잡은 손을 놓으며) 당신을 해치려던 게 아냐.

여자　절대 도망 못가요. 끝났어요. 사장님은 이제, 끝났어요.

아버지　갚을 거야. 날 못 본 거야. 알았지? 날 못 찾은 거야.

여자　소용없는 거 아시잖아요, 그런 달.

아버지　(뚫어지게 보는) 방법 좀 가르쳐줘요. 방법을, 예? (무릎 꿇고) 부탁할게요. 부탁합니다. 부탁해요.

여자　(고개를 가로젓는) 그때 회사를 넘기시지. 왜 그러셨어요….

아버지　나봐. 나 좀 보라구. 당신 같은 사람을 고용할 대는 뭔가 꿍꿍이속이 있을 거 아냐. 그걸 가르쳐줘. 제발 가르쳐줘.

여자　전 고용된 게 아니에요 일을 허결할 때마다 빚이 탕감되는 조건으로 팔린 거예요.

아버지　아는 의사가 있어. 산투인과 의사야. 당신을 도와줄 거야.

여자　잘 버티신 거예요, 그동안. 제 남편은 죽었거든요.

아버지　뭐든지 할게. 도울 수 있다니까.

여자　제가 나가면 며칠 내로 들이닥칠 거예요. 어떻게 보면 그 사람들이 시간을 준 거나 마찬가지니까. 날 보냈다는 건 최후통첩을 뜻해요. 마지막 휴가가 끝났어요.

아버지　그쪽이나 나나 살아보겠다고 이러는 건데, 같이 삽시다. 우리 좀 살려줘요. 우리 좀 살려줘.

여자　사장님이 살고 싶다면, 사장님만 사셔야 돼요.

아버지　….

여자가 공책에 무언가를 쓴다.

아버지, 냉장고에서 우유를 꺼낸다.

우유팩을 집어 던진다

의자로 돌아와 여자가 쓴 쪽지를 본 아버지는 표정이 굳는다.

종이를 찢어 먹어버리는 아버지.

여자 아드님 앞으로 보험이 있더라구요.

아버지 뭐야 당신 뭐냐구! 왜 이래 나한테, 응? 도대체 왜 이래?

여자 생명보험. 그래봤자 1억이지만.

아버지 당신 정체가 뭐야? 그 새끼들, 내가 만나겠어. 담판을 지을
거야.

여자 방법은 두 가지 뿐이에요. 아드님이 죽든가, 이 집 여자들을
팔든가.

아버지 내 손으로 죽여 놓을 거야. 그놈들을 죽여 버릴 거야.

여자 누가 죽어도 해결되지 않아요. 아드님이 죽지 않으면 다 소용
없는 죽음이라구요.

아버지 경찰. 그래, 경찰에 신고하면 되지. 다 잡아들이는 거야.

여자 (웃는) 어린애 같은 말씀을 하시네요.

아버지 뱃속에 지 새끼 넣고 찾아와서 한다는 말이 고작 아들을 죽이
라고? 놈들한테 아내랑 딸들을 넘기라고? 그 배를 하고 이 집
저 집 찾아다니면서 그런 얘기를 하나? 자식 목숨을 내놔라,
당신의 아내를 내놔라, 딸을 내놔라. 그게 당신이 하루 종일
하고 다니는 일이야?

여자 사장님이나 저나, 용기 없는 사람들이잖아요.

아버지 당장 신고하겠어.

여자 (웃는) 이성을 잃으신 것 같아요.

아버지 너희 년놈들을 다 감옥에 처넣어버릴 거야.

여자 ….

아버지 도대체. 돈 내놓으라는 것도 아니고….

여자 (감자를 싸서 가방에 넣고 일어서는)

아버지 꼼짝도 하지 마. 못 나가. 내 집에서 한 발자국도 못 나가.

여자 (카세트를 켠다. 아버지의 목소리다)

아버지소리 본인은 '복주머니캐시'로부터 3억 원을 대출받았으나 약속한

기한까지 채무를 변제하지 못하였기에 계약에 따라 담보물로
설정된 김필진 본인의 신체 전부와 가족의 신처에 대한 권리
를 사업자 복주머니캐시에게 양도하며 이를 확인하여 분란의
여지를 없애고자 이 각서를 작성합니다.

카세트에서 자신이 쓰고 녹음한 각서의 내용을 듣는 아버지.
거짓말처럼 귀가 트이는 것을 느낀다.
몸을 부들부들 떨며 카세트를 끄고 혼비백산한 표정이 된다.

여자가 유리컵에 물을 담아 마신다.
그리고 그 빈 컵을 바닥어 내려친다.
유리 깨지는 소리가 날카롭게 방안을 울린다.
여자가 다른 유리컵을 바닥에 내려 친다.

여자　　정신 차리세요! (카세트를 켠다)

사내 목소리　정말로 마음이 아픕니다. 사장님은 끝났습니다. 사장님이 할
　　　　수 있는 일은 아들을 우리한테 넘기시는 겁니다. 물론 일은 비
　　　　밀리에 처리해드리지요. 가족들도 모르게 사고사로 처리하겠
　　　　습니다. 그게 안 내키시면, 사모님과 두 딸로 대환대납도 가능
　　　　합니다. 하룻밤이면 저희가 물건으로 만들어 놓을 테니 걱정
　　　　은 마시구요. 잊지 마십시오! 우리는 마지막까지 사장님에게
　　　　선택권을 주려고 최선의 노력을 다했다는 것을.

여자　　….

아버지　안 돼! 안 돼! 난 그렇게 말하지 않았어. 약속하지 않았어. 내가
　　　　아니야! 아니야! 아니야!

여자　　그래두 사장님은 가족이 있잖아요.

아버지　….

여자   ….

아버지   내 아들은 일등이야. 일등!… 남들 다 다니는 학원 한번 보낸
       적 없는데 지가 알아서, 다 알아서… 대학생 돼서 미팅 한 번
       안해본 우리 은아, 빚더미를… 그 큰짐을… 내가 안겨줬어. 우
       리 막내도 얼마나 똑똑한데… 그걸 내가 못해주고… 내 마누
       란 아무 것도 모르는 순진한 여자란 말이야. 난 이 집 가장인
       데… 뭐하나 폼나게 입혀 보지도 못하고… 먹여보지두 못하
       고. 한번만, 이번 한번만. 넘어가게 도와줘. 한번만, 넘어가게.
       한 번만 넘기면 뭔가… 뭔가….

여자   뭐가요? 제가 이런 모습으로 찾아온 걸 보세요. 할 수 있었다
       면 아이를 갖기 전에 했겠죠. 처음엔 남편에게 미안해서 못하
       고, 아이에게 미안해서 못하고. 그러다가 더 큰 덫에 걸려든
       거예요.

아버지   도망치면 되잖아. 도망쳤으면 됐잖아.

여자   그 사람들을 몰라서 하는 얘긴가요? 나는 이 짓을 더 오래 하
       겠죠. 형량이 늘어나는 죄수처럼.

아버지   당신은 죽었어야 했어. 당신은 그 새끼들보다 더 지독해. 당신
       은 죽어야 해.

여자   고맙네요. (배를 만지며) 산다는 건 정말 무거운 짐이었는데.

아버지   ….

여자   이제 제 일은 끝난 것 같아요.

아버지   (바닥에 뒹구는 칼을 집는) 끝나지 않았어.

여자   결정을 내리게 될 일주일 동안은 하루 한 번씩 저를 보시게 될
       거예요.

아버지   난 아무 결정도 하지 않아.

여자   그것도 결정 중의 한 방법이죠.

아버지   그 새끼들한테 전해. 난 절대 그럴 수 없다고. 절대로.

여자, 아버지에게 다가가며 칼을 달라는 몸짓.
아버지는 여자를 위협하면서도 주춤 뒤로 물러날 뿐.

아버지 가까이 오지 마. 죽여 버릴 거야.
여자 (더 가까이 다가가는)
아버지 난 아버지야. 난 아버지라구!
여자 (칼을 쥔 아버지의 손을 잡는) 알아요.

아버지가 칼을 빼내려다가 여자의 손을 살짝 벤다.
무심결에 칼을 놓치는 아버지.
여자 침착하게 칼을 주워 싱크대로.
둘 사이 정적.

여자 (아버지와 거리를 두고 서서) 덫에 걸린 토끼가 덫을 빠져나오려
면 어떻게 해야 할까요?
아버지 (쳐다보는)
여자 덫을 갉을 수도 없고.
아버지 ….
여자 그래요. 자기 발목이라도 이로 갉아서 끊어야죠. 전 그렇게 살
아남았어요. 세발로 까깡총~ 까깡총~ 뛰는 토끼….

침묵.

여자 사장님…, 그렇게 살 자신 있으세요?
아버지 ….
여자 (손에서 흐르는 피를 지그시 누르는)
아버지 난, 난 말이야. 이게 아니었어.

여자	네. 알아요.
아버지	열심히 살아보려고 했어. 누구보다도 열심히… 열심히.
여자	네. 알아요.
아버지	진심이야. 진심이란 말이요.
여자	진심으로. 알고 있어요.

시간이 흐르고.

여자	아스팔트는 아직 덥겠죠? 그래도 다행이다, 내리막길이니까.
남자	….
여자	갈게요. 생각해 보니까, 내일 또 와야겠네요.

여자, 나간다.
한바탕 꿈인 듯.

멍해 있던 아버지,
구석구석 흩어진 유리 조각들을 모은다.
뭔가 작은 사물에서라도 위로를 받고 싶은 듯 손길이 남다르다.
그러다가 책장 아래 귀퉁이에서 작은 선물상자 하나를 발견한다.
선물상자에 써 있는 주소와 이름을 읽은 아버지, 상자를 식탁 위에 올려놓고 뜯어본다.
상자 안에서 알약 10개가 나오고.
둘둘 말려있던 설명서를 펴서 읽는 아버지.
아버지는 갑자기 아들의 책상이며 서랍들을 뒤지기 시작한다.
과학 서적이 꽂혀있는 책들 뒤 공간에서 300ml 정도의 약통을 발견한다.

약통에서 청산가리 알약들이 쏟아져 나오고.
아버지는 충격을 받은 채 식탁 의자에 주저앉는다.

어머니와 큰딸이 집 안으로 들어온다.
어머니의 노란 원피스는 피로 물들어 있고, 붕대에 감긴 머리에 피가
배어 있다.
식탁의자에 앉아 있는 아버지를 보고 잠시 주춤.
하지만 아버지가 못 듣는다는 걸 깨닫곤 무시한다.

큰딸   괜찮아?
아버지   (아들 책장에 기대어 앉는)
큰딸   많이 아파?
어머니   놀래서 그렇지, 아프진 않아.
큰딸   피가 안 멎어.
어머니   멎겠지.
아버지   당신한테 미안해.
어머니   피 흘리니까 별 소릴 다하네.
아버지   너한테도 미안하다.
큰딸   ….
어머니   잠이나 자.
아버지   저승사자가 찾아왔었어.
어머니   돈도 안 되는 꿈은 그만 좀 꿔.
아버지   다 끝났어.
큰딸   (붕대를 푸는) 아무래도 병원에 가야할 것 같아.
어머니   … 아까 그 임산부 괜찮을까? 통증이 있는 것 같던데.
큰딸   지금 남 걱정하게 생겼어?
어머니   구급차라도 불러야 했던 거 아닐까?

큰딸   머리에 큰 구멍 생겨갖고 남 걱정은.

어머니   혼자 그러고 있다간 큰일나지. 금방 쓰러질 것 같던데.

큰딸   움직이지 마.

어머니   아야! 남의 일 같지가 않아서.

큰딸   남의 일이야.

어머니   아야! 살살 해.

큰딸   안되겠다.

어머니   많이 찢어졌어?

큰딸   꿰매야겠어.

어머니   병원은 안 돼.

큰딸   나, 돈 있어.

어머니   니가 돈이 어딨어?

큰딸   … 남자들 만났어.

어머니   그 얘긴 하지 마

큰딸   왜 내 얘길 안 들으려고 그래?

어머니   하지 말라고.

큰딸   딱 1년만.

어머니   그게 일이니?

큰딸   이것도 일이다, 하면 돼.

어머니   내 가슴에 못 박지 마!

어머니, 큰딸의 등짝을 찰싹 때린다.

큰딸, 화가 나서 일어나지만 갈 데가 없다.

막내딸이 방바닥에 그어 놓은 금을 발로 마구 지운다.

잠시, 냉장고에서 우유를 꺼내 컵에 따르고, 어머니한테 건네며 식탁
에 앉는다.

큰딸   위험하지 않아.

어머니   그만 해. 구역질 나.

큰딸   자식이 셋씩이나 있는데 대리모를 한다는 건 어떻구?

어머니   너랑 나랑 같아?

큰딸   보자마자 재수 없다고 재떨이부터 던지잖아. 앞으로 어떤 사
            람 만날지는 아무도 몰라.

어머니   성질 더러운 사람 처음 봐? 성공하면, 열 달에 삼천이야. 맘고
            생 해본 사람들은 서로 는빛만 보도 알아.

큰딸   그런 사람이 어딨어? 이제 그만 둬.

어머니   그럼 어떻게 여길 벗어나? 어떻게 빚을 갚어.

큰딸   못 갚는다는 거 엄마도 알잖아. 내가 벌어서 우리라도 살자.
            숨 좀 쉬어 보자구.

어머니   숨이 쉬어져? 그 돈으로, 밥이 목구멍에 넘어 갈 거 같애?

큰딸   벌써 세 번이나 만났어.

아내와 큰딸을 쳐다보던 아버지, 울기 시작한다.
어머니와 큰딸, 아버지를 본다.

큰딸   아빠.

어머니   당신은 왜 또.

아버지   재라고 그런 남자들 만나고 싶겠어?

놀란 어머니와 큰딸의 얼굴이 일순간 굳어진다.

아버지   재도 힘들어서 그래.

어머니   …!

큰딸   아빠!

아버지 많이 힘들지?

큰딸 아빠, 들려?

어머니 당신 들려?

큰딸 우리 목소리 들려요?

아버지 ….

큰딸 아빠.

어머니 돌아왔어? 트였어?

큰딸, 아버지를 왈칵 안는.

어머니 이 웬수. 이제야 들려? 이제야 들려, 이제야.

큰딸은 팔을 풀고 아버지 눈치를 본다.

큰딸 아빠, 내가 했던 얘기… 신경 쓰지 마.

어머니 당신 정말 귀가 튄 거야?

아버지 할 얘기가 있어.

어머니 ….

아버지 꿈을 꿨어.

큰딸 ….

아버지 모두 죽는 꿈.

어머니 잊어 버려.

큰딸 잊어버려요, 그런 꿈

아버지 여행을 갔는데. 당신은 지금처럼 노란 꽃무늬 원피스를 입고
있었고. 창밖으로 하얀 얼룩소들이 보이고… 갑자기 비가 쏟
아졌어. 와이퍼를 작동시켰는데 자꾸 내 얼굴 위로 비가 들이
치는 거야. 우리가 탔던 차가 빗길에 미끄러지고, 브레이크도

안 들고. 벼랑으로 떨어졌어, 바닥도 안 보이는 벼랑으로.

아버지가 약통의 알약들을 식탁 위에 쏟아붓는다.
그리고 돌돌 말린 설명서 종이를 큰딸에게 준다.

아버지   읽어봐라.
큰딸   …!
아버지   큰 소리로, 읽어.
큰딸   청산가리 복용법…?
어머니   ?
큰딸   단 한 번에 확실하게 죽는 요령. 청산가리 열 알을 물과 함께 단숨에 삼킨다. 주의사항. 콜라에 넣어 섞어 마시면 실패할 수도 있음.
어머니   이게 뭐야?
아버지   둘째가 쓴 거야.
큰딸   …?
아버지   청산가리를 팔고 있었어.
어머니   알아듣게 얘기해.
아버지   과학 고등학교에 보냈더니, 그 머리로 이런 걸 만들었어.
어머니   !
아버지   나 같은 사람 죽이고 있었던 거야.
어머니   뭘 했다고?
아버지   난 오늘 이걸 먹을 생각이야.
어머니   뭔 소리야!
아버지   우리 가족, 모두 먹었으면 좋겠지만… 선택해라. (큰딸에게) 살고 싶으면 지금 여길 나가… 내가 죽으면 다음 날로 유산 상속 포기 신고를 하고. 안 그러면 내 빚이 모두 너한테 옮겨

갈 거야.

아버지가 서랍에서 주민등록증을 꺼낸다.
비상시를 위해 준비해둔, 불법 매매 주민증이다.

아버지   이거 내 친구 딸의 신분증이다. 친구 딸이 외국으로 여행 갔
다가 행방불명이 됐어. 친구한테는 이미 얘기해 뒀다. 당분
간은 이 신분으로 살아라. 이 신분으로 사는 동안은, 결혼도,
좋은 회사 같은 데도 들어가면 안 된다. 절대 친척들한테도
연락하지 말고 동생들도 볼 생각 말고. 돈을 벌면 그때 너한
테 맞는 새로운 신분을 사. 너에게 새로운 인생을 줄, 확실한
신분으로.

큰딸   ….

어머니   나 좀 봐. 여보. 여보.

아버지   애들은 아직 어리니까 괜찮을 거야.

어머니   당신, 당신 무슨 얘기 하고 있는지 알아?

아버지   여보, 난 발목이 되기로 했어. (조금 밝게) 기꺼이 발목이 되고
말고.

어머니   발목이라니. 당신 제 정신 아니야. 내 눈 보고 얘기해. 나 봐.
알아듣게.

아버지   (어머니 눈을 보며) 우리 발목을 자르면 아이들은 이 덫을 빠져
나갈 수 있어.

어머니   (아버지 눈을 보며) 당신 왜 이래. 진짜. 당신….

어머니, 아버지의 뜻을 아는 듯 모르는 듯, 몸에서 힘이 빠져 나간다.

아버지   (딸에게) 세상은 정글이다. 앞에 뭐가 있을지 몰라. 뒤돌아보면

안 된다. 앞만 보고, 헤쳐 나가야 돼. … 난, 너희들이, 살아남
길 바란다.

어머니 ….

큰딸 뭔가 착오가 있었을 거야.

아버지 어서 가라. 너흰 다리가 세 개 뿐이란 걸 명심하고. 더 부지런
히 뛰어야 해. 그래야 맹수들을 따돌릴 수 있다.

큰딸 엄마 말 좀 해.

아버지 여보, 난 여기서 끝내고 싶어.

어머니 ….

아버지 당신은 어때?

어머니 ….

아버지 애들 때문에 버텼잖아.

큰딸 아빠.

아버지 면목 없다. 너를 이렇게 만들어 놓고.

침묵.

어머니, 아버지를 보고, 식탁 위에 흩어진 약을 바라본다.

아버지 당신은?

큰딸 (약을 모으는)

아버지 (제지하는)

어머니 … 우리가 죽으면, 진짜로 애들한테 안 넘어가?

아버지 (끄덕)

어머니 정말이지?

아버지 그래.

어머니 애들이 떠안는 거 아니지?

아버지 음….

| 어머니 | 진짜지….

아버지가 싱크대로 가서 컵에 물을 담아 가지고 온다.

| 큰딸 | 아빠!
| 아버지 | 넌, 니 힘으로 일어서야 한다.

어머니, 식탁 위에 흩어져 있던 알약을 손가락으로 세며 모은다.

| 어머니 | 하나, 둘, 셋, 넷.
| 큰딸 | 엄마…!

어머니, 손을 멈춘다.
큰딸이 어머니의 손을 제지하려고 하자, 아버지가 딸의 손을 잡는다.
큰딸의 손을 꽉 잡고 있는 아버지.
어머니, 다시 센다.

| 어머니 | 다섯, 여섯, 일곱, 여덟, 아홉… 아, 목이 타. (물을 마셔버린다)

어머니가 다시 물을 떠온다.

| 큰딸 | 아니지, 엄마. 아니지? 아니지? 아니라고 말해.

눈물이 떨어지는 큰딸.

| 어머니 | 여보, 얘기 좀 해.
| 아버지 | ….

어머니　　아빠랑 할 말 있어. 나갔다 와.

큰딸　　（고개 젓는）

어머니　　어서!

큰딸　　안 돼. 안 돼.

어머니　　너 머리 컸다고 자꾸 엄마 말 안 들을래?

큰딸　　우리한테 그러지 마, 이건 아니야. 엄마… 아니야.

아버지　　알았어. 알았어. 애들 찾아봐.

어머니　　（딸에게 다가가 두 손으로 뺨을 살포시 감싸며） 어서… 우리 딸… 엄마 말 들을 거지?

큰딸, 엄마의 눈을 바라본다.

처음으로 서로의 눈빛 속에 일렁이는 파도를 발견한 것처럼 두 사람은 짧지만 깊이 서로를 응시한다.

마법에 걸린 듯 엄마의 두 손을 감싸 쥐는 큰딸.

큰딸　　기다려. 조금만 기다려. 내가 애들 찾아올 테니까 조금만. 같이 가…. 엄마, 혼자 가지 마. 기다려.

어머니, 고개를 끄덕인다.

큰딸, 어머니의 마지막 소원을 꼭 들어주려는 청개구리처럼, 서둘러 나간다.

빨리 동생들을 찾아오면 모든 것이 제자리로 돌아온다고 믿는 것처럼.

어머니　　（딸이 사라진 문쪽을 향해 딸의 이름을 다정히 부르는） 은아야… （사랑스런 미소로） 다녀와.

사이.

어머니　　밥해야지, 새 밥. 매일 라면만 먹였는데.

아버지　　여보—.

어머니　　쌀이 어딨더라? 쌀. 쌀. (뒤지는) 간장이 어딨는 거야. (정신없는)
　　　　　김치. 아, 맞다. 김치. (냉장고 뒤지는)

아버지　　….

어머니　　아니야, 당신 혼자 먹어. 내가 왜 약을 먹어? 내가 왜 죽어?
　　　　　당신 없을 때도 애들하고 잘 버텼어. 애들 나 없으면 안 돼.
　　　　　우리 막내, 걔 내년엔 꼭 학교 가야 돼. 우리 애기, 친구가 없
　　　　　으니까 자꾸 떼쓰고, 아프대고… 둘째는 내일 중간고사야.
　　　　　걔 덩치만 컸지, 엄마 손을 얼마나 타는데… 은아 봐. 걔 우
　　　　　리가 잡아줘야 돼. 우리 있어도 저렇게 사는데. 우리마저 없
　　　　　으면 어쩌라구….

아버지　　… 우리가 해줘야 하는 건 그런 게 아니야.

어머니　　아니야. 난 잘했어. 난 안 죽어. 당신이 잘못했잖아. 도망쳤
　　　　　잖아. 여기 봐. 여기, 내가 마련한 거야. 다 팔아서 같이 있겠
　　　　　다고, 당신 없을 때 내가 지킨 거야. 나 여기서 애들이랑 살
　　　　　거야.

아버지　　… 여보, 이건 아니야.

어머니　　그래서 또 도망치려고? 쉽게 끝내려고. 마음대로 그러려고?

아버지　　(약을 집으려는)

어머니　　안 돼. 여기선 안 돼. 이 식탁에선, 여기선 다 같이 아침 먹어
　　　　　야 돼.

아버지　　… 이러지 마.

어머니　　여보, 이거 거짓말이지…? (의자 들고) 이걸로 나 좀 때려봐.

아버지　　(침묵)

어머니　　내리쳐봐. 머리. 때려봐 좀.

아버지　　… 여보. 여보.

어머니   (바닥에 내려치고) 이렇게. 이렇게. 이렇게.

산산이 부서지는 의자.
어머니, 눈에 보이는 것들을 던지기 시작한다.

오랜 침묵.

아버지   살아내는 것이 구원이라고 생각했어…, 이 생을 버티는 게 우
리 스스로를 구원하는 길이라고. 그래서 고통스러울수록 힘들
수록 삶에 매달렸는데… 그렇게 여기까지 왔는데… 미안해.
난 지쳤어. 이 삶을 살아내면… 나를… 우리를… 구원해줄 무
언가 만나게 될 거라는 확신이 서질 않아. 그런 날이 올 것 같
지 않아….

어머니   (아버지의 뺨을 두 손으로 감싸며 고개를 젓는)
아버지   미안해… 미안해….

어머니, 고개를 저으며 애써 미소 지어 보인다.
두 사람 식탁으로 간다. 그리고 약을 손에 쥔다.
한자락 희망의 기운을 받은 듯, 슬프거나 무섭지 않은 표정이다.
마치 손에 든 약을 먹고 나면 천 번의 계절이 지난 후 깨어나, 다시
함께 살아갈 사람들 같다.

어머니   무서워.
아버지   나도… 무서워.

둘은 오래 서로를 바라본다.
어머니와 아버지는 평온한 얼굴로 약을 입에 털어 넣고 물을 마신다.

환한 웃음으로 서로의 얼굴을 마주보는 두 사람.

막내딸이 원색의 깜찍한 셔츠와 초록색 운동화를 신고 들어온다.
싱그럽고 더욱 발랄해 보이는 막내딸.
손에는 디지털 카메라가 들려 있다.
막내딸, 들어오면서 아버지와 어머니를 향해 셔터를 누른다.

막내딸   엄마, 아빠, 여기 봐. (셔터를 누르며) 이거 최신형이다. 1200만 화소. 두고 봐. 이걸로 외계인 찍을 거다. 내 말이 거짓말 아니라는 거 증명해 보일 거야. (셔터를 누르며) 웃어봐. 주름 좀 펴.

연신 터져대는 카메라 플래시.

그때, 어디선가 눈부신 빛(외계의 불빛 같은)이 다가와 방안으로 스며든다.
단칸방에 비추는 환한 빛을 보는 세 사람.
막내딸의 얼굴 위로 놀라움과 기쁨의 웃음이 번진다.
외계인을 맞이하듯 빛을 향해 반갑게 인사하는 막내딸, 활기차고 씩씩한 몸짓과 표정이다.

막내딸   어! 왔다. 왔어. 외계인이야~! 외계인이 왔다~! 우리를 구하러 외계인이 왔다~! 아 눈부셔~.

어머니와 아버지도 빛을 바라본다.
두 사람의 얼굴에 의미를 알 수 없는 오묘한 미소 번진다.
아들, 트롬본 케이스를 들고 방으로 들어오며 빛을 바라본다.
큰딸, 문 앞에 붙박인 채 서서 빛을 바라본다.

무대 화이트 아웃.

— 막 —

(2007년 봄)

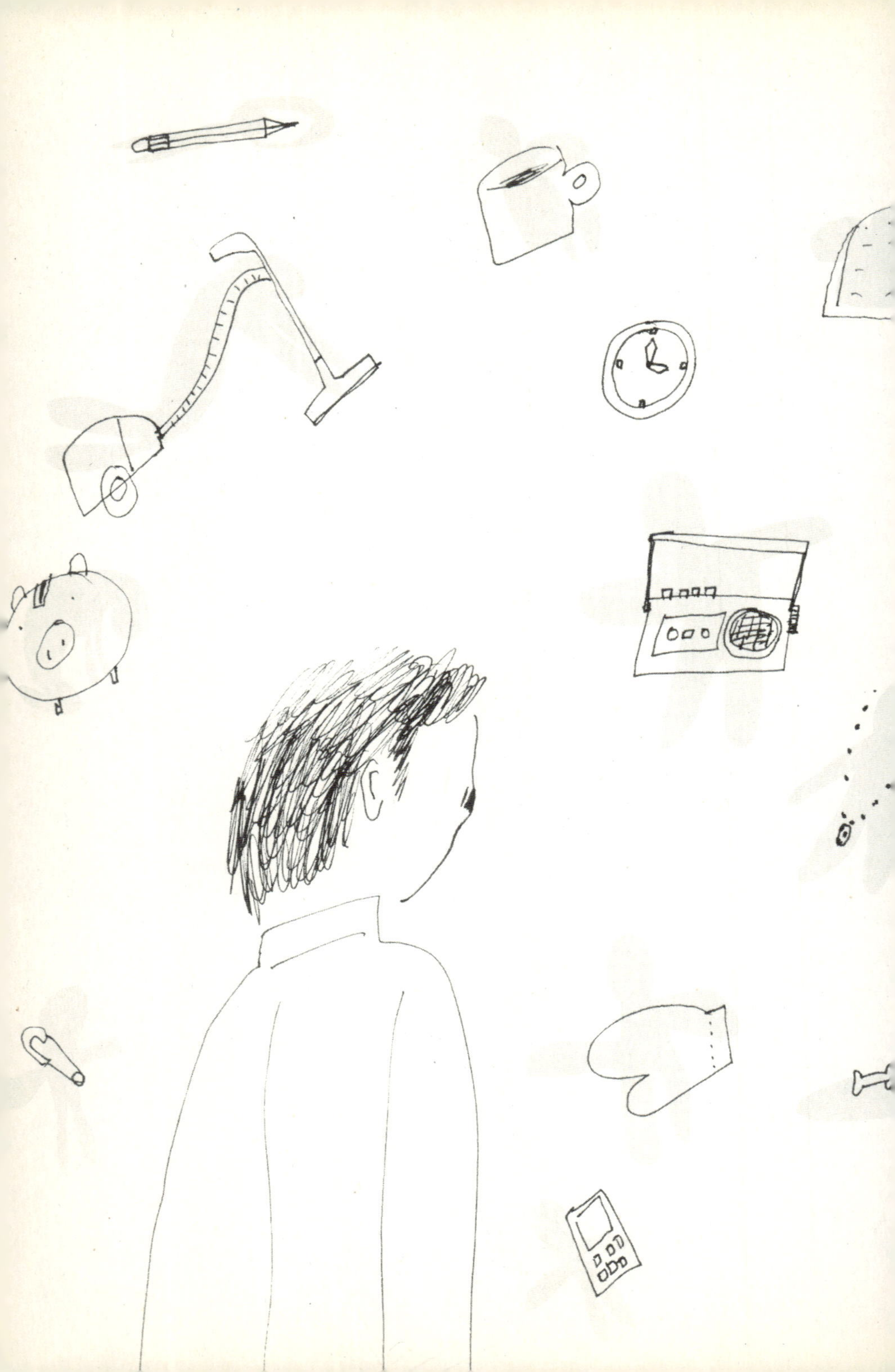

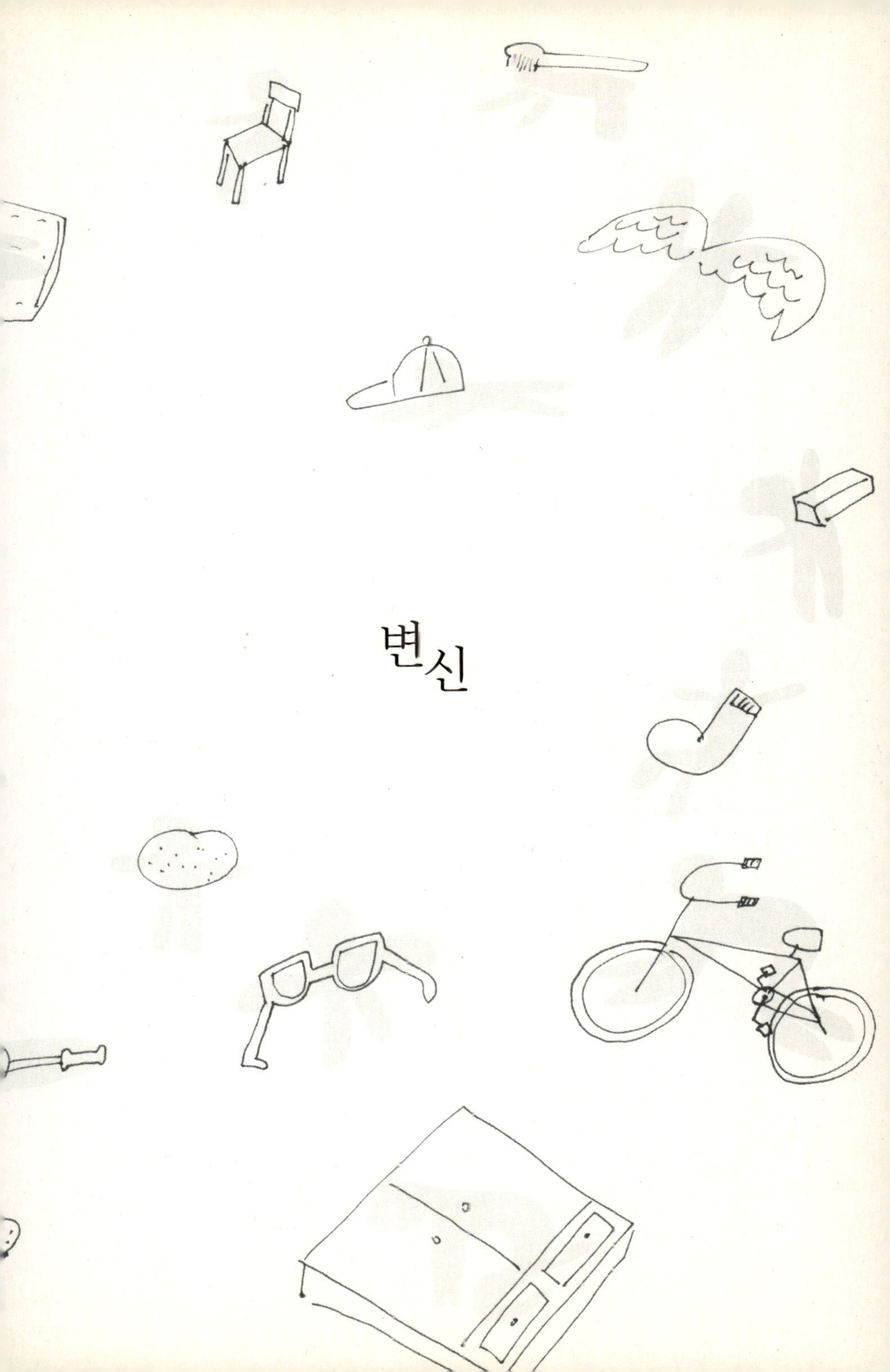

변신

등장인물

변신남 (남. 46세)
조사원 (남. 30세)
여직원
남직원
젊은여인
교복1,2
양복남자
전당포주인
딸 (변신남의)
아내 (변신남의)
문신남자
교도관
사람들1,2,3,4
노숙자들

※ 변신남과 조사원을 제외하고 나머지 배역은 1인 다역을 하도록 한다.
(젊은 여인 · 변신남의 아내 / 여직원 · 변신남의 딸, 사람들2, 노숙자 /
교복1,2 · 사람들3,4, 노숙자 / 양복남자 · 문신남자 /
전당포주인 · 교도관, 노숙자 / 남직원 · 사람들1, 노숙자)

시간 : 현재

무대

기본적으로 비어 있다. 장소들은 각각 구체적으로 재현되기보다는 공간,
디테일, 조명 등으로 처리되며 소도구는 극의 진행에 따라 사용한다.
시간과 장소의 전환은 '변신남' 의 회상을 재현하는 것에 바탕을 두되
특별한 논리성을 필요로 하지 않는다.
인물의 이동 또한 사실성에 얽매이지 않고 시간여행 하듯 자연스러워야 한다.

— 중앙변신대책관리본부 민원실
민원창구에 앉아 있는 여직원.
한 젊은 여인이 헐레벌떡 뛰어 들어온다.

여직원   어서 오십시오. 시민의 안전을 지켜드리는 중앙변신대책관리
          본부입니다.
젊은여인   (가쁜 숨을 내쉬며) 내 남편 어디 있어요?
여직원   무슨 일이십니까? 어떻게 도와드릴까요.
젊은여인   내 남편이요.
여직원   연락을 받고 오셨습니까?
젊은여인   전화요. 전화가 왔었어요.
여직원   아, 그럼 남편 분 성함이 어떻게 되시나요?
젊은여인   김상수.
여직원   김상수 님… (컴퓨터로 조회해보고) 두 분이신데… 혹시 관리번
          호 받으셨습니까?
젊은여인   번호요? 아, 번호. (휴대폰을 꺼내 보여주며) 이건가요?
여직원   네 맞습니다. 3-17이면… (찾고) 아, 저희 쪽에 계시네요. 잠시
          만요. (인터폰으로) 3-17번 보호자 분 오셨습니다. (끊고) 잠시만
          기다리십시오.
젊은여인   내 남편, 괜찮은 거죠?
여직원   저희가 안전하게 모시고 있었습니다.
젊은여인   어디 다친 데는 없구요?
여직원   그러시리라 예상되지만, 나중에 정확한 검진은 필요하실 겁
          니다.
젊은여인   (안도의 한숨을 쉬고) 얼마나 걸리나요?
여직원   … 네?
젊은여인   원래대로 돌아오는 시간이요.

여직원　개인차가 좀 심해서, 보통은 일주일에서 한 달인데 요즘은 더
　　　　짧거나 길어지는 경우도 많습니다.

　　　　남직원이 상자를 들고 나온다.

젊은여인　(남직원의 손에 들린 상자를 보자마자, 와락 달려들듯) 자기야.

　　　　남직원이 상자를 내밀고는 뚜껑을 열어 젊은 여인에게 보인다.
　　　　상자 안에는 덩그러니 머그컵 하나가 들어 있다.

젊은여인　(여직원을 쳐다보고는) 컵이네요?
여직원　(한번 들여다보고는) 네, 컵이네요. 뭘로 변신하셨는지 전해 듣
　　　　지 못하셨나요?
젊은여인　(컵을 본다)
남직원　남편 분은 오늘 아침 을지로2가 대로변에서 컵으로 변신하셨
　　　　습니다.
젊은여인　머그컵으로요?
남직원　예.
젊은여인　이게 설마 내 남편이라고 말하는 건 아니죠?
남직원　(주머니에서 남편의 신분증을 꺼내 건네며) 정확한 변신 추정시간
　　　　은 오전 8시 50분경이고, 운전을 하시던 중에 일이 발생하는
　　　　바람에 을지로 일대가 잠시 마비가 됐었습니다만, 다행히 저
　　　　희 관리국의 발 빠른 긴급대응으로 출근 대란은 없었습니다.
젊은여인　말도 안 돼… 아침까지 말짱했는데요.
남직원　요즘 유행하는 변신의 가장 흔한 유형입니다. 옷도 소지품도
　　　　남기지 않은 채 신분증만 덩그러니 남는 경우죠.
젊은여인　(컵을 받아들고 바라보다가) 남편은 이제 어떻게 되는 건가요?

남직원   빠르면 일주일 이내에 본래의 모습으로 돌아오실 겁니다.

젊은여인   돌아오기는 하는 거예요?

남직원   (여직원에게) 안내를 충분히 안 해드렸나요?

여직원   그게….

젊은여인   영영 안 돌아올 수도 있다는 거여요?

남직원   대개는 돌아온다고 보고 있습니다. 시간이 문제죠. 길게는 수
년이 걸릴 수도 있다고 하는데, 발생한지 일 년이 채 안 되는
질병이라서 아직 임상 단계를 거치고 있는 중입니다. 통계도
잡혀 있지 않고, 아직 질병으로 분류하기에도 뭣하고 해서 지
켜보는 수밖에는 도리가 없습니다.

젊은여인   그건 안 돌아온 사람도 있다는 얘기잖아요.

남직원   너무 염려 마십시오, 돌아오실 겁니다. 다만 깨지지 않게 주의
하셔야 합니다. 깨지기 쉬운 물건으로 변신하셨을 경우에는
특히 주의가 필요하거든요. 잘못하다가는 본래의 모습으로 돌
아온다 해도 어느 한곳이 불구가 될 수도 있고, 기억이나 신경
들이 뒤엉켜버릴 수도 있습니다.

젊은여인   (컵을 보며 울먹이는) 자기야….

남직원   자동차는 신청서를 작성해주시면 일주일 이내에 순서에 따라
댁으로 배달이 될 겁니다. 그리고 남편 분께서 본 모습으로 돌
아오시면 저희 본부 딘원실이나 희망2과로 연락 주십시오. 그
럼 저희가 직접 방문하여 도와드리겠습니다.

여직원   언제든지 전화 주시면 최선을 다해 도와드리겠습니다. (종이를
내밀며) 여기 인수증에 사인해주시겠어요?

남직원, 머그컵을 챙겨 상자에 담으려고 하는데 젊은 여인이 컵을 들
어 바라본다.

젊은여인   (컵에 그려진 그림을 보며) 곰이에요.

남직원   예?

여직원   (그림을 보고) 어머 그러네요.

젊은여인   남편이 동물을 아주 좋아했는데… 곰처럼 묵묵히 일만 하던 사람이었어요. 오늘 아침에도 늦었다고 그러면서 헐레벌떡 나갔었는데. (남직원을 향해) 그런데 왜 곰이 되지 않고, 하필 머그컵이 됐을까요?

남직원   ….

젊은여인   머그컵이 된 사람도 있었나요?

남직원   글쎄요. (여직원을 쳐다보며) … 잘 모르겠습니다.

여직원   머그컵이 흔한 건 아니지만 불가능한 것도 아니에요. 어떤 분은 칫솔이 되기도 하셨고 선풍기나 베개가 된 분도 계시거든요. 심지어는 스티커가 된 분도 계시는걸요.

젊은여인   스티커요?

여직원   네. 다섯 살짜리 따님의 장난감 휴대폰에 안전하게 붙어 있다가 본래 모습으로 복귀하셨다는 얘길 들었거든요.

젊은여인   그렇구나. (그림을 보며) 당신 이렇게 뚱뚱하지 않았잖아. 곰처럼 생기진 않았었는데.

여직원   외모와 변신은 별개랍니다.

젊은여인   그래도 컵은 좀.

남직원   왠지 여유로워 보이시는데요, 남편 분.

젊은여인   ….

남직원   꿀을 넣은 차 한 잔을 생각하셨을 지도 모르죠. 변신하던 그 순간에요.

여직원   (저도 모르게 피식 미소 짓는)

남직원   머그컵은 아주 낭만적인 물건이라고 생각합니다.

젊은여인   그런가요?

남직원　　남편분의 쾌속 복귀를 기원하겠습니다.

여직원　　시민의 안전과 행복을 위해 최선을 다하는 중앙변신대책관리
　　　　　본부 희망2과도 남편 분의 쾌속 복귀를 기원하겠습니다.

젊은 여인은 남직원과 여직원의 위로에도 불구하고 표정이 어둡다.

상심한 표정으로 들고 있던 머그컵을 상자에 넣으려는 젊은 여인.

그러다가 그만 손에서 머그컵이 미끄러지면서 바닥으로 떨어진다.

도자기 깨지는 소리와 함께 산산이 부서지는 머그컵.

놀라서 얼어붙은 세 사람.

젊은 여인이 비명을 지른다.

암전.

어둠 속에서 뉴스캐스터의 목소리 들려온다.

뉴스캐스터(목소리)　　최근 무작위적인 변신이 중장년층을 중심으로 빠르게
　　　　　확산되고 있는 가운데, 오늘 오후 2시경 컵으로 변신한 남편
　　　　　을 깨뜨려 죽음으로 몰고 간 안타까운 사건이 일어났습니다.
　　　　　화양동에 사는 서른두 살 박모 여인은 오늘 오전 컵으로 변신
　　　　　한 남편을 인수받기 위해 중앙변신대책관리본부를 찾았습니
　　　　　다. 인수증에 사인을 하기 전, 남편임을 확인하기 위해 컵을
　　　　　들고 자세히 살피다가 그만 바닥에 떨어뜨려 깨지는 사고가
　　　　　일어난 것인데요. 검찰은 직원의 주의에도 불구하고 이런 실
　　　　　수를 범한 박모 여인을 구속하고 실수가 아닌 고의적 훼손, 즉
　　　　　살인이 아닌지를 검사 중이라고 밝혔습니다. 박모 여인은 이
　　　　　에 대해 침묵으로 일관하고 있으며, 시민단체에서는 과실치사
　　　　　에 해당되는 사건인 만큼 박모 여인에게 무죄를 적용해야 한
　　　　　다며 목소리를 높이고 있습니다.

뉴스가 시작되고 잠시 후, 희미하게 조사실이 보이기 시작하면 변심남
과 조사원이 문서를 작성하며 이야기를 나누고 있다.
뉴스가 끝나면 무대 완전히 밝아진다.

컴퓨터에 뭔가 기록하는 조사원과 맞은편에 앉아 있는 변신남.
변신남은 반팔 남방차림에 피로한 기색이 역력하다.

조사원　(자판을 두드리며) 깨어났는데 새벽이었단 말씀이시네요.

변신남　그렇다니까요.

조사원　쓰레기 집하장에서 말이죠.

변신남　정확히는 쓰레기더미 사이였어요. 사방이 쓰레기봉투였고 머
　　　　리 위로도 몇 덩이 쌓여있었습니다.

조사원　얼마 동안이나 있었는지는 기억이 안 나시구요?

변신남　그걸 알고 싶어서 여기 온 거 아닙니까.

조사원　그걸 알려 드리려면 저희 쪽에 협조해주셔야 합니다.

변신남　하고 있잖아요. 8월 1일. 그게 마지막 기억입니다.

조사원　휴대폰의 마지막 문자기록과도 일치하네요.

변신남　다 말했잖아요. 8월 1일 저녁에 마누라랑 딸이랑 쇼핑 간다고
　　　　문자가 왔어요. 바로 집으로 들어갔습니다. 실직자에겐 집에
　　　　아무도 없는 게 천국이거든요.

조사원　그리고 집에서 맥주를 한 잔 하신 것 같다고 했는데 어떤 맥줍
　　　　니까?

변신남　맥주가 우리 집 찾는 거랑 뭔 상관입니까?

조사원　알콜 성분이 선생님 몸에 어떤 반응을 일으켜서 변신 또는 기
　　　　억상실증에 걸린 걸 수도 있는 거잖아요.

변신남　나 술 쎄요. 맥주 세 캔에 필름 끊기고 그런 거 안 해요.

조사원　(기록하며) 세 캔이라… 아까는 하나 드셨다고 안하셨나요?

변신남　하나고 셋이고 그 정도르는 멀쩡하다니까요. 이건 술과는 상
　　　관이 없어요. 어느 순간 머리가 띵하더니 깨지게 아팠고 그 다
　　　음엔 기억이 없다니까요.

조사원　예 알았습니다. 어떤 걸로 변해 있었는지도 기억이 안 나시
　　　구요.

변신남　그냥 깨어나 보니까 처음 와 본 곳이었고, 그 전의 모습을 보
　　　고 말해주는 사람이 없었다니까요.

조사원　변신 순간에도 혼자셨나요?

변신남　그걸 기억하면 내가 여기서 똑같은 얘기 반복하고 있겠어요?

조사원　오늘이 9월 30일입니다. 두 달 만에 돌아오신 분도 흔치 않지
　　　만 이렇게 전혀 기억을 못하시는 분은 없었거든요. 사람에 따
　　　라 기억이 돌아오는 속도가 다르긴 하지만, 선생님은 아직 변
　　　신 후 복귀라는 확실한 증거도 없구요.

변신남　미치겠네 진짜. 휴대폰 기록과도 일치한다면서요.

조사원　잘 생각해보세요. 변신했다가 돌아온 분들은 긴 악몽을 꾼 것
　　　처럼 몸과 마음이 겁다고 합니다. 하지만 주변에서 일어난 일
　　　들은 대개 기억하고들 있었습니다.

변신남　이유가 있을 거 아뇨. 이렇게 사람들이 변신하는 이유를 알면,
　　　나도 그러그러해서 변했겠구나 추측도 하고. 그러면 자연히
　　　내가 변신했었는지 단순 기억상실인지 분간도 가능하고.

조사원　저희도 원인을 파악하려고 애쓰는 중입니다. 더 이상 사회적
　　　인 문제로 커지지 않게 하려고 최선을 다하고 있구요.

변신남　최선만 다하면 뭐해요. 밝혀진 건 모두에게 알려서 스스로 원
　　　인을 제거하고 정확하게 진단해서 치료하도록 해야지. 뭐든
　　　불투명해서 좋을 거 없잖아요.

조사원　아직 밝혀진 게 없어서 그런 거죠. 아니면 밝힐 단계가 아니거
　　　나요.

변신남   그러니까 발전이 없는 거예요. 질병은 만방에 알려 함께 고쳐
            나가는 게 맞는 거 아니요? 나 같은 케이스의 변신이 또 있을
            지 누가 알아요.

조사원   저희도 이게 변종인지 조사가 필요해서 그렇습니다.

변신남   마누라랑 집 찾아달라고 했더니 이제 변태 취급까지 하는 거
            요? 여기서 하는 일이 뭔데. 변신한 사람들, 아니 물건들, 집
            찾아서 안전하게 돌려보내주고, 돌아오면 변신한 이유가 뭔지
            파악하고 그러는 거 아니냐구요.

조사원   진정하십시오. 안 도와드리겠다는 게 아니라 집에서 변신했는
            데 깨어나 보니 쓰레기장이었다는 건 저희로서는 납득하기 어
            려운 일 아닙니까. 거기다가 변신해 계셨던 기간도 길고, 어떤
            걸로 변신해 있었는지조차 모르신다면서요.

변신남   나도 이상하니까 이렇게 찾아온 거 아닙니까.

조사원   보통은 변신을 했을 경우 신고가 들어옵니다. 가족이나 친구
            혹은 시민들이 발견하고 신고를 해주시거든요. 저희 직원들에
            의해 발견되는 경우도 있구요. 하지만 선생님께선 변신이 아
            니라 단순한 기억 상실증일 가능성도 있습니다. 과도한 업무
            스트레스나 막중한 책임감 같은 걸 느끼셨냐는 질문에도 아니
            라고 답하셨잖습니까.

변신남   내 마누라랑 딸이 없어지고 집이 이사를 갔다니까요.

조사원   그 점도 이상하구요.

변신남   변신이 틀림없어요. 내 기억에서 지워진 두 달 사이에 뭔 일이
            생긴 겁니다. 집이 사라지고 가족들도 연락이 안되고. 뭔가 사
            고가 있는 게 틀림없다구요.

조사원   집에서 변신했다면 왜 사모님이 신고를 안 하셨겠어요.

변신남   내가 묻고 싶은 게 그겁니다.

조사원   혹시 몽유병 같은 거 앓으신 적은 없으시죠?

변신남	지금 장난합니까?
조사원	병력 사항 질문란에 적혀 있어서 그럽니다. (뭔가 기록하고) 쓰레기장 주변에 CCTV를 조사 중이니까 조만간 결과가 나올 겁니다. 누군가 쓰레기장에 선생님을 옮겨 놓은 게 포착되면 역추적을 통해서 이동경로가 파악되겠죠. 스스로 쓰레기장에 들어가지는 않으셨을 거 아닙니까.
변신남	뭐 얻어먹을 게 있다고 내 발로 쓰레기장에 들어가겠어요?
조사원	알겠습니다.
변신남	가족들이 실종신고를 냈다거나 하는 건 다시 알아볼 순 없습니까?
조사원	아까 알아봐 드렸잖아요.
변심남	그 사이에 또 뭐가 들어와 있을 수도 있잖아요.
조사원	경찰서 조회 결과로도 확인되는 게 없고. 저희 쪽에도 신고 된 게 아직 없습니다. 네트워크로 연결 되서 바로 뜨거든요.
변신남	….
조사원	조만간 돌아올 거라고 생각해서 신고하지 않는 경우도 있습니다. 선생님 가족들도 그렇게 생각하고 기다리다보니까 신고를 하지 못한 걸 수도 있으니까 더 기다려보는 수밖에요.
변신남	(풀이 죽는다)
조사원	기억을 더듬어 보세요. 지금으로서는 그 방법이 제일 빠릅니다.

변신남이 기억을 더듬어 회상으로 넘어간다.

그때, 돌멩이 하나가 변신남 앞으로 데굴데굴 굴러온다.

돌을 주워드는 변신남.

자동차가 도로를 달리는 소리가 들린다.

변신남   그날도 다른 날처럼 아침 일찍 출근을 한다고 집을 나왔던 것
         같아요. 월요일이었던 것 같은데…, 아니 화요일이었나? 회사
         에 안 나가면서부터 요일 구별하기가 점점 힘들어져서요. 딸
         은 방학이라 오전에 영어학원을 갔을 테고, 마누라는 백화점
         문화센터에서 하는 에어로빅에 갔을 겁니다. 구립도서관에서
         시간을 때우다 나왔는데, 거기서 멀지 않은 곳에 육교가 하나
         있어요. 그 앞에서 교복을 입은 여학생 둘이 경찰이랑 얘기하
         고 있는 걸 봤습니다.

         무대는 육교가 서 있는 도로가로 바뀌고, 변신남이 돌멩이를 들고 육
         교 한쪽으로 터벅터벅 걸어 들어간다.

         경찰의 모습은 관객에게 보이지 않고, 교복을 입은 두 여학생만 경찰
         과 인터뷰하듯 이야기한다.
         변신남은 육교 건너편에 서서 그들을 바라보고 있다.

교복1   진짜예요. 한순간에 변했다니까요.

교복2   저희가 두 눈으로 똑똑히 봤어요.

교복1   바로 이 육교예요.

교복2   저기 위에 보이시죠? 우린 그냥 걸어가고 있었어요.

교복1   독서실은 반대쪽인데 떡볶이랑 순대 먹으려면 여기로 지나가
         야 되거든요.

교복2   그 시간에는 원래 육교에 사람이 없어요. 저쪽으로 조금만 가
         면 횡단보도가 있거든요.

교복1   우리는 그냥 여기로 건너요. 조금 편하자고 돌아가고 그러는
         거 우린 안 하거든요. 이런 날씨에는 육교로 건너고 그러는 게
         더 낭만적이잖아요.

교복2   오늘은 다른 날보다 사람도 없고 거리가 한산하면서 묘하게 나른했어요.

교복1   네, 그냥 단순히 여름이라 그런 게 아니라, 뭐랄까 아지랑이가 세상을 녹일 것 같은 그런 날 있잖아요. (교복2에게) 좀 영화 같지 않았냐?

교복2   많이 영화 같았지.

교복1   그치그치. (앞을 보며) 한 아저씨가 육교로 올라오고 있더라구요. 와이셔츠 입고, 보통 키에 그냥 흔한 아저씨였는데요, 우리는 반대쪽에서 올라갔고요.

교복2   그런데 뭔가 이상한 거게요. 그 아저씨 몸이 흐물거려 보였거든요.

교복1   아냐. 희미해 보이는 것 같았어 옅어졌달까.

교복2   흐물거리던데.

교복1   희미해졌다니까.

교복2,1 (동시에 강하게 부정하며) 아니에요. 거짓말 아니라니깐요.

교복1   얘랑 저랑 말이 다른 게 아니라 표현방식이 다른 거예요.

교복2   원래 같은 걸 봐도 느끼는 회로 방식이 달라서 그래요.

교복1   아무튼요… 그 아저씨가 우리 쪽으로 걸어오다가, 점점 줄어들더니…

교복2   한순간에 펑.

교복1   '펑'은 맞는데 스모그는 없었지?

교복2   맞아. 스모그가 없어서 더 마술 같았어요.

교복1   만화영화 보면 사이즈가 팍팍 줄어들면서 변신하는 장면 있잖아요.

교복2   슬로우모션처럼요. 초르르르륵.

교복1   딱 그랬다니까요. 그러더니 호호아줌마처럼 펑,

교복2   하고, 돌멩이가 됐다니까요.

교복1 네? 아, 네. 저희가 원래 호흡이 척척 맞아요. 돌멩이요?

교복2 그게요….

교복1 사실 그 돌멩이 때문에 저희가 제보를 드린 건데요… (교복2에게) 내가 말해?

교복2 (끄덕인다)

교복1 얘가요… 장난으로 그 돌멩이를 차버렸거든요.

교복2 그러니까 제가 일부러 그런 게 아니라요… 그 아저씨가 돌멩이로 변해서, 그걸 보는 순간 제 눈을 믿기 힘들어서, 한번 건드려본다는 게 그만… 진짜 살짝 찼는데 밑으로 굴러 떨어지더라구요.

교복1 육교에서 차니까 당연히 밑으로 떨어지죠. 제가 봐도 진짜 살짝 찼거든요.

교복2 그래서 우리가 막 찾았는데 이 돌멩이가 어디로 갔는지 보이지도 않고.

교복1 가로수 밑이랑 인도 쪽도 샅샅이 뒤져 봤어요.

교복2 근데 그 아저씨 진짜 돌멩이로 변한 거 맞죠.

교복1 사람들이 이상한 걸로 변한다는 얘긴 되게 많이 들었는데, 우린 말만 들었지 처음 봤거든요.

교복2 당근 처음이지. 왕 놀랐다니까요.

교복1 나도 완전 놀랐잖아.

교복2 아니라구요? 왜요? 맞는 거 같은데.

교복1 우리가 직접 봤다니까요.

교복2 그 돌멩이는 어디 있는지 우리가 모르죠… 몰라서 경찰서에 신고한 거죠.

교복1 아, 중앙변신대책관리본부에도 신고하려고 했는데요

교복2 일단 돌멩이부터 찾아야 될 거 같아서요. 원래 뭐 찾는 건 경찰아저씨들이 더 잘하잖아요.

교복1   돌멩이 어딨냐고 물어보시는 거 보니까, 변한 거 맞죠. 그거
         변신이죠?

교복2   맞어 맞어. 아저씨 얼굴 굳어지는 거 보니까 맞다.

교복1   (깜짝 놀라며) 왜 화를 내고 그러세요? 우리는 그냥…. 그럼 직
         접 찾아보시면 되잖아요. 돌멩이를 들고 가서 신고 안 한 건
         우리 잘못이지만, 그래도 목격자 신고는 했잖아요. 도서관도
         안가고 조사까지 받고.

교복2   그런데… 그 돌멩이 못 찾으면 어떻게 되는 거예요?

교복1   저도 그게 걱정이에요.

         변신남이 두 여학생에게 다가간다.

변신남   혹시, 이 돌멩이 찾나?

교복1,2   (눈이 휘둥그레져서) 오 마이 갓! 바로 이거예요. (뺏듯이 가져가서
         경찰에게 보여주는) 이 돌멩이에요. 확실해요. 육교 위에 굴러다
         닐만한 돌이 아니잖아요.

변신남   … 그냥 돌멩인데.

교복1   이런 짱돌이 육교에 있는 거 보셨어요?

교복2   (돌을 바닥에 내려놓고 살짝 차본다) 맞아요. 느낌이 똑같애요.

교복1   경찰서로요?

교복2   우린 무죄인 거죠? 그냥 참고인으로요?

         교복1,2 재잘거리며 경찰을 따라 나간다.

교복1,2   (나가면서) 그러지 말그 변신대책본부로 가면 어때요. 거기가
         어떤 덴가 구경하고 싶어요. 포상 같은 건 없나요? 사회봉사
         가산점 같은 건요?

무대 중앙은 어두워지고 조사원이 앉아 있는 있는 조사실 쪽이 밝아
진다.
변신남이 원래 있던 자리로 가서 앉는다.

조사원   그 돌멩이라면 저도 기억합니다. 유일했었죠.
변신남   그 사람은 돌아왔습니까?
조사원   일주일 쯤 뒤에 돌아왔다고 들었습니다. 제 담당은 아니어서
         정확히는 모르겠지만 아마 자살하러 가는 길이었다고 했던 것
         같은데요.
변신남   자살이요?
조사원   뛰어내리려고 점찍어둔 산에 큰 바위 절벽이 있었는데, 거기
         로 가는 길이었답니다. 그러다가 변신을 하게 됐구요.
벼신남   다시 뛰어내린 건 아니겠죠?
조사원   별 소식 없는 걸 보면 힘내서 잘 살고 계신 것 같습니다.
변신남   다행이군요. 하필 돌멩이라니… 그걸 보니까, 혹시 변하게 되
         더라도 돌멩이로는 변하지 말자, 그런 생각이 들더라구요. 돌
         멩이는 좀… 쓸쓸하지 않겠습니까?
조사원   그러네요.

         사이.

남직원   그 다음엔 어디로 가셨습니까?

노숙자들이 무대 위로 나온다.
한 줄로 서서 변신남 옆을 천천히 지나가는 노숙자들.
그들은 공원에서 배식하는 점심을 먹기 위해 줄을 선 사람들이다.
변신남, 자리에서 일어나 그들 뒤에 서서 따라간다.

변신남   늘 가던 공원에 갔습니다. 점심은 항상 여기 와서 먹거든요.
         점심값도 아낄 겸 해서요. 그런데 그날은 어떤 양복 입은 남자
         와 밥을 같이 먹게 됐습니다.

         무대는 공원 벤치로 바뀐다.
         변심남이 사랑의 밥차에서 타온 도시락을 들고 벤치에 앉아 먹기 시
         작한다.
         똑같은 도시락을 든 양복 남자가 벤치에 다가온다.

양복남자   다른 벤치가 꽉 차서.
변신남   (자리를 조금 비켜준다)
양복남자   (앉으며) 찬이 점점 부실해지네요.
변신남   예, 뭐.

         두 사람, 먹는다.

양복남자   우리 구면이죠?
변신남   (양복남자를 한 번 쳐다보고) 그런 것도 같고….
양복남자   대개는 얼굴 익힐만하건 안 보입니다. 노숙자도 아니고 매일
         같은 시간에 와서 밥 타먹기 뻘쭘하니까 그렇죠.
변신남   ….
양복남자   실례지만, 뒤쪽에 있는 인력 사무소에 나오십니까?
변신남   아닙니다.
양복남자   옷차림이 아니다 싶었습니다. 저도 아닙니다.
변신남   ….
양복남자   하지만 일자리는 구하고 있죠.
변신남   면접이 있으셨나 봅니다.

양복남자　웬걸요. 이 나이에 면접 볼 데나 있겠습니까.

변신남　그럼…. (넥타이를 바라보는)

양복남자　아, 이거요? 뭐 흔한 케이습니다. 정리해고 당한 걸 집사람도 아는데, 제가 집에 있는 걸 도무지 싫어해서요. 산책하는 기분으로 편한 옷이라도 입고 나갈라치면 티 좀 내지 말라고 해서 늘 이런 차림입니다.

변신남　예….

양복남자　(서류가방을 들어 보이며) 만화책도 몇 권 있습니다. 필요하시면 빌려드리죠.

변신남　예, 그럼 있다가.

두 사람, 먹는다.

양복남자　들으셨어요?

변신남　뭘요?

양복남자　어제 뉴스에 나왔잖아요. 회의실 단체 변신 사건.

변신남　아, 그거요.

양복남자　거기, 제가 다녔던 회삽니다. 아침마다 매출신장 몇 퍼센트 달성을 외치며 으쌰으쌰하는 회의가 있거든요. 지금 생각하면 세뇌 같은 건데 그게 또 서로 경쟁이 붙고 분위기를 그쪽으로 몰아가면 압도되는 묘한 마력이 있거든요. 아무튼 그 회의실에서 무려 다섯 명이나, 똑같은 시간에, 변신을 했다는 거 아닙니까. 돼지저금통으로 변한 사람은 분명 박부장일 거예요. 원래 돼지 같이 생긴데다가 먹는 거랑 돈에만 욕심이 많았거든요.

변신남　….

양복남자　(먹으며) 밥통으로 변한 사람이 있다고 했는데, 그건 누군지 감이 잡히질 않아요. 아침을 안 먹고 왔을까요? 아니면 가족들 굶기게 될까봐 걱정을 했었나… 아무튼 월요일 아침마다 회의실 벽에 영업실적표가 나붙는데…, 아침을 든든히 먹어도 그거 보면 속이 쓰리죠. 쇠주걱으로 긁어대는 것처럼 말입니다.

변신남　　….

양복남자　제가 쓸데없는 얘길 했나요? 식사하시는데.

변신남　　괜찮습니다. 어딜 가나 그런 얘기들뿐인데요.

양복남자　보건당국은 뭘 하는지 모르겠습니다. 국민의 건강과 생명을 보호하는 곳이면 의무를 다해야 하는데 말이죠. 이렇게 불안해서야 원.

변신남　　국가재난설정 단계도 경계단계로 올라갔다고 하던데요.

양복남자　아무리 봐도 질병본부보다는 처음부터 재난본부에서 나섰어야 했던 거 아닌가 싶어요.

변신남　　재난이든 질병이든 원인을 빨리 찾아야 할 텐데 말이죠.

양복남자　(먹으며) 신기하지 않습니까? 우리 같은 사람들은 안 변하잖아요.

변신남　　우리 같은 사람들이요?

양복남자　이치가 그렇잖아요. 묵묵히 자기 자리에서 맡은바 책임과 의무를 다하고 있는 성실한 사람들이 더 많이 변신을 한다 이겁니다.

변신남　　그만큼 피로가 쌓인 사람들이니까, 몸의 변화도 다르겠지요.

양복남자　우리는요? 나야말로 ㅍ로가 켜켜이 쌓인 사람인데.

변신남　　사람마다의 책임감과 의무감을 어떻게 재겠습니까.

양복남자　물론 상대적이겠죠. 그래도 노숙자는 안전하답니다. 걱정이 덜하니까요.

변신남　　그럴 수도 있겠네요. (고개를 갸우뚱하고는) 그렇지 않을 수도 있구요.

양복남자 예술가는 좋겠어요. 하고 싶은 걸 하면서 막중한 책임의식 같
        은 걸 가지진 않을 테니까.

변신남   꼭 그렇지만도 않겠죠.

양복남자 그렇다는 얘깁니다. 그래도 이건 뭐 소설 같은 데가 있지 않습
        니까?

변신남   ….

양복남자 일하는 사람들 위주로만 변신한다고 하니 걱정입니다. 그 사
        람들 일자리, 우리한테 줘야하는 거 아닙니까?

변신남   그럼 우리도 변하겠죠.

양복남자 그래도 좋으니까 그 자리를 꿰차고 싶은 심정입니다. (넥타이를
        느슨하게 풀며) 이렇게는 더 못살겠어요.

변신남   아직 다른 도시까지는 확대되지 않았답니다. 사람들이 지방으
        로 이동하고 있는 것 같던데요.

양복남자 서울의 인구를 줄이기 위해서는 좋은 대책일 수 있겠네요.

변신남   그렇게 되면 서울 경제는 누가 돌립니까? 가뜩이나 경제가 어
        려운데 일자리도 줄어들고.

양복남자 팔팔한 젊은 인력을 마구 뽑지 않을까요?

변신남   젊은 사람도 일하게 되면 똑같아지는 거 아닐까요? 살아남으
        려면 사회화 되고 기성화 될 테니까요.

양복남자 이럴 땐 내가 사회적 동물이란 게 싫어진다니까요.

변신남   사는 거, 퍽퍽하죠.

양복남자 예. 밥도 퍽퍽하고. (기합을 넣듯) 그래도 우리 주눅 들지는 말
        자구요. 서로 변하지 말고, 매일 여기 나와서 밥 먹읍시다. 사
        랑의 밥.

변심남   긍정적으로 사시는 것 같습니다.

양복남자 다 살아지는 법이 있는 거 아니겠습니까.

변신남   부럽습니다…. 어떻게 하면 그런 여유가 생깁니까.

236

양복남자   그런 게 있습니다.

변신남   (씁쓸한 표정으로 도시락을 덮는다)

양복남자   흠흠. 이건 비밀이라 아무한테도 얘기 안 해주는 건데, 처지도
비슷하고 나쁜 분도 아닌 것 같으니 내가 쓰는 방법을 알려드
리지요.

변신남   방법이요?

양복남자   다른 사람한테는 절대 발설해서는 안 되는 비밀입니다. 쓸모
있는 걸로 변신했다가 다시 돌아오는 비법이 있어요. 나 같은
경우는 금으로 된 롤렉스시계로 변신합니다. 그리고 마누라한
테 전당포에 맡기라고 하는 거죠. 밤이 되면 몰래 변해서 집으
로 돌아오면 되고요.

변신남   그게… 가능합니까?

양복남자   내가 이 더운 날 밥차에서 도시락까지 얻어먹으면서 거짓말
하겠어요? 불법으로 변신 기법을 가르쳐주는 곳이 있는데, 관
심 있으면 소개해 주리다. 하지만 그걸 연마하려면 보통 수행
으로는 어림없어요. 시간도 많이 걸리고. 몸의 기를 몽땅 정수
리에다 모으려면 (가슴을 탁 치며) 여기랑 (머리를 치며) 여기가
타들어가는 거 같거든요. 이런 더위는 아무 것도 아니죠.

변신남   믿기지는 않지만, 가능만 하다면야 뭘 못하겠습니까.

양복남자   아니, 가능은 한데, 먼저 믿어야 연마 가능하다니까요.

변신남   그런 얘기는 본 적도 들은 적도 없는데요.

양복남자   계속, 나는 무엇 때문에 살고 있나, 나는 왜 이렇게 사나, 나는
우리 가족에게 아무 쓸모가 없구나, 차라리 금덩어리로 변해
라… 그런 생각을 아주 간절히 혼신을 다해서 하는 거죠. 그러
면서 나에게 주어진 닳은 짐들을 머리 가득 넣고 가슴으로 우
는 거예요.

변신남   가슴으로 울어요? (모르겠다는 표정)

양복남자 가족에 대한 책임감과 사회적 의무 같은 것들을 가슴에 채우
고… 아 이거 말로 설명하려니까 어렵네. (주위를 살피더니) 내
가 딱 한번만 보여줄 테니까 잘 봐요. 어차피 최소 한 시간은
변신해 있어야 하니까 내가 돌아올 때까지 만화책 보면서 기
다리슈.

변신남 (못미덥게 쳐다본다)

양복남자 참 나. 내 기술을 무시하시네. 변신한 거 보고 놀라지나 마시
라니까.

양복남자, 벤치에 앉아 양손을 맞잡고 기를 모으는 자세를 취한다.
한동안 알아들을 수 없는 자기만의 언어로 중얼거리더니 얼굴이 일그
러지고, 미세하게 경련하기 시작된다.
공기 중에 보이지 않는 불똥이 튀는 것을 느끼는 변신남.
그 순간, 눈앞에서 양복남자가 사라진다. 순식간이다.
벤치 위에 덩그러니 놓여있는 황금 롤렉스시계.

변신남 (시계에 대고 다급히) 이봐요. 이봐요. 괜찮아요? 이봐요! (시계에
귀를 대보고) 이봐요, 괜찮은 거예요? (안절부절) 이거… 어떡하
지? 진짜 변한 건가? 그럼… (휴대폰을 꺼내 신고하려다가) 거기
변신대책본부죠? 저기… (엉겁결에 전화를 끊고) 아니지. 아, 이
거 어떡하지. 돌아올 때까지 기다려? (시계에 대고) 이봐요, 말
좀 해봐요. (시계를 흔들어보는) 괜찮아요? 대답 좀 해요.

변신남은 믿을 수 없는 이 상황을 파악하려 멍하니 앉아 있다가 누구
에게 도움이라도 청하려는 것처럼 나간다.
그리고 잠시 후 되돌아오더니, 주위를 살피고 롤렉스시계를 잽싸게 주
머니에 넣고 자리를 뜬다.

무대 어두워지고 조사실 창구만 밝아지면, 거기 조사원이 앉아 있다.
변신남, 다시 그 자리로 돌아간다.

조사원   아니 진짜로 그렇게 변신이 가능하단 말입니까?

변신남   (끄덕인다) 내 눈으로 봤다니까요.

조사원   말이 안 되죠. 그런 일이 있다면 왜 저희가 몰랐겠어요.

변신남   진짜라니까요.

조사원   그 양복 입은 남자는 어떻게 됐습니까.

변신남   나야 모르죠.

조사원   모르다니요? 주머니에 넣으셨잖아요. 신고는 하셨습니까?

변신남   (고개를 젓는다) 신고는 안했지만 진짜 있었던 일이에요.

조사원   아까는 전혀 기억이 안 난다고 하셨잖아요.

변신남   얘기하다보니까 생각이 난 거죠.

조사원   하지만 아직까지 변신을 마음대로 할 수 있다는 보고는 없습
         니다. 모두 유언비어예요.

변신남   … 결혼하셨습니까?

조사원   아니요.

변신남   혼자 사쇼?

조사원   부모님이랑 함께 삽니다.

변신남   변신 자격미달이네요. 우리 조사원님은 어깨에 짊어질 무게가
         하나도 없으시니 안심하셔도 되겠습니다.

조사원   아직 증명된 원인은 아무것도 없습니다.

변신남   중년의 남자들이 왜 그렇게 많이 변한다고 생각합니까.

조사원   드물긴 하지만 젊은 남자들도 종종 변합니다. 여성 가장들의
         변신도 늘고 있는 추세구요.

변신남   그 사람들이야 특별 케이스고.

조사원   상식적으로 이해가 안 되긴 하겠지만, 유럽에선 사람이 벌레

로도 변하고 그리스 신화에서는 동물이든 식물이든 필요하면
막 변했습니다.

변신남 그 사람이 왜 벌레로 변했겠습니까? 소설이나 신화 속에서 일
어나던 일들이 왜 지금 일어날까요? 국회위원이나 고위 관리
직에 있는 사람들이 변신하는 거 보셨습니까?

조사원 (고개를 가로젓는다)

변신남 행정하시는 분들이 이러니까 문제라구요. 사회 곳곳에 골고루
시선을 분산시키면서 정확히 봐야 하는데 보고 싶은 것만 본
다 이거죠. 요즘 세상이 어떤 세상인 줄 알아요?

갑자기 무대 중앙이 밝아지면서, 변신 중인 사람들이 보여진다.

—교도소

교도소에 수감 중인 한 남자가 무대 중앙으로 나와서 웃옷을 벗어부
친다. 온몸은 문신투성이지만 어딘가 둔해 보이는 인상이다. 그는 이
소룡 흉내를 내듯 기를 모으고 변신 기술을 연마중이다. 그러다가 비
장한 각오를 밝히듯,

문신남자 엄마, 조금만 기다려. 내가 변신에 성공해서 여기만 나가면 엄
마 호강시켜 줄게. (다시 기를 모으고 숨을 후 내뱉으며) 아자!

교도관 거기 3113번. 허튼수작하지 말랬지?

문신남자 우리 엄마가 집에 혼자 계세요. 우리 엄만 너무 나이가 많아서
거동도 불편하다구요. 끼니도 제때 못 챙겨먹을 텐데. 연탄불
은 꺼지지 않았는지.

교도관 한여름에 무슨 연탄불이야. 너는 앞으로 5년은 더 썩어야 돼.

문신남자 여름이요? 제가 여기 들어온 지 한 계절도 안 지났단 얘깁니
까?

교도관　　이상한 변신 같은 거 연마했다간 가만 안둘 줄 알어. 힘은 아
　　　　껴뒀다가 노동 시간에나 쓰란 말야.

교도소 옆방에서 철창을 두드리는 소리 들리기 시작한다.
소리가 점점 커지고 재소자들의 목소리도 함께 높아져 폭동처럼 들려
온다.

소리　　우리에게 변신의 자유를 허용하라! 허용하라! 우리의 변신 권
　　　　리를 사수하자! 사수하자!

거리의 사람들 인터뷰가 이거진다.

사람들1　언제 변신할지 모르니까 불안할 수밖에요.
사람들2　그게 의지대로 되는 게 아니잖아요.
사람들3　변신할 것 같은 느낌이 들면 숨을 참으면 된대요.
사람들4　한번 변신하면 면역이 생긴다고 하던데요.
사람들1　내성이 생긴 변종변신도 생겨났다면서요?
사람들2　약으로 조절이 가능한데 일부러 임상실험을 안 하는 거 맞죠.
사람들3　복수하려고 따라다니는 사람도 많대요. 변신하면 죽이려고요.
사람들4　날 감시하는 게 틀림없어요. 나가 변신할 때까지 기다리는 거
　　　　겠죠.
사람들1　변신하면 배설은 어떻게 해결하죠?
사람들2　우리 개가 이상해요. 변신한 것 같아요.
사람들3　언젠가 나만 빼고 모든 사람들이 변할까봐 걱정돼요.
사람들4　변신 기술을 개발해서 정치적 무기로 써야 한다고 생각합니
　　　　다.
사람들1　우리에게는 농업적 근면성이 있으니까 그 정도 변신 기술 개

발하는 건 아무것도 아니죠!

사람들2 전쟁시엔 적군을 모두 사물로 변신시켜 군사적 목적으로 사용하면 어떨까요.

사람들3 노력하면 애완동물로도 변신할 수 있을 것 같아요. 주인 잘 만나면 애완동물로 사는 게 나을 때도 많잖아요.

사람들4 내 남편은 똑같은 모습의 다른 사람으로 변신했어요. 외모는 똑같은데 분명 그이는 아니거든요.

사람들1 우리 집 가전제품들은 모두 사람들이 변신한 것 같아서 쓰질 못하겠어요.

사람들2 잘못 건드렸다가는 살인죄가 적용되는 거잖아요.

사람들3 남성을 중심으로 바뀌는 거면 여자 동성애자들은 안전한 거죠?

사람들4 저는 열두 살 소녀가장이에요. 무료백신은 안 놔 주나요?

사람들이 우왕좌왕 거리를 왔다갔다 한다.
사람들의 목소리가 뒤섞여 여기저기서 들리더니….
변신한 사람들로 거리가 일대 혼란을 일으키고 마비가 된다.
사람들이 질러대는 소리들과 자동차들의 클랙슨 소리가 뒤섞여 정신없다.

사람들1,2,3,4 도와줘요, 청소기로 변했어요. / 여기 점퍼로 변한 사람이 있어요. / 어머, 이게 웬 모자지? / 장롱이에요, 거리 한가운데 장롱이 서 있다구요. /와, 예쁜 목걸이네. / 앗! 오물 묻은 양말. 으윽 드러워. / 볼펜이다. / 장갑이에요. / 가위를 찾아주세요. / 여기 일회용 면도기가 한 무더기 있어요. / 마우스잖아. / 자전거로 변한 남편을 어떤 여자가 타고 갔어요. / 부서진 카세트네. / 사람이 두통약으로 변신한 거예요. 먹으면 안돼요. /

찢어진 천사 날개 못 보셨나요? / 무슨 의자가 이렇게 딱딱해.
/ 스카이 콩콩이요?

변신한 사람들로 일대 혼란을 일으키던 사람들이 사라지면 바닥에는
변신한 물건들로 가득하다.
변신대책본부 직원들이 거리로 나가 떨어진 물건들을 수거하느라 정
신없다.
조사실에 있던 조사원도 거리로 나가 직원들과 물건을 수거하고, 그들
과 함께 무대 밖으로 나간다.

조사원이 없는 조사실에 혼자 남겨진 변신남.
변신남만의 회상은 전당포로 이어진다.

무대는 전당포가 된다.
변신남, 전당포로 들어간다
변신남, 주머니에서 롤렉스시계를 꺼내 주인에게 내밀면 주인, 확대경
을 한쪽 눈에 끼고 시계를 감정하기 시작한다.

변신남   시계 줄만 보지 말고 문자판도 좀 보세요.
전당포주인   …. (살핀다)
변신남   전체가 18K예요. 나사 하나까지 다.
전당포주인   … 어디서 난 거요?
변신남   게다가 문자판은….
전당포주인   그러니까 어디서 난 거냐구.
변신남   사업하시던 형님이 물려주신 겁니다.
전당포주인   다들 물려받지. 할머니 할아버지 삼촌 고모….
변신남   장물 아닙니다.

전당포주인 (확대경을 뺀다)

변신남 아니, 좀 더 자세히 보시라니까요. 안쪽에는 순금이에요, 순
금.

전당포주인 갖고 가쇼.

변신남 예에?

전당포주인 그냥 가져가시라고요.

변신남 왜 그러시는데요. 훔쳐오거나 흠집 있는 물건 아니라니까요.

전당포주인 (쳐다본다)

변신남 왜 그런 눈으로 봐요?

전당포주인 훔치지 않았으면 어디서, 주웠소?

변신남 예?

전당포주인 그런가보네.

변신남 됐습니다. 전당포가 여기 하나 있는 것도 아니고. 집에 있는
귀한 물건 들고 나와서 푼돈 좀 만들어보자고 이런 모욕까지
들을 건 없잖습니까.

전당포주인 (시계를 다시 본다)

변신남 막말로 이 정도 물건이면 사장님 손해 볼 거 없잖아요.

전당포주인 신데렐라 얘기 아쇼?

변신남 뭔데렐라요?

전당포주인 12시만 넘기면 호박으로 변하는 신데렐라 말이요.

변신남 왜요, 금시계 보니까 갑자기 금마차라도 생각나십니까?

전당포주인 호박이면 죽이라도 쑤어 먹지만 사람으로 변해버리면 난처해
지죠. 요즘 전당포에 변신사기가 판을 칩니다.

변신남 ···.

전당포주인 어떻게 장담하시겠소? 변신품이 아니라는 거 말이요.

변신남 속고만 사셨나. 사람이 이렇게 좋은 시계로 변하는 거 보셨습
니까?

전당포주인　팔찌, 목걸이, 순금 트로피. 더한 걸로도 변할 수 있지요.

변신남　이건 우리 형님이 사업차- 외국에 갔다 오시면서….

전당포주인　(말 자르듯 망치를 내 놓는다) 이걸로 한번 내리쳐 보시든가.

변신남　지금 나를 의심하는 겁니까?

전당포주인　증명을 해보시라구요.

변신남　내가 못할 거 같아요?

전당포주인　그야 나는 모르지요.

변신남　시계가 망가지면 가격이 떨어질 텐데 그건 어떻게 책임질 겁
니까.

전당포주인　사람으로 변하는 것보다야 덜 손해죠. 망가져도 제값은 쳐 드
리지. 만약 사람이 변신한 거라면, 그 사람이 다시는 못 돌아
오고 죽을 수도 있다는 거 명심하쇼. 이 세상과는 영영 빠이빠
이란 말이요. 저번엔 진짜로 내려친 사람이 있었는데… 얼마
나 끔찍했던지. 돌아오긴 했는테 반병신이 되었습디다. 평생
을 병원에 누워 사는 수밖에.

변신남　그럴 일 없습니다. 이건 진짜 시계니까.

전당포주인　그럼 쳐 보시오. (빨리 쳐보라는 시늉)

변신남　(망설인다)

전당포주인　(떠보듯) 형님이 주신 거라면서… 아까우면 그냥 갖고 가시든
가.

변신남　(결정한 듯 내리치려 하지만 망치를 든 손이 부들부들 떨린다)

전당포주인　뭐해요 안 내려치고.

변신남　진짜 이거 망가져도 제값 쳐주는 거죠?

전당포주인　증명만 해 보인다면야.

변신남　(심호흡. 눈을 질끈 감고 손을 번쩍 들어올린다) 얏!

전당포주인　(순간적으로 변신남의 팔목을 잡아채는) 잠깐!

변신남　(멈칫)

전당포주인 됐소. 맡겠소. (시계를 종이 상자에 넣으며) 길에서 변신한 사람
들 주워다 돈벌이 하는 사람들 숱하게 봤지. 나도 돈을 좋아하
긴 하지만 그래도 기본 도리는 지키고 살아야 될 거 아뇨. 사
람이 있어야 사람한테 사기도 치고 돈도 뜯고 그럴 거 아니요.
(돈을 지불한다) 양심은 한 번 망가지면 다시는 복귀가 안 되는
거 알죠? 당신을 믿어보리다. 형님이 주신 거라면서? 소중한
것일 테니까 꼭 찾으러 오쇼.

변신남 …. (돈을 받아든다)

전당포주인 살겠다고 발버둥치는 사람만 변신한다니, 세상은 참 불공평
하죠?

변신남, 대답 없이 돈을 들고 나간다. 그의 표정은 어둡기만 하다.
무대 어두워지고, 다시 조사실만이 밝아진다.
변신남, 조사실 의자에 앉는다.
조사원, 땀을 닦으며 들어와, 정장 상의를 벗어 의자에 걸치고 앉는다.

조사원 기다리게 해서 죄송합니다. 본부 수거담당 쪽에서 급히 사람
이 딸린다고 해서… 그런데 어디까지 했었죠? 아, 그래서 그
시계는 어떻게 했습니까.

변신남 시계는… 내 주머니에 넣어뒀다가 그 벤치에 갖다 뒀습니다.
그 사람은 한 시간 뒤에 원래 모습으로 돌아왔구요. 그날 밤
이후의 일은 기억이 나질 않습니다.

조사원 (엷게 웃으며) 여전히 마음대로 변신할 수 있다고 믿으시는군
요. 최대한 솔직히 말씀해주셔야 선생님뿐만 아니라 조사에도
도움이 됩니다.

변신남 ….

조사원 그 다음엔 바로 집으로 가셨습니까?

변신남	예. 집에 가보니까 아내와 딸이 있었습니다.
조사원	만나신 거네요?
변신남	그런 거나 마찬가지죠. 이제 생각이 났습니다.
조사원	아까는 혼자 술을 드셨다고 하지 않으셨나요?
변신남	그러니까 그게….
조사원	말을 자꾸 바꾸시면 안 됩니다.
변신남	그냥 생각나는 대로 얘기하는 겁니다.
조사원	예. 일단 얘기를 해보세요.
변신남	집에 갔는데 딸이 밥을 먹고 있었어요.

무대는 변신남의 집.

식탁에 앉아 밥을 먹고 있는 딸.

변신남이 집으로 들어간다.

변신남	나 왔어.
딸	(쳐다보지도 않고 밥을 먹는다)
변신남	학원은 어떠냐?
딸	(대답 없다)
변신남	요즘 대학생들은 배낭여행 많이 가던데. 넌 안가도 되니?
딸	(아빠 말을 못들은 척하며) 엄마, 국 좀 더 줘.

아내, 나온다.

아내	(변신남에게 왔냐는 인사도 없이) 그만 먹어. 살쪄.
딸	배고파.
변신남	나는 밖에서 먹고 왔어. 장과장이 삼계탕 잘하는 집을 안다고
	해서. (아내와 딸은 듣지도 않는데 과장되게) 어휴 배부르다.

딸	(엄마에게 말하지만 아빠에게 들으라는 듯) 한밤중에 밥 먹는 소리 때문에 잠을 잘 수가 없어. 지금 먹어두면 좀 좋아. 덜그럭 덜그럭 잠이나 깨우고.
아내	(밥을 퍼서 변신남 앞쪽에 갖다 놓는다)
변신남	(침을 꿀꺽 삼키며) 배부른데….
아내	먹어.
변신남	오이냉국 맛있어 보이네. 그럼 조금만 먹어볼까.

변신남이 못이기는 척 식탁에 앉자 딸이 식탁에서 일어나 방으로 들어가 버린다.

변신남	(돈을 꺼내 놓으며) 저번에 맡았던 공사 말야. 그 쪽 업체에서 대금이 들어 왔나봐. 월급도 제때 못줘서 미안하다고… 보너스다 생각하라면서 주더라구.
아내	(남편을 돌아본다)
변신남	아파트 융자금 밀린 거 꽤 되잖아. 부족하겠지만 좀 보태라고.

아내는 남편을 돌아보지 않은 채, 아무 말 없이 돈을 들고 들어간다.

혼자 남아 밥을 먹는 변신남.

공원에서 도시락을 타먹을 때보다 더 퍽퍽한 느낌이다.

한 숟가락 두 숟가락….

시간이 구름처럼 흩어진다.

어디선가 들려오는 피아노 소리. 둘러봐도 피아노는 없다.

밥을 먹다 말고 창밖을 바라보는 변신남.

보이는 것은 자신의 마음과 닮은 형체도 색깔도 없는 허공뿐….

피아노 소리가 변신남의 가슴을 쓰다듬는 것 같다.

자신도 모르게 한숨과 함께 짧은 탄성이 터져 나온다.

'아… 힘들다…'

식탁 위의 조명이 꺼질락 말락 불안하게 깜박인다.

변신남　어, 이게 왜 이러지?

변신남이 일어나서 전구를 이리저리 간지며 돌려본다.
피아노 소리 점점 커지다가 뚝 멈추면,
짧은 암전과 함께 변신남이 변신한다
그가 앉아 있던 식탁의자 위엔 장난감 피아노 하나가 놓여 있다.

아내와 딸이 나온다.
아내가 리모컨으로 TV를 켠다.

뉴스캐스터(목소리)　… 머그컵으로 변신한 남편을 깨뜨려 죽음에 이르게 한 박모 여인에게 무죄판결이 나올 것으로 예상됩니다. 검찰의 조사 결과에 따르면 죽은 김씨와 아내 박모 여인은 주말마다 함께 시간을 보낼 정도로 사이가 좋았다고 밝혀졌습니다. 사건 당일에도 박모 여인은 남편의 변신 소식을 듣자마자 변신 대책본부를 찾았다가 이런 변을 당하게 되었는데요, 어떤 정황으로도 남편에 대한 고의성은 보이지 않았다고 합니다. 검찰은 박모 여인의 사례를 '매우 특이한 사건'으로 보고 그녀에게 살인이나 과실치사 혐의를 적용하진 않을 것이라고 밝혔습니다. 현재 박모 여인은 남편을 잃은 충격으로 정신적 쇼크 상태를 보이고 있으며, 그런 그녀에게 시민들의 위로가 이어지고 있습니다.

딸　　　　(TV를 끄고) 저건 당연히 무죄 아냐? 고의로 죽인 것도 아니잖아.

아내　　　고의가 아니었는지는 저 여자밖에 모르지.

딸　　　　던진 것도 아니고 미끄러져서 놓친 건데.

아내　　　죽은 사람만 억울한 거야.

딸　　　　대체 어떤 사람들이 변신을 하는 걸까.

아내　　　글쎄다. (빈 식탁을 보고는) 니 아빠 밥 먹다 말고 또 어디 갔대니?

딸　　　　자주 없어지잖아.

아내　　　아빠가 돈을 주더라?

딸　　　　어디서 구했을까. 이제 더는 빌릴 사람도 없을 텐데.

아내　　　먼저 얘길 안하니, 아는 척 할 수도 없고. 회사 잘린 지가 얼마야.

딸　　　　(장난감 피아노를 발견하고) 이게 뭐야?

아내　　　그게 뭐니? (살펴보는) 하여튼 이런 걸 왜.

딸　　　　(피아노를 눌러보며) 소리도 안 나네. 이제 그만 좀 하라고 해. 아빠가 주워온 것들로, 집안이 온통 쓰레기장이야.

아내　　　고장 난 걸 왜 들고 왔대니. 점점 이상한 버릇만 생기고.

딸　　　　어떻게 좀 해봐. 언제까지 아빠 저러는 거 모른 척 할 건데.

아내　　　우리가 이런데 아빠는 오죽하겠니.

딸　　　　아빠도 힘들지만 우리도 힘들잖아. 나… 아빠가 매일 노숙자들이랑 밥 먹는 거 싫어.

아내　　　….

딸　　　　우리 이 집 팔고 이사 가면 안 돼? 더 작은 집으로.

아내　　　이게 어떤 집인데. 아빠가 젊을 때부터 벌어서 처음으로 장만한 우리집이야. 여길 어떻게 나가.

딸　　　　갚을 돈이 더 많잖아.

아내	생각 좀 해보자.
딸	아빠도 참, 그냥 확 터놓고 얘기를 하든가. 거짓말도 하루 이 틀이지, 6개월을 뭐하는 거냐구.
아내	자존심 하나로 살아온 아빠야. 그거라도 없으면 니네 아빤, 죽어.
딸	그런 모습 더는 못 보겠어. (흉내를 내며) 삼계탕 먹었더니, 아 휴 배부르다.
아내	(장난감 피아노를 가리키며) 이거 어따 치워라.
딸	몰라. 고장 난 거, 갖다 버려.
아내	니가 버리든가. (방으로 들어간다)
딸	(따라 들어가며) 저런 것 좀 주워오지 말라고 해 제발.

식탁 위에 덩그러니 남은 장난감 피아노.
옆에 서서 아내와 딸을 바라보는 변신남의 모습처럼 쓸쓸하다.
딸이 눌러보던 버튼이 뒤늦게 작동하는지 장난감 피아노에서 에릭 사
티의 '짐노페디' 멜로디가 흘러나온다.
텅 빈 공간에 홀로 선 변신남만이 그 멜로디를 듣고 있다.
변신남의 눈에서 눈물이 흐른다.

전화벨소리.
조사실의 불이 켜지고 조사원이 전화를 받는다.
변신남은 다시 조사실의 자기 자리로 가서 앉는다.

조사원	그래? 알았어. (끊고) 찾았답니다.
변신남	뭐를요?
조사원	사모님과 따님 찾았답니다. 이저 힘들게 기억하지 않으셔도 됩니다. 아까 전에 여기로 출발하셨다니까 잠시 후면 도착하

겠는데요?

변신남   그래요? (표정 어두워진다)

조사원   기쁘지 않으십니까? 표정이 왜 그러세요?

변신남   아니요. 그냥….

조사원   오랜만에 가족을 만나게 돼서 그러신가보군요. 오후 내내 조사에 참여해 주셔서 감사합니다. 여러 정황으로 봐서는 변신일 가능성이 높은 것 같은데 뭘로 변신 했었는지만 기억하시면 특별한 문제는 없을 것 같습니다.

변신남   다 끝난 건가요?

조사원   집도 찾으신 것 같으니까, 먼저 가족들 만나보시고 마무리 하죠. 잠시만 기다리십시오.

조사원 밖으로 나가고 변신남 초조해한다.
긴장한 얼굴. 안절부절 못하며 자리에서 일어나 서성인다.
밖에서 조사원의 목소리 들린다.

조사원(목소리)   오셨습니까? 허영범 씨는 안에 계십니다. 사모님이랑 따님에게 무슨 일이 생겼나 싶어서 얼마나 걱정을 하시던지. 이쪽입니다. 잠시만 기다리세요. 제가 모시고 나오겠습니다.

조사실의 불빛이 깜박인다.
변신남, 고개를 들어 깜박이는 불빛을 쳐다본다.
불이 꺼진다.
조사원 들어온다.

조사원   어? 왜 불이 꺼져있지?

조사원, 불을 켠다. 변신남의 모습은 브이지 않는다.
변신남이 앉았던 자리 옆에 똑같은 의자가 하나 더 놓여 있다.

조사원　원래 여기 의자가 두 개였었나? (주위를 둘러보며) 허영범 씨.
허영범씨. 어디 계세요 허영범 씨. 허영범 씨.

변신남을 찾는 조사원의 목소리만 허공에 가 부딪친다.

— 끝 —

(2009년 가을)

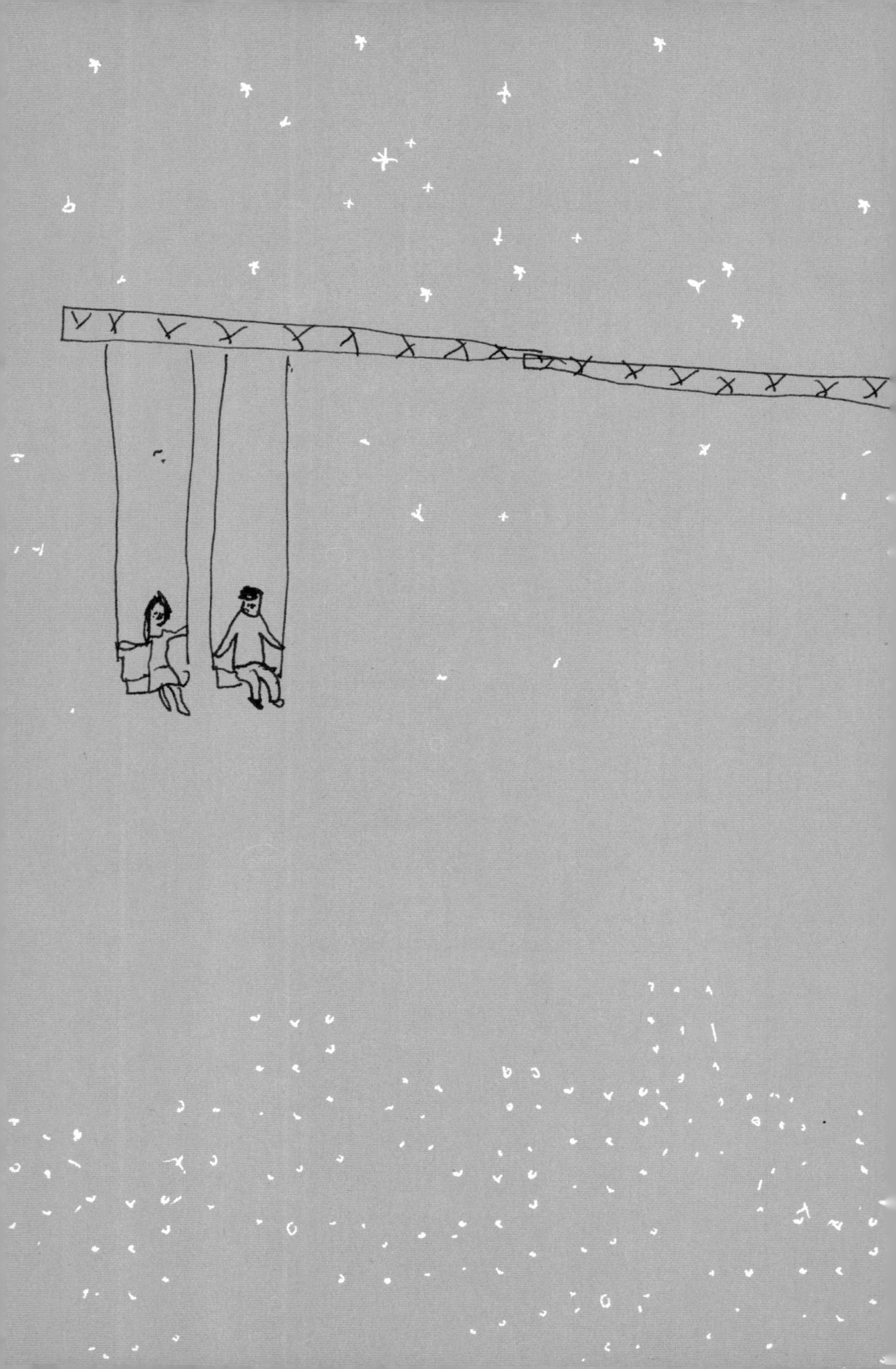

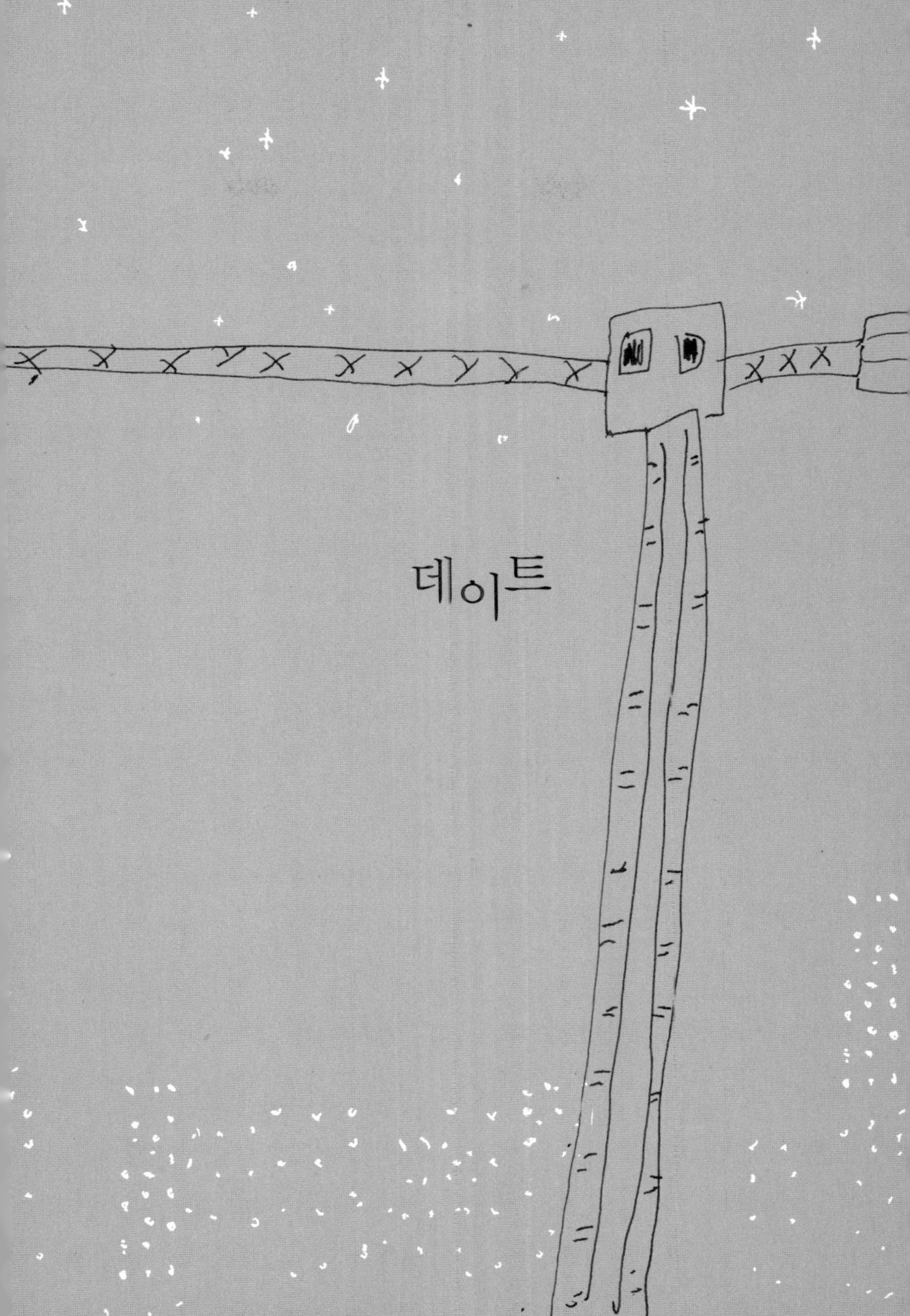
데이트

등장인물

남자 (29세)
여자 (28세)

무대

겨울, 새해 첫 날 공사장 앞 벤치.
폐허 같은 건물 외벽에 안전팻말들이 여기저기 걸려 있다.
건물 너머로는 타워크레인으로 올라가는 철제 사다리가 보이고
포크레인 삽이 본체와 분리된 채 바닥에 덩그러니 놓여 있다.
바닥 한 구석에 모래가 쌓여 있다.
공사장 앞 벤치, 그 벤치 뒤로 커피 자판기 하나가 세워져 있다.

1. 만남 (밤 12시-1시 사이)

남자가 커피 자판기 동전 투입구에 동전을 넣는다.

의외로 많은 동전을 넣는 남자.

남자가 자판기에서 커피를 뽑아 벤치로 돌아와 앉는다.

남자가 벤치에 앉아 커피를 마신다.

뜨거운지 커피를 옷섶에 조금 흘리고 만다.

벤치 한 구석, 남자의 대형할인마트 쇼핑백이 보인다.

쇼핑백 밖으로 파와 야채 이파리가 삐져나와 있다.

여자가 공사장 벤치 쪽으로 걸어들어 온다.

여자는 자판기 앞으로 걸어가 자판기를 잠시 들여다보그, 커피 버튼을
누른다.

한 손에 커피를 뽑아든 여자는, 동전 반환키를 돌려 잔돈을 받고는 자
신의 주머니에 넣는다.

여자는 방금 대형할인마트에서 산 변기 커버를 들고 있다.

여자는 벤치에 앉아 커피를 마신다.

커피가 뜨거웠는지 움찔 놀란다.

잠시 후,

개미 한 마리가 두 남녀의 앞을 지나간다.

겨울에 밖에 나온 개미라, 힘이 없어 보인다.

남자와 여자, 그 둘은 개미의 움직임을 따라 고개를 움직인다.

개미를 향해 몸을 구부리고 바라보는 두 사람.

남자   개미가… 지나가요.

여자   (개미를 바라보며) … 개미다.

남자   잡을까요? 겨울에 웬 개미죠?

여자   떨고 있어요.

남자   네?

여자   추운가 봐요, 엉덩이를 덜덜덜 떨고 있는 것 같아요.

남자   아….

여자   무리에서 떨어져 나왔나 봐요.

남자   혼자네요….

여자   뭔가를 들고 가는데.

남자   게을러서 월동 준비를 못했나보군요.

여자   개미는 자기보다 25배나 무거운 먹이도 든다던데, 얘는 아주
          소심한 개민가 봐요.

남자   (비닐봉지에서 뭔가 먹을 걸 떼어내 개미에게 준다)

여자   (개미에게) 새해 복 많이 받아.

여자가 두 손으로 개미를 감싸려 한다,
마치 추위로부터 보호해주려는 듯.
그러자 개미가 여자의 손등에 기어오른다. 여자가 개미를 바라본다.
남자가 잽싸게 한 손을 날려, 개미를 낚아챈다.
개미를 잡았는지 주먹을 꼭 쥔다.
남자는 여자에게 손바닥을 펴 보이며, 개미를 건네주려 하는데, 개미
는 이미 남자의 손 안에서 죽어 있다.

남자   미안해요. 이럴 생각은 아니었는데….

여자	….
남자	기절한 게 아닐까요?
여자	(개미를 툭툭 손가락으로 건드려본다)
남자	죽었군요.
여자	죽었어요.
남자	(죽은 개미에게) 새해 복 많이 받아라.

남자는 개미를 바닥에 버리려 한다.

여자가 그런 남자의 행동을 바라본다.

개미를 버리지 못하고, 결국 자신의 호주머니에 넣는 남자.

남자	도대체 개미가 어디서 기어 나온 걸까요? 이렇게 추운데….
여자	(자신의 헤진 신발을 내려다보며) 너도 새해 복 많이 받아.
남자	… 재미없죠?
여자	(고개를 들어 공사장 쪽을 올려다본다)
남자	나… 재미없죠?
여자	(무언가 써있는 것을 쳐다보더니 따라 읽는다) 공사 중. 통행에 불편을 드려서 죄송합니다. 안전모를 착용하는 것은 생명을 지키는 일. 표준화… (멈칫하고) 뭐라고 써져 있는 거예요, 저기?
남자	(여자의 시선을 따라 공사장 쪽을 올려다보며) 행동강령, 이렇게 써있네요.
여자	아. 행동강령. 표준화 행동강령. 하나, 우리는 지킬 수 있는 표준을 만든다. 둘,
남자	우리는 끊임없이 학습하고 표준대로 일한다. 셋,
여자	우리는 일 한 결과를 스스로 점검하고 확인한다.
남자·여자	넷. 표준 실천은 우리의 마지막…. 뭐라고 써져 있는 거예요? 다음엔 뭐라고 써진 거죠?

여자   저도 잘 안 보여요.

남자   저도 잘 안 보여요.

여자   커피 잘 마셨어요.

여자가 이제 그만 가야겠다는 듯이 짐을 챙겨들고 벤치에서 일어선
다.

남자   저, 잠깐만요.

여자   … 네?

남자   저, (주머니의 죽은 개미를 꺼내) 이 개미는 어떡하죠?

여자   버리세요.

남자   절 아시죠?

여자   아뇨… 네.

남자   제가 자판기 안에 오백 원을 넣어뒀어요. 당신이 여기 와서 커
        피 뽑을 때 공짜로 뽑을 수 있게요.

여자   알고 있어요.

남자   벌써 다섯 번쨉니다. 이 벤치에서 이 시간에요.

여자   왜 이런 곳에 앉아 계세요?

남자   당신이 올 거라고 생각했어요.

여자   내가 안 오면요?

남자   밥을 먹으러 갈 작정이었습니다.

여자   아….

남자   새벽까지 기다리다가 해가 뜨면, 아침을 먹으러 갈 생각이었
        어요.

여자   네….

남자   밤마다 뭘 그렇게 잔뜩 사세요?

여자는 변기커버를 뒤로 숨긴다.

남자   항상 변기커버를 사시네요. 어제 사간 곰돌이 변기커버가 마
     음에 들지 않으셨나 봐요.
여자   곰돌이가 아니라 코알라예요.
남자   커피 한 잔 더 하시겠어요?
여자   아뇨. (마시던 커피를 들며) 이거면 돼요.

그 둘은 다시 벤치에 앉아 식은 커피를 마신다.

남자   중동에 가서 일하는 친구 녀석이 하나 있는데요… 거긴 지금
     되게 덥겠죠?
여자   ?
남자   아… (하려고 했던 얘기가 생각난 듯) 거기에선 커피 찌꺼기로 점
     을 친대요.
여자   찌꺼기요?
남자   네. 커피 찌꺼기요.
여자   어떻게요?
남자   이렇게 커피를 마시구요, 컵 바닥에 남아 있는 찌꺼기로 점을
     치는 거죠.
여자   찌꺼기까지 다 마셔버리면요.
남자   아무리 바닥까지 마신다고 해도 컵 안에 커피 찌꺼기 얼룩은
     남아 있어요. 어떤 커피를 마시든 찌꺼기는 남게 마련이니까
     요. 지금 우리가 마신 그 커피 속에 당신과 나의 미래의 비밀
     이 담겨 있을지도 몰라요. 우선, 마음 속에 어떤 한 가지를 골
     똘히 생각하며 커피를 다셔요. 커피를 다 마셨으면 잔을 시계
     방향으로 돌리는 거죠.

둘은 커피 잔을 시계 방향으로 한참을 돌린다.

남자와 여자는 뭔가를 생각하는 것 같다.

깊은 고민에 빠져있는 듯한, 깊은 상념에 빠져있는 듯한 그 두 사람의 멍한 시선.

남자   자 이제 빈 잔 속을 들여다봐요. 마음을 열고 들여다봐야 해요. 뭐가 보여요?

여자   아무 것도 안 보이는데요.

남자   마음을 열고 잘 들여다봐요. 그러면 뭔가가 보이기 시작할 거예요. 뭔가 보여요?

여자   커피 찌꺼기요.

남자   난 비행기가 보이는데.

여자   (들여다보며 고개를 가우뚱) 낙타 비슷한 게 보이는 것 같기도 하고.

남자   전 오토바이가 보여요.

여자   얼룩소인가? 얼룩소 비슷한 게 있어요.

남자   난 얼룩강아지가 보여요.

여자   코가 길어요. 코끼린가 봐요.

남자   타조가 보여요.

여자   어? 거북이 등이다. 거북이가 기어가고 있네요.

남자   나도 거북이가 보이는데. 기어가는 거북이요.

여자   난 펭귄이 보여요. (남자에게) 또 뭐가 보이나요?

남자   기린이 보여요.

여자   동물원이군요.

그 둘은 종이컵 안을 뚫어지게 한참을 바라본다.

남자	자, 그럼 눈을 감고, 속으로 숫자 셋을 세보세요.

남자　자, 그럼 눈을 감고, 속으로 숫자 셋을 세보세요.

여자　…?

남자　이제 점을 쳐야죠. 커피점.

여자　아. (눈을 감는다)

남자　이제 됐어요. 눈을 뜨고 컵 속을 들여다봐요.

여자　(들여다본다)

남자　아까 것과는 다른 게 보이죠? 그 중에서 제일 잘 보이는 세 가지를 말해 봐요.

여자　벌레인 것 같은데, 바퀴벌레요. 그리고 열쇠, 옛날 우리 집 열쇠요.

남자　또요?

여자　음. 개구리요. 개굴개굴개굴.

남자　개굴개굴개굴.

여자　그런데 이 세 가지가 뭘 뜻해요?

남자　첫 번째 보이는 건, 당신의 첫사랑. 두 번째 보이는 건 당신의 전생이에요.

여자　내 전생이 열쇠였다구요?

남자　네.

여자　그럼 세 번째 거는요?

남자　마지막 세 번째 본 것은 당신의 미래 신랑감이에요.

여자　난 개구리 신랑이랑 결혼하기 싫은데….

남자　당신이 본, 당신의 운명이에요.

여자　정말, 중동에서는 이렇게 점을 쳐요?

남자　(웃으며 빈 잔을 마시고) 설마, 이 정도까지야 하겠어요?

여자　칫. (웃는다)

둘은 빈 종이컵을 잠시 더 바라본다.

여자는 종이컵을 꽉 쥐어 구겨버린다.
여자가 벤치에서 일어나서, 엉덩이를 턴다.
마치 이제 그만 가야 된다는 듯.

남자   아무 것도 묻지 않았어요.

여자   네?

남자   엉덩이요. 아무 것도 묻지 않았다구요.

여자   그래요.

여자가 엉덩이 터는 것을 멈춘다.
갑자기 바람이 불어와 여자의 머리카락을 날린다.

여자   그만 가봐야 할까 봐요. 바람도 불고.

남자   바람이 그리 차지 않아요.

여자   (바람을 느끼며) 그러네요.

남자   지하도 통풍구에서 불어오는 바람이에요.

여자   네?

남자   지하도 통풍구에서 불어오는 바람이라구요. 막차가 출발한 거예요. 마지막 전철이 출발했어요.

여자   (주머니를 뒤지며 무언가 찾는다. 하지만 찾을 수 없는지 오래 뒤적인다)

남자   지갑? (남자의 표정이 난감해진다) 나도 돈이 없는데….

여자   (다른 쪽 주머니에서 사탕을 꺼내며) 이거….

남자   (사탕을 받으며) 뭐죠?

여자   사탕이요.

남자   잘 먹을게요.

여자   담배 피고 싶을 때면, 이걸 먹어요.

남자	나도 초콜릿을 좋아해요.
여자	첫 차가 몇 시에 있을까요?
남자	지하도 통풍구에서 바람이 불어오면요, 첫 차가 왔다는 걸 알 수 있어요.
여자	(통풍구 쪽 보며, 혼잣말로) 통풍구에서 바람이 불어오면 첫차가 온 것이다….
남자	왜 무슨 급한 일이라도 있는 거여요?
여자	보일러를 틀어놓고 왔거든요.
남자	네… (애꿎은 주머니만 만지작거리며) 차가 있었으면 좋았을 텐데.
여자	(사이) 쇼핑백에 담긴 건 뭐예요? 떡국 재료들인가 봐요?
남자	이거요? 아니요. (물건들을 꺼내 보이며) 파, 배추, 상추, 깻잎, 쥐포, 식빵, 시금치, 다시마, 치즈, 오뎅… 떡은 없어요. 오늘 마지막 남은 돈으로 이것들을 샀어요.
여자	먹을 만한 게 별루 없네요.
남자	먹으려고 산 게 아니거든요. 마지막으로 실험을 해 볼 게 있어서 산 거예요.
여자	어떤 실험이요? 새해 첫 날에 특별한 샌드위치라도 만들 거예요?
남자	그건… 말하기 곤란해요.

여자가 벤치에서 일어나 다시 엉덩이를 턴다.

남자	뭐가 또 묻었어요?
여자	아. 아니요.
남자	근데 왜 자꾸 엉덩이를 털어요. 갈 것 같아서 불안해요.
여자	버릇이에요, 그냥 버릇.

| 남자 | 뭔가 묻었다는 생각이 들어요? |
| 여자 | 뭘 해야 할지 몰라서요. 엉덩이를 털고 일어서면 한 순간이 마무리 되잖아요. 그러고 나면 뭔가 해야 할 일이 생각날 것 같아서요. |

여자는 뭔가 해야 할 일이 생각났는지, 갈 준비를 하며 변기커버를 든다.

남자	가려구요?
여자	네.
남자	커피 점 한 번 더 보실래요?
여자	아뇨. 됐어요.
남자	… 이 자판기는 꽤 오래된 자판기에요. 내가 고등학교 때부터 이곳에 서 있었어요. 난 항상 이곳에 와서, 생각하곤 했어요. 내가 만나게 될 여자는 누굴까?
여자	….
남자	대학에 가지 못하고 재수를 할 때도, 집에 들어가기 전 늘 이곳에서 커피를 마시곤 했어요. 그때도 늘 똑같은 생각을 했어요. 내가 만나게 될 여자는 누굴까?
여자	그래서, 만났나요?
남자	(공사장을 보며) 저 건물보다 이 자판기가 오래 버틸 줄은 몰랐어요. 건물이 헐리던 날도 난 여기에 서서 먼지를 뒤집어쓴 커피를 마시며 생각했었어요. 내가 만난 여자가 정말로 나의 운명의 여자일까, 하고요.
여자	….
남자	이 자판기 앞에서 젊은 시절을 다 보내버렸어요.
여자	왜 잔돈을 안 가져가요, 커피를 뽑고?

남자   당신이 공짜를 좋아할 것 같아서요.
여자   … 가끔… 가끔 여기 오면 기분이 좋았어요… 공짜라서.

음악.

암전.

2. 외로움의 증거들 (같은 날 새벽 1-2시)

남자와 여자는 벤치에 앉아 있다.

여자　얼마 전에, 그러니까 당신을 만나기 전에, 오징어 튀김 만드는 꿈을 꾸었어요.

남자　포장마차에서 파는 그런 튀김요?

여자　그건 달랐어요.

남자　어떻게요?

여자　오징어 다리 하나가 100미터는 됐어요. 50명의 남자들이 그 오징어 다리에 달라붙어서 부침가루를 바르고 있는 거예요.

남자　정말 크군요. (자리에서 일어나 몇 걸음 걸어 크기를 가늠하듯 다리를 벌려 뛰어보더니) 엄청나요.

여자　(따라서 일어난다. 오징어 튀김 과정을 과장된 제스처를 해보이며 열심히 설명하기 시작한다) 남자들이 빨판처럼 다닥다닥 오징어 다리에 달라붙어서요, 부침가루를 바르는 거예요. 그리곤 초등학교 운동장만한 프라이팬에 기름을 붓고, 오징어 다리를 집어 던졌어요. 마치 운동회처럼요.

남자　오재미를 던질 때처럼 모두들 신이 나 있었겠군요.

여자　(남자의 말에 더욱 활기찬 목소리와 몸짓으로, 던지는 시늉, 목을 조르는 시늉, 현기증 나는 표정 등을 지어보이며) 오징어가 튀겨질 때 내는 소리, 기름 소리, 아직도 귀에 생생해요. 고소한 냄새는 내 목을 조여 왔어요, 난 죽을 것처럼 현기증이 났어요. 오징어 다리가 튀겨지는 것을 보면서 내내, 아, 평생 먹을 것 걱정하지 않으면서 살 수 있겠구나, 하고 얼마나 기뻤던지… 나

는 꿈을 자주 꾸는 편이 아니거든요. 그래서 그런 꿈을 꾸곤
정말 놀랐어요.

여자가 꿈 얘기를 하는 동안 남자도 과장되게 손으로 원을 그리면서
자신이 오징어를 튀기는 남자였던 것처럼 몰입한다.

남자   좋은 꿈이에요! 지금이 봄이라면, 입춘대길인 걸요.
여자   돈이 많은 남자를 만날 수 있는 꿈일까요?
남자   (돈이라는 말에 풀이 죽어 의자에 다시 앉는다)
여자   (남자 옆에 가서 앉는다)
남자   무슨, 생각해요?
여자   연애가 하고 싶어요.
남자   ….
여자   난, 연애가 하고 싶어요.
남자   그래요, 연애….
여자   나는 잘 아프지 않아요.
남자   건강해 보여요.
여자   난 아무거나 잘 먹어요. 까탈스럽지도 않아요.
남자   까탈스러워 보이지 않아요.
여자   울어서 사람을 곤란하게 만들지도 않아요. 건널목을 건널 때
       는 꼭 신호를 지키고… 쓰레기도 함부로 버리는 법이 없고.
남자   ….
여자   궁지에 몰리지만 않는다면 거짓말도 하지 않아요. 그런데도
       나는 왜 사랑을 받지 못하는 걸까요?
남자   당신은 귀여워요.
여자   내가 그렇게 보여요?
남자   네. 어떤 나라에서는 여자한테 귀엽다, 라고 말하는 게 최고의

표현이래요.

여자　진짜요?

남자　네.

여자　늙기 전에 연애를 해봤으면 좋겠어요. 재미있는 연애를요.

여자가 숙였던 고개를 든다.

눈에 눈물이 글썽이고 있다.

남자　울었군요.

여자　… 아뇨. 할머니 생각이 나서요.

남자　… 울었군요.

여자　예전에 할머니하고 살 때, 내가 전화로, 뭐 갖고 싶은 거 없어? 생일 케이크 사갈까? 봄이니까 이쁜 옷 하나 사갈까? 물었던 생각이 나서요.

남자　그래서, 뭘 사다 드렸어요?

여자　나는 이제 옷을 새로 살 필요 없어. 내가 살면 얼마나 산다고, 이쁜 옷 사는 게 무슨 의미가 있겠니. 그냥 있는 옷 입다 가는 거지.

남자　아….

여자가 남자의 얼굴을 쳐다본다.

여자　보여줄 게 있어요. 내가 건널목을 건널 때 꼭 신호를 지킨다는 걸 보여주고 싶어요.

여자는 횡단보도가 있는 곳으로 뛰어간다.

빨간 불이 들어온 신호등 앞에 멈춰서는 여자.

남자는 따라갈까, 말까 주저하다가, 자판기 쪽으로 걸어가 동전을 넣는다.
횡단보도의 저 너머를 바라보는 여자.
신호등이 파란불로 바뀌지만 여자는 건너가지 않는다.

남자   (큰 소리로) 신호가 바뀌었거요.
여자   ….
남자   (큰 소리로) 신호가 파란 불로 바뀌었다구요.
여자   (큰 소리로) 난 가난해요.
남자   … (큰 소리로) 나도 가난하요.
여자   (큰 소리로) 난 게을러요. 하루에 15시간씩이나 잠을 잔단 말이에요.
남자   (큰 소리로) 난 아무 직업도 없는 걸요.
여자   (큰 소리로) 난 너무 많이 자서 허리가 아파요. 머리도 아프고, 발가락도 아파요.
남자   침을 맞으면 괜찮아질 거예요. 한의원에 데려 갈게요.
여자   난 내가 앞으로 뭐가 될지 잘 모르겠어요.

남자가 횡단보도 쪽으로 걸어간다.
여자가 횡단보도로 다가서려는 남자 닾에 선다.

여자   난 기분이 나빠요.
남자   그럼 나를 때려 볼래요? 흑시 좋아-질지도 모르잖아요.
여자   (남자의 가슴을 주먹으로 친다) 나아지지 않아요.
남자   미안해요.

여자가 신호를 무시하고 빨간- 불에 횡단보도를 건너간다.

남자는 여자를 뒤쫓아 간다.

횡단보도 건너편으로 건너간 두 사람.
그들은 방금 전까지 자신들이 앉아 있던 벤치를 멀리서 바라다본다.
여자가 엉덩이를 턴다.

여자 　유치원에 행사 옷을 대여해주는 곳에서 일한 적이 있어요. 철
　　　마다 아이들은 그 옷들을 입고, 인디언도 되고 동물원의 사자
　　　도 되고 동화 속의 공주나 왕자도 됐어요. 나는 밤새 아이들이
　　　입고 돌아온 옷들을 세탁해서 비닐백에 넣고는 새로 포장하는
　　　일을 했어요. 그 옷들은 다음 날이면 어김없이 다른 아이들의
　　　몸에 걸쳐졌죠.

남자 　기계로 찍어낸 풀빵 같았겠군요.

여자 　새하얀 웨딩드레스를 입으면, 자신만이 세상에서 가장 아름다
　　　운 신부가 되잖아요.

남자 　턱시도를 입은 내 모습을 상상하면 바보 같아요.

여자 　모든 아이들이 피터팬이 되길 원한다고 해서 피터팬 옷을 입
　　　을 수 있는 건 아니에요.

남자 　아주 비싼 턱시도를 보면, 끔찍하겠군, 하고 생각해요.

여자 　난 웨딩드레스를 입으면 아주 예쁠 거예요.

남자 　… 미안해요.

여자 　(남자를 잠시 바라보고는) 목이 아주 길군요. (코트 깃을 세워주고)
　　　차이나 칼라가 잘 어울릴 거예요.

남자 　나… 재미없는 사람이죠?

여자 　정말 궁금한가요?

남자 　대답을 들으면 더 맥이 풀릴 거예요.

여자 　(사이) 여관에 갈래요?

남자   네?

여자   여관에 가요.

남자   ….

여자   왜 대답이 없어요?

남자   나도 당신하고 자고 싶은데, 근데….

여자   (신호등을 바라본다)

남자   샤워를 며칠 못 했어요. 여관에 들어서자마자 냄새가 날지도
        몰라요, 내 몸에서. 이럴 줄 알았으면 속옷이라고 갈아입고 오
        는 건데.

        그 둘은 신호등을 바라본다.

여자   고장 난 걸까요?

남자   (신호등을 보며) 바뀌질 않네요.

여자   그냥 건너요. (여자가 남자에게 손을 내민다)

남자   (여자의 손을 잡는다)

여자   난 더러운 것도 좋아해요.

남자   당신이 더럽다면 나도 그렇게 말했을 거예요.

        그 둘은 신호위반을 한다.
        두 사람은 원래의 벤치로 돌아와 앉는다.

남자   나도 더러운 게 좋아요. 더러운 건 깨끗한 것보다 기억에 오래
        남아요.

여자   난 샌드위치를 먹다가 야채를 떨어뜨리면 주워 먹어요. 내복
        입는 걸 좋아해서 일주일 내내 빨래도 하지 않고 같은 내복을
        입었던 적도 있는 걸요.

남자 난 심심할 때 머리털을 뽑아서 라이터로 태워요.
여자 난 애인 앞에서 옥수수를 먹고 방귀를 뀌어보고 싶어요. 방귀
     에서 옥수수 냄새가 나면 같이 웃고 싶어요.
남자 난 여자친구가 먹다가 남긴 커피를 모아서 아이스커피를 만들
     어 먹고 싶어요.
여자 고기 집에서 나왔는데 내 몸에 고기 냄새가 나면 좋아요. 마늘
     냄새, 양파냄새.
남자 왜 오바이트를 하면 꼭 라면이 있는 걸까요?
여자 주인이 불친절한 식당에 가면, 그 식당의 화장실 변기에 생리
     대를 넣어서 일부러 막히게 한 적도 있어요.
남자 김밥 집에서 김밥 먹을 때 국물이 나오잖아요. 저는 국물을 좋
     아해서 꼭 한 번 더 달라고 하거든요. 근데 두 번째 국물에는
     파를 안 넣어주는 거예요. 왜 모든 김밥 집 아줌마들은 두 번
     째 국물에는 파를 안 넣어줄까요?
여자 오뎅 집도 그래요.
남자 맞아요. 오뎅 집 아줌마들도 그래요.
여자 오뎅 집에 가서 한 번 확인해 볼래요?
남자 좋아요. 두 번째 국물에 파를 넣어주지 않으면, 화를 내겠어요.
여자 어떻게요?
남자 너무 불성실한 것 아닙니까. 두 번째 국물에도 파 넣어주세요.
여자 당신이 그렇게 말해서 아줌마가 파를 넣어주면, 연애하는 기
     분이 들 것 같아요.
남자 나두요.
여자 이 근처에 오뎅 집이 있을까요?
남자 … 이 근처에선 본 적이 없는 데.
여자 오뎅 집을 찾다가 우린 지칠 거예요.
남자 오뎅 집을 찾다가 당신은 화를 낼 거예요.

여자 오뎅 국물 따위가 우리 기분을 망치게 그냥 둘 건가요?

남자는 화가 난 표정을 짓는다.
남자는 자신의 오른쪽 귓불을 꽉 꼬집는다. 꼬집고, 또 꼬집는다.
남자의 귓불이 붉게 물든다.

여자 당신은 재미없는 사람 같아요.
남자 (침울한 표정이 된다)
여자 당신은 여자를 모르는군요!
남자 나 좀 때려줄래요?
여자 …?
남자 (야채 꾸러미를 내밀며) 이것들로 내 뺨 좀 때려 줄래요? 이것들
     로 내 뺨 좀 때려줘요.
여자 하고 싶지 않아요.
남자 실험해볼 게 있어서 그래요.
여자 무슨 실험이요?
남자 여자친구하고 해보기로 했는데… 한 달 전에 죽었어요, 병원
     에서. 병원비 때문에 난 신용불량자가 됐어요. 사채업자한테
     쫓기는 신세가 됐죠. 그런 모습으로는 그녀 곁을 지켜줄 수
     가 없어서, 내가 그만 헤어지자고 했더니, 그녀는 내가 자신
     을 한 번도 사랑한 적이 없다고, 소리쳤어요. 자기는 정말로
     사랑을 하고 싶었는데, 나 때문에 그걸 망쳤다구요. 나를 때
     리고 싶다고 했어요. 가장 기분 나쁘게, 평생 잊을 수 없게
     때리고 싶어 했어요. 근데 그녀는 팔에 힘이 없었어요. 그래
     서 나한테 물건들을 사오라고 했어요. 내가 맞아서 가장 기
     분 나쁠 물건들을요. 그 물건들로 하나씩 하나씩 내 뺨을 때
     리겠다구요. 이젠 이걸르 나를 때릴 사람도 없고, 어떤 게 더

내 기분을 나쁘게 하는 것인지도 알 수 없게 되어버렸어요.
그러니까, 내 뺨 좀 때려줄래요, 차례차례? 부탁이에요. 이
것들로 내 뺨을 때려 줄 수 있죠? 내가 이것들한테 맞고 어떤
기분인지 알고 싶어요.

여자는 먼저 대파를 들고 남자의 뺨을 힘껏 때린다.

여자   어때요, 만족해요?
남자   음음….

여자는 이번에 배추 이파리로 남자의 뺨을 때린다.

남자   음음….

여자는 이번엔 쥐포로 남자의 뺨을 때린다.

남자   기분이 나빠요.

여자는 이번에 깻잎, 상추, 시금치, 미나리로 남자의 뺨을 때린다.
다음엔 다시마로 치즈로, 넙적한 오뎅으로 때린다.

남자   하아….

이제 여자는 남자의 뺨을 식빵으로 마구 때린다.

남자   …. (남자가 운다)
여자   … 난 우는 남자 딱 질색이에요… 미안해요. 감정을 넣어서 때

리려고 했던 거 아닌데. 그냥 나도 모르게 화가 나서.

남자 매일 밤 이렇게 변기 커버를 부수나요?

여자 나도 잘 모르겠어요.

남자 쉽게 부서지는 게 아니잖아요. 십년 동안 써도 끄떡없는 거잖아요, 변기커버라는 게.

여자 그 사람은 사랑과 자유를 구분하지 못했어요. 관계라는 걸 무서워했죠. 내가 결혼이라도 하자고 할까봐 늘 두려운 것 같았어요. 나는 그와 있는 게 좋았어요. 그가 술을 먹고 들어와 이를 안 닦고 잠들면 내가 칫솔에 치약을 묻혀 이를 닦아 줬어요. 하루 종일 그를 생각하고, 그를 위해 메주를 사다가 된장도 담궈 보고, 1년 동안 먹을 김치도 담고. 그 남잔 그런 내가 무섭다고 했어요. 자기한테 자유를 달래요. 나는 그를 사랑하고 그를 만지고 바라볼 때 정말로 자유로웠는데… 나는 그냥 옆에 있고 싶었을 뿐이에요. 내 마음이 받아들여지지 않아서 나는 답답했고, 그때마다 무언가 부수기 시작했어요. 전화기, 청소기, 선풍기… 그리고 드디어 나는 변기커버까지 발로 찼어요. 우린 화장실에서 변기커버 조각들을 주우며 화해를 했었죠. 키스를 하고, 또 키스를 하고, 키스를 하다 지치면 꼭 껴안고… 같이 부서진 조각들을 주웠어요, 한 조각, 한 조각. 아침이 오고, 남자가 말했어요. 부서진 변기 위에 앉아 볼 일을 보려니까 잘 안돼. 그는 일찍 집을 나섰고 영영 돌아오지 않았어요.

남자 그랬군요.

여자 밤마다 화장실에 비친 내 얼굴을 보면 참을 수가 없어요. 나는 닥치는 대로 발로 차고 부숴 버리죠. 아침이 되어 오줌을 누려고 보면 어느새 변기커버가… (새로 산 변기커버를 본다) 그 남자가 올지도 모른다고 생각해서 사던 게 버릇이 되어 버렸어요.

남자   난 이 근처에 있는 근사하고 깨끗한 화장실들을 많이 알아요.

여자   정말로 재미있는 연애를 해봤으면 좋겠어요. 남들은 다 어떻게 하는 걸까요?

남자   놀이공원에 가요.

여자   이 시간에요?

남자   이 시간엔 역시 가기 힘들겠죠? 문이 닫혀 있겠죠?

여자   … 견딜 수가 없어요. 견디고 싶지 않아요. 답답해요.

남자   아침까지 기다리면 갈 수 있어요.

여자   우린 피곤해질 거예요. 데이트도 하기 전에 피곤해질 거라구요.

남자   … 제가 알고 있는 곳이 있는데, 그럼 거기라도 갈래요?

여자   어디요?

남자   (공사장을 가리키며) 저기요. 저기에도 놀이기구가 있어요.

여자   뭐가 있는데요?

남자   리어카

여자   …!

남자   굴삭기!

여자   지게차.

남자   펌프카.

여자   기중기.

남자   타워크레인.

여자   돌멩이와 모래.

남자   시멘트와 물.

여자   어쩌면 연애하는 기분이 들지도 몰라요.

음악.

암전.

3. 연애 (같은 날 새벽 3-4시)

철골이 훤히 드러나 있는 건물,

그 외벽에 설치되어 있는 철제 사다리들.

포크레인 삽이 본체와 분리된 채 바닥에 덩그러니 놓여져 있고, '공

사중, 위험, 안전모 착용, 추락!'이라는 문구가 건물 이곳저곳에 팻말

로 붙어 있다.

공사장 안은 뿌연 새벽어둠에 잠겨 있다.

남자가 공사장 외벽에 붙어 있는 경광등을 켠다.

밝고 아름답게 돌아가는 경광등의 불빛.

남자와 여자는 바닥에 덩그러니 놓여있는 포크레인 삽을 무대 중앙

으로 끌고 나오기 위해 힘껏 애쓰고 있다.

조금씩 움직이기 시작하는 포크레인 삽.

여자가 포크레인 삽 안에서, 일반 작업용 삽을 꺼내 구석에 쌓여있던

모래를 열심히 포크레인 삽에 퍼 담는다.

남자와 여자가 열심히 모러를 퍼 담기 시작한다.

남자	근데 왜 흙을 퍼 담는 거예요?
여자	(웃는다)
남자	언제까지 퍼 담아야 해요?
여자	… 나도 몰라요.
남자	(웃는다)

남자가 삽을 내려놓고 나간다.

어딘가에서 해머와 쇠기둥을 찾아들고 나오는 남자.

남자는 여자에게 해머를 건네주고, 자신은 쇠기둥을 쥐고 바닥에 앉
는다.
남자가 쥔 쇠기둥의 머리를 해머로 쾅쾅 내려치는 여자.
여자는 해머로 쇠기둥 머리를 몇 번 내려치다가 갑자기 멈춘다.
남자가 여자를 쳐다본다.

남자   왜요?
여자   나 쉬 마려워요.
남자   … 어떡하죠?
여자   (포크레인 삽 뒤쪽을 가리키며) 나 저 뒤에서 쉬 할 게요. 보면 안
        돼요.
남자   네. 안 볼 게요. (자리를 피하려 한다)
여자   어디 가는 거예요?
남자   아. 그냥… 여기 서 있으면, 잘 안 나오잖아요, 신경 쓰여서.
여자   여기 있어요.
남자   … 네.
여자   앗!
남자   무슨 일이에요?
여자   엉덩이가 추워요.
남자   … (귀를 막으며) 안 들을 게요.
여자   뭘요?
남자   소리요. 그게… 소리가 나잖아요.
여자   오줌 누는 소리요?
남자   네.
여자   귀에서 손 떼 봐요.
남자   ….
여자   소리를 당신한테 들려줄래요.

남자   ….
여자   우린 연애를 하고 있는 거잖아요.

여자의 오줌 소리가 공사장의 주변을 울린다.
남자는 자신도 한 쪽 구석으로 가서 으줌을 누려 한다.

남자   나도 쉬가 마려워요.
여자   내 가까이에서 눌래요? 소리가 듣고 싶어요.
남자   … 네.

그 둘은 서로의 오줌 소리를 들으며 으줌을 눈다.
그들은 옷을 추스르고 포크레인 삽 앞에서 만난다.
서로를 어색한 듯 쳐다보는 두 사람.
그러다 키스를 한다.

여자   아, 시원해.
남자   아, 시원해.
여자   당신은 커다란 페니스를 가졌나요?
남자   … 내 건, 그저… 가난해요.
여자   당신 페니스가 포크레인 조정 손잡이처럼 컸으면 좋겠어요.
        운전할 수 있게요. 포크레인을 타고 시내를 한 바퀴 도는 거예
        요. 삽을 높게 쳐들고요.
남자   … 노력해 볼게요.
여자   여자와 많이 자봤어요?
남자   ….
여자   당신이 내 안에 들어왔으면 좋겠어요.
남자   나도 더 이상 혼자 하는 건 싫어요.

둘은 껴안는다.

여자의 얼굴이 남자의 가슴에 파묻힌다.

여자	(남자의 가슴에 얼굴을 바짝 갖다 대며) 이 안에서 이상한 소리가 들려요.
남자	이상한 소리요?
여자	가만… 파리가 날고 있어요.
남자	이 겨울에요?
여자	웽웽. 파리가 날고 있어요.
남자	어디요?
여자	정말 파리 날갯짓 소리예요.
남자	내 안에 파리가 있어요?
여자	네. (웃는다) 광고카피 같네요.
남자	뭐가요?
여자	내 안에 파리가 있다. 당신 가슴 안엔 파리가 날고 있다. 우리 가슴 안엔 파리가 날고 있다.

그 둘은 다시 키스한다.

여자	딱풀 같아요, 당신 입술.
남자	돈을 벌고 싶어요. 당신에게 예쁜 양말을 사주고 싶어요.
여자	난 직장에 나가기 싫어요. 하루 종일 일하다보면 내가 어디에 있는 건지도 모르겠어요. 한번은, 멸치를 사다가 크기별로 고르는 일을 했던 적이 있어요. 박스에 담긴 건 비싸니까, 트럭으로 사다가 큰 놈, 작은 놈, 중간 놈을 골라서, 포장한 다음에 중간상인에게 넘기면 마진이 남거든요. 그땐 산처럼 쌓인 멸치 눈들만 보고 살았어요. 종일 그러고 있으면 내가 왜 멸치만

보는 인생이 되었는지 모르겠더라구요.

남자 난 직업이 갖고 싶어요. 그래야 집이 생기니까.

여자 당신은 듬직해요.

남자 (먼 곳 산동네 어딘가를 가리키며) 저기 꼭대기에 방도 얻을 거예요. 다시 물건들도 살 거구요. 냉장고, 텔레비전, 컴퓨터, 침대, 장롱….

여자는 남자가 가리키는 곳을 바라본다.
그 둘은 산동네 높은 곳 어딘가를 함께 바라본다.

여자 (문득 우울해져서) 난 이유도 없이 화가 나요. 화가 난 내가 싫어서 아주 세게 나를 때리고 공격해요. 눈에 보이는 것들이 내 몸의 공격을 받고 부서지죠. 장릉, 냉장고, 컴퓨터, 텔레비전, 신발장 …

남자 … 3년간 만났던 그 여자는요, 나와 지내는 동안 내내 지겹다는 말만 했어요. 그녀를 매일매일 사랑했는데 자신을 사랑해주지 않는다며 화를 냈어요. 어떤 게 여자를 지겹게 하는 건지, 사랑하지 않는 건지 가르쳐주지는 않더군요, 죽기 전에도요. 늘 심심하다고만 했어요.

두 사람은 쓸쓸한 표정이 된다.

남자 (타워크레인 정상을 가리키며) 저 위까지 올라가 보지 않을래요?

여자 번지점프를 하러 가는 기분일까요?

남자 샷엑스드롭을 하는 기분이 아닐까요?

여자 샷엑스드롭요?

남자 서울랜드에 가면, 52미터 공중으로 로켓처럼 발사되었다가 2

초 만에 뚝 떨어지는 놀이기구 있잖아요.

여자   아….

남자   일단 올라가기 시작하면, 중간에 내려오기 없기예요.

여자   (올려다보며) 이 타워크레인, 계단이 몇 개나 될까요?

남자   (올려다본다)

여자   이 계단, 하나하나 오를 때마다 우리 나이가 한 살씩 많아지면 어떡하죠?

남자   난 오래 살 거예요.

여자   난 단명할 거예요.

남자   숫자를 세면서 올라가요, 같이. 우린 함께 늙어갈 거예요.

여자   응. 좋아요.

그 둘은 타워크레인을 오르기 시작한다.

여자   한 살.

남자   두 살.

여자   세 살.

남자   네 살.

여자   다섯 살.

남자   여섯 살.

여자는 손이 시린지 손에 입김을 불어넣는다.
남자도 손이 시린지 손에 입김을 불어넣는다.
사이.

여자   쉰세 살.

남자   쉰네 살.

여자   쉰다섯 살.

남자   쉰여섯 살.

여자   (갑자기 세상 어딘가를 향해 소리를 지르며) 바보 멍청이! 이렇게
         늙는 거 싫어!

남자   (여자의 소리를 따라) 바보 멍청이! 이렇게 늙는 건 싫어!

여자   (소리를 지르며) 난, 새로 시작할 거야.

남자   (소리를 지르며) 난, 난… (생각이 안 나는지) 모르겠다.

여자   (고개를 숙인 채 한 손으로 엉덩이를 턴다)

남자   … 생각해요?

여자   손이 얼었어요, 뻣뻣하게.

남자   손을 쥐었다 폈다 해봐요.

여자   손가락이 굳어서 쥐었다 폈다 할 수 없어요.

남자   (타워크레인 정상을 올려다보며) 저기까지만 올라가고 싶어요. 조
         금만 힘을 낼 수 있어요?

여자   꼭 올라가야 돼요?

남자   그러기로 했잖아요.

여자   … 사는 게 지루해요, 당신?

남자   내가 재미가 없죠?

여자   이대로만 아니면, 세상이 달라 보이기도 할까요?

남자   사는 게 즐겁지 않아요, 아무리 노력해도.

여자   노력하는 기분은 어떤데요? 난 그런 기분 잘 몰라요.

남자   만약 경주에 나가서 이겨야 할 일이 생긴다면, 그런 때 가질
         수 있는 종류의 기분이어요.

여자   나는 느린 거북이라 한번도 이겨본 적이 없어요.

남자   동화 같은 걸 믿으면 더 비참해져요.

여자   우리 같은 사람도 한 팀이 되면 이길 수 있을까요?

남자   어떤 것에서요?

여자	예를 들면, 지루함 같은 것에서요.
남자	….
여자	우리가 함께 살면 정말 지루하겠죠?
남자	거북이랑은 경주가 아니라 산책하는 법을 배우면 돼요.
여자	산책이 끝나면 바다가 펼쳐질지도 몰라요.
남자	다시 만날 수 있을까요?
여자	….
남자	내려가면 다시 만날 수 있을까요?
여자	나를요?
남자	여길 내려가면 이천에 있는 OB맥주 공장에 견학갈래요? 거기 가면 공짜 맥주를 원 없이 마실 수 있거든요.
여자	날 다시 만나고 싶어요?
남자	난, 난… 재밌는 놈이 되고 싶어요.
여자	… 공사중. 통행에 불편을 드려 죄송합니다. 안전모를 착용하는 것은 생명을 지키는 일. 표준행동강령….
남자	… 미안해요.
여자	그럼 1월부터 2월까지는 눈 오는 날에만 만나요. 3월부터 4월까지는 전화로만 만나고, 5월부터 6월까지는 편지로만 만나요. 7월부터 8월까지는 비 오는 날에만 만나고, 9월부터 10월까지는 어떤 연락도 하지 않기로 해요. 11월부터 12월까지는 하루도 빠짐없이 매일 만나요.
남자	(고개를 끄덕인다)
여자	배고파요. 따듯한 오뎅 국물 먹으러 갈래요?
남자	(고개를 끄덕인다)

음악.

암전.

286

4. NEET (No Education Employment Training) 연인

겨울의 막바지.
이른 봄(3월 초)의 어느 날 오후.
같은 장소(공사장 앞)의 벤치.
벤치와 조금 떨어진 한쪽에는 커피자·판기가 놓여있고, 벤치 뒤쪽 옆으
로는 이른 봄꽃(ex: 크로커스)이 한 므더기 피어 있다.
공사장 한편에 피어난 꽃이라 더욱 싱그럽게 보인다.

무대 밝으면 여자가 벤치에 앉아 있다.
남자는 두 잔의 커피를 뽑아들고 여자 옆에 앉으며 커피를 건넨다.
즐거운 표정의 남자와 여자.
둘은 자신들이 살고 싶은 집들을 구경하고 오는 길이다.
멋진 집들이 늘어선 동네를 보고 온 흥분을 얘기하는 두 사람.

여자　　그 나무요, 키가 얼마나 될까요?

남자　　한 20미터?

여자　　에이, 적어도 50미터는 되겠다.

남자　　그렇게 컸나요?

여자　　옆으로 뻗은 가지하며… 근데, 그런 나무를 심으려면 마당이
　　　　　 얼마나 커야 할까?

남자　　오십 평 정도?

여자　　아니, 이백 평은 돼야 할 걸요.

남자　　….

여자　　(커피를 마신다) 왜 그 커다란 집 담장에는 유리조각을 붙여놨을

까요? 촌스럽게.

남자　(커피를 마신다) 남편이 술 먹고 담 넘지 말라고 그런 거 아닐까요.

여자　당신은 넘을 수 있어요?

남자　까짓 거 맘만 먹으면 넘을 수 있죠.

여자　아플 텐데.

남자　제 별명이 '타고난 무신경' 이잖아요.

여자　아, 농구 골대. 그 집 마당엔 농구골대도 있었는데.

남자　덩크슛. (어정쩡하게 덩크슛하는 흉내를 낸다) … 타고난 무신경.

여자　그런 집에 살면 진짜 좋겠다….

남자　….

여자　(어딘가를 보며) 그 아파트들은 가격이 얼마나 할까?

여자의 말에 남자는 우울해진다.

여자도 뭔지 모르지만 기분이 좋지 않다.

현실적인 문제들 — 경제적 — 에 봉착한 두 사람.

그럴수록 남자는 의기소침해진다.

벤치에 앉아 가방에서 손톱깎이를 꺼내는 여자,

등을 살짝 돌리고 새침한 모습으로 손톱을 깎는다.

손톱 깎는 소리. 남자가 손톱 깎는 여자를 소심하게 바라본다.

그런데 갑자기 손톱조각이 여자의 눈으로 튀어 들어간다.

어쩔 줄 몰라 하는 여자.

여자　어떡해. 어떡해. 손톱이 눈에 들어갔어. 어떡해? 어떡해?

남자가 당황하며 여자에게 다가와 여자의 눈을 들여다본다.

남자   깜빡이지 말아요. 깜빡이지 말아-요,
여자   어떡해. 어떡해.
남자   어딨지? 어딨지?
여자   눈이 이상해요. 빨리요, 빨리.
남자   깜박이지 말아요. 찾았어요, 찾았어요. 깜박이면 안돼요.

남자가 곧 손톱조각을 꺼낸다.
꺼낸 손톱조각을 여자에게 보여주고는 버릴까 어떻게 할까 잠시 망설
이다가 자신의 주머니에 넣는다.

남자   어디 다친 데 없어요?

눈에서 눈물이 주르르 흐르는 여자.
슬퍼 보인다.

여자   우리 돈을 벌어요.
남자   돈을 벌어서 우리집을 사요.
여자   아주 크~은 집 사요.
남자   내가 아주 큰집 사줄게요. 50미터짜리 나무, 두개 키울 수 있
      는 큰집이요.
여자   뭘 해야 돈을 벌 수 있을까요?

둘은 돈 벌 궁리를 한다.

여자   우린 어떻게 먹고 살아야 할까요? 우린 뭘 입고 살아야 하죠?
남자   이런 건 어때요?
여자   뭔데요?

남자   밑천 안들이고 돈 벌 수 있는 방법이 있어요.

여자   그런 게 있어요?

남자   있잖아요, 전봇대나 담벼락에 전단지 붙어 있는 거 봤죠? 잃어
          버린 강아지들 찾는 거요.

여자   네.

남자   우리가 그 잃어버린 강아지들을 찾아주는 거예요. (확신에 찬
          목소리로) 주인은 강아지를 찾아서 좋고, 우리는 사례비를 받아
          서 좋고.

여자   그런데 그 강아지들을 어떻게 찾아요?

남자   그러니까 매일 동네를 돌아다니면서 주인 잃고 어슬렁거리는
          강아지를 미리 찾아 놓는 거예요. 그 강아지들을 다 데려와서
          보호하고 있다가 전단지가 딱 붙으면, 전화를 하는 거예요.
          '강아지를 한 마리 보호하고 있는데 찾으시는 강아지 같아서
          전화 드렸어요' 이렇게요.

여자   만약 보호하고 있는데, 전단지도 안 붙고 주인이 찾지도 않음
          어떡하죠?

남자   다시 길거리로 보내야죠.

여자   강아지를 내쫓는다구요? 무서운 거리로?

남자   쫓는 건 아니구 원래의 자리로….

여자   (째려본다)

남자   (무안하고 겸연쩍은 표정) 아아… 우리가 데리고 있어도 되고요.

여자   어떻게요? 사료 값이 얼마나 비싼데요. 게다가 똥이나 오줌을
          싸면 누가 치워요? 목욕도 시켜줘야 하고, 개털이 온 방에 둥
          둥 떠다닐 거라구요.

남자   그러네요….

시무룩한 여자.

여자의 눈치를 보던 남자는 힘을 내서 새로운 아이디어를 내놓는다.

남자　　이건 어때요? 요즘은 한 가지 직업만으로 살기 힘들잖아요. 사
　　　　람들이 투잡, 쓰리잡을 가지고 있는 시대니까 명함이 여러 종
　　　　류일 수밖에 없겠죠? 우리가 일일 명함을 만드는 거예요. 직업
　　　　란을 빈 칸으로 해 놓고, 필요할 때마다 그때 그때, 자신의 직
　　　　업을 쓸 수 있게 만드는 거예요.

여자　　아. 그건 이미 있어요.

남자　　그게 있어요?

여자　　네. 선물용품점에 가면 팔아요. 디자인도 다양하게 색색깔로.

남자　　아하. 늦었네.

여자　　뭐, 다른 건 없어요?

여자　　뭐, 다른 건 없어요?

남자　　음…, 내가 전에 했던 일인데… (꽃밭에서 꽃이 핀 풀을 하나 뽑아
　　　　온다) 식물다큐멘터리 나레이션을 쓰는 거예요, 혼자 하면 용
　　　　돈벌이밖에 안되지만, 같이 하면 짭짤할 거예요. (꽃을 앞으로
　　　　내밀며) 자, 이걸 설명해 봐요.

여자　　어… 노란 꽃이 피어있고, 이파리는 길쭉하고 초록색이다.

남자　　아니, 전문용어를 써야죠 (줄기를 가리키며) 꽃이 피는 이 줄기
　　　　는 화경이에요. 화경은 짧고 밑동이 입집으로 싸여있으며, 잎
　　　　은 장상 도란형이고 구근 끝에서 총생하며 엽병이 길다.

여자　　그게 전문용어예요? 꼭 쓸모없는 말 같애요.

남자　　쓸모없는 말들을 좀 써야 하거든요.

여자　　봐봐요, 잎은 붓처럼 길고 끝이 뾰족하며, 꽃은 깔때기모양으
　　　　로 안쪽은 오목하고 꽃잎은 벌어져 있다. 어때요, 더 쉽죠?

남자　　그러네요.

여자　　내 맘대로 쓰는 게 더 좋아요.

남자   하지만 이렇게 써야 돈을 버는데….

여자   난 어려운 글 같은 거 못써요.

남자   … 그럼, 라면집은 어때요? 일본 라면집요.

여자   (반갑게) 아, 나도 라면 좋아하는데.

남자   미소라면?

여자   된장 맛!

남자   소유라면!

여자   간장 맛!

남자   얼큰한 겐조라면!

여자   매운 넷츠라면!

남자   (신이 나서) 일본 만화책 봤어요? 왜 만화책보면 삼백 년 동안 5대에 걸쳐 라면만 끓이는 집도 있잖아요. 방랑을 끝낸 만화 주인공은 고향에 돌아와 라면집부터 찾아가요, 그 맛이 그리워서.

여자   도대체 어떤 맛이길래 그럴까요?

남자   전쟁땐 라면집이 반군들의 아지트가 되기도 해요. 주인은 묵묵히 라면만 끓이죠. 하지만, 누가 알았겠어요. 그 주인이 라면을 끓이며 스파이로 지내왔다는 것을.

여자   멋있어요. 스파이들의 아지트.

남자   밤새 국물을 우려내고, 두툼한 고기와 신선한 야채를 얹은 라면들.

여자   (행복한 표정) 아, 맛있겠다.

남자   우리는 아무도 흉내낼 수 없는 라면요리를 개발하는 거예요. 밍밍하고 허전한 듯하지만 자꾸 먹어서 어떤 맛인지 확인하고 싶은, 뭐 그런 거요.

여자   근데 하루도 안 쉬고, 국물을 끓여야겠죠?

남자   그럼요. 겨울엔 새벽부터 사람들이 줄을 설 걸요? 우리 라면을

먹으려고 골목에 늘어선 사람들을 상상해 봐요. 당신은 라면
을 나르고 나는 라면을 삶는 거여요.

여자   내가 날라요? 먹는 게 아니구?

남자   응. 나는 요리해야죠.

여자   매일매일 새벽부터 일어나 나르고 끓이고 그래야 돼요?

남자   물론이죠.

여자   나… 라면집 싫어요!

남자   …. (여자의 싫다는 말에 남자는 할 말이 없다)

여자   화났어요?

남자   (고개를 저으며) 아니요.

여자   사실은 나, 라면은 좋아하지만 매일매일 일하는 건 싫어요.

남자   … 나두 그래요.

여자   왜 게으른 건 재능이 될 수 없을까요.

남자   돈 버는 것도 재능일까요?

여자   사람들이 다들 잘 해내는 걸 보면 노력 같기두 하구.

남자   돈 없이는 할 수 있는 게 없잖아요.

여자   살아 있는 것만으로도 하느님께 월급 받았으면 좋겠다.

남자는 힘없이 일어나 들고 있던 꽃을 꽃밭에 도로 심는다.
꽃을 심고는 쭈뼛거리며 벤치로 돌아오는 남자, 시무룩하다.

남자   역시, 사업을 하려면 돈이 필요한데… 친구들한테 돈을 좀 꿔
볼게요.

여자   그래요. 친구들이라면 조금 도와줄지도 몰라요.

남자   고등학교 때 친구들, 대학 때 친구들, 회사 친구들까지 다 연
락해볼게요.

여자   내가 먼저 해볼게요. (전화를 건다)

안내멘트   '지금 거신 전화번호는 없는 번호입니다.'

여자   (다시 한번 전화를 건다)

안내멘트   '지금 거신 전화는 고객의 요청으로 당분간 착신이 금지되어
            있습니다'

여자   (또 전화를 건다, 한번만 더 해보겠다는 표정으로)

통화연결음   (요란한 컬러링멘트) '어, 너니? 웬일이야? 뭐라구? 진짜야? 근
            데, 나 아직 (안내멘트) 전화 안받았다. 어, 너니? 웬일이야?
            뭐라구? 진짜야? 근데, 나 아직 전화 안 받았다. 어, 너니?
            웬일이야? 뭐라구? 진짜야? 근데, 나 아직 전화 안 받았다'
            (컬러링이 끝나고) '전화를 받을 수 없어 소리샘으로 연결됩니
            다. 연결된 후에는 통화료가 부과되오니 원치 않으시면 끊어
            주십시오'

            여자, 뻘쭘한 표정으로 남자를 쳐다본다.

남자   괜찮아요. 내가 걸어볼게요.

            반대쪽으로 몸을 돌려 전화를 거는 남자.
            신호음이 오래 울린다.

전화목소리   (낮고 빠르게 속삭이듯, 그러나 단호히) 나 회의 중이야, 다시 걸
            게.

            딸깍, 하고 이내 끊기는 전화.
            남자와 여자는 뻘쭘하게 마주봤다가 눈빛을 피한다.

남자   친구가 좀 바쁜가 봐요.

여자   아….

남자   아주 열심히 사는 친구거든요.

여자   네.

남자   잘하면, 이 친구가 사기 치는 법을 전수해 줄지도 몰라요.

여자   등… 쳐먹는 방법을요?

남자   (끄덕) 목돈은 사기를 쳐야 만져볼 수 있다고 큰소리치던 녀석
         인데, 연구해둔 비법이 꽤 돼요.

여자   말도 안돼요. 그런 비법이 있으면 왜 안 써먹그 넘겨주겠어
         요?

남자   (비밀을 가르쳐주듯) 이 녀석이 다음 달에 아빠가 되거든요.

여자   (웃는다)

남자   자기는 사기 치면 안 된대요, 공주님 때문에. 아, 태어날 아기
         가 딸이래요.

여자   재밌어요.

남자   학교 다닐 때 단짝이었어요. 친구는 김성호-A, 나는 김성호-
         B.

여자   친구는 A성호 당신은 B성호?

남자   싸이월드 회원찾기에 자기 이름 쳐본 적 있어요?

여자   (끄덕. 손가락 3개를 펴고) 3천 명이요.

남자   와~. 내 이름으로 만들어진 미니홈피도 2천 개쯤 되는데.

여자   내 홈피를 찾던 친구가 막 화내며 전화 한 적도 있었어요. '도
         대체 어떤 이영숙이 바가지 머리 이영숙인 거야?

남자   78년 김성호는 100명도 넘어요.

여자   79년 이영숙은 240명.

남자   김성호는 80년 85년 해를 거듭할수록 더 많아져요.

여자   75년 70년, 내 이름은 거슬러 올라갈수록 더 많은데. 해를 더
         할수록 줄어들다가, 98년에 들어서면 없어져요.

남자　당신 이름은 소멸해가는 중이네요.

여자　그런데, (갑자기 화난 듯 두 손으로 얼굴을 문지르고) 2000년도에
　　　또 다시 나타나요. 2003년에도, 2004년에도 심지어 2006년
　　　까지도요.

남자　저런~ 쯧쯧.

여자　밀레니엄 카운트다운을 세고 불꽃놀이 앞에서 기념 촬영을 해
　　　놓고서, 자식한테 '영숙'이란 이름을 붙이다니. 그런 부모들
　　　은 새로운 천년이 올 때까지 반성문을 써야 해요.

남자　화 풀어요. 대신 우리 아이한테는 어디에도 없는 이름을 지어
　　　줘요.

여자　우리, 아이, 요?

남자　음… 그러니까, 이를테면 말이에요.

여자는 미소를 지으며 남자의 어깨에 머리를 기댄다.
남자가 등을 쭉 펴고 어깨를 들어 편안하게 받쳐준다.

여자　(눈을 감고) 졸음이 와요.

남자　바람이 이불 같네요.

여자　(양말을 벗고 발을 앞으로 든다) 아, 기분 좋다.

남자　(쳐다본다)

여자　양말 벗어 봐요.

남자　(고개를 저으며) 괜찮아요.

여자　시원해요, 발가락 사이로 바람 들어오면.

남자　양말을 신고 있다가 벗는 건 좀 이상한데….

여자　벗고 있으면 괜찮고요?

남자　응.

여자　보고 싶어요, 발가락.

남자	예전에 학교 다닐 때였는데요. 내 발가락이 네 개라는 이상한 소문이 퍼졌었어요. 그래서 많은 아이들이 내 발을 보길 원했죠. 난 아이들한테 지기 싫어서 끝까지 양말을 안 벗었어요. 그런데 그때 내가 좋아하던 여자애가 있었거든요. 그 애가 꼭 내 발을 보고 싶다는 거예요. 끝내 난 그 여자앨 위해 양말을 벗었어요… 난 다시 관심거리가 없는 아이로 전락했죠.
여자	(남자의 양말을 벗긴다)
남자	(여자가 벗긴 양말을 가져와 손에 꼭 쥔다) 시려워요, 발이.
여자	나한테는 동창회에 나오라는 연락이 안와요. 연락이 왔는데 안가는 거랑 연락이 안 와서 안가는 건 다르잖아요. 그래서 회장한테 전화를 해봤더니, 나한테는 연락을 했는지 안했었는지 헷갈렸대요.
남자	깜빡깜빡.
여자	(고개를 끄덕이고) 깜빡깜빡. 난 잘 보이지 않나 봐요.
남자	당신은 나한테 잘 보여요.
여자	나도 당신이 잘 보여요.

음악.

암전.

5. 사랑 (3월말의 어느 날 오후)

남자가 돗자리를 펴고 있다.

소풍 온 연인처럼 신이 나 있는 남자와 여자.

남자는 가방에서 무언가를 잔뜩 꺼내 펼쳐 놓는다.

샐러드, 과일, 빵, 잼, 버터, 와인 등

남자   (나이프를 꺼내며) 이건 베니건스. (포크를 꺼내며) 이건 씨즐러.
(잼 바르는 나이프를 꺼내며) 이건 아웃백 스테이크 하우스.

여자   와~ 언제 이걸 다 모았어요? (포크를 집어 들고) 이거 내가 챙겨
줬던 거 맞죠.

남자   (고개 끄덕. 나이프를 가리키며) 스페셜 쿠폰으로 저녁 먹었던 날,
(잼용 나이프를 가리키며) 멤버십 더블 할인되는 날.

여자   그날은 가방에 집어넣는 거 못 봤는데.

남자   화장실 갔던 적 있잖아요, 그때. (웃는다. 이번에는 접시를 내놓는
다) 짜잔.

여자   우와. 티지아이(T.G.I.) 거다.

남자   당신이 심플해서 맘에 든다고 했던 접시예요.

여자   (좋아하며) 이 접시, 정말 맘에 들어요.

남자   (에어캡(뽁뽁이 비닐)에 싸인 커다란 와인 잔 두 개를 꺼낸다)

여자   이것두 훔쳤어요?

남자   아니요. 이건 사은품. 저 아래 마트에서 이만 원 넘게 사면 주
는 건데, 만 구천 원어치 샀는데도 줬어요, 아줌마가.

여자   (잔을 받아들며) 와, 근사하다. (손가락으로 팅겨보고) 소리도 맑
아요.

남자	당신 목소리 같아요. 와~하고 좋아하는 당신 목소리.
여자	진짜요?
남자	응.
여자	(애교스럽게 아양 떤다) 앙앙. 이 목소리도요?
남자	진짜 예뻐요.
여자	메롱메롱메~롱 이래두요?
남자	예뻐요.
여자	우웨엑. *끄~윽*(트림) 이래두요?
남자	(끄덕) 응.
여자	(한층 애교떨며) 내 목소리가 그렇게 좋아요?
남자	다 좋아요. 당신 목소리라면 어떤 것도 맑고 또렷하게 들려요.
여자	그럼 내가 하는 말 맞춰 봐요. (웅얼거리며) 못난이 김성호는 공사장 중증 폐인이다.
남자	못난이 김성호는 공사장 중증 폐인이다. (둘은 잔을 부딪힌다)
여자	그럼… 이번에는. (웅얼) 볼록한 김성호 배는 꿀 따러 가는 벌배다.
남자	볼록한 김성호 배는 꿀 따러 가는 벌배다. (둘은 잔을 부딪힌다) 근데 벌배가 뭐예요?
여자	(벌 흉내) 벌, 배.
남자	(의기양양) 어려운 거 없어요? 좀 알아듣기 어렵고 복잡한 걸로 해봐요.

그때, 들려오기 시작하는 공사장의 소음.

굴착기가 땅을 뚫는 소리, 콘크리트 커터가 무언가를 가르는 소리 등등.

| 여자 | 당신은 심심한 나에게 신이 선물해준 곰돌이 같아요. |

남자   네? 심심한 공놀이 같다구요?

여자   신이 선물한 곰돌이요.

남자   네? 뭐라는 거예요? 공놀이라뇨.

여자   (화내며) 곰돌이라니까 웬 공놀이 타령이에요.

더욱 크게 둘 사이에 끼어드는 소음.

두두두두두두, 끼이이익끼이이익, 쿠웅탁쿠웅탁.

여자   (짜증 섞인 목소리) 아, 시끄러워. 곰돌이하고 공놀이도 구별 못
        해요?

남자   짜증내지 마요. 목소리 다 갈라지잖아요.

여자   (더욱 짜증. 소음 더욱 크게) 내 목소린 언제나 맑고 듣기 좋다면
        서요.

남자   지금은 주위가 시끄럽잖아요. 소음도 나고.

여자   그러니까 누가 공사장 같은데서 데이트를 하고 그래요?

남자   아니 시끄러워서 못들을 수도 있지 왜 화를 내고 그래요?

여자   그것도 몰라요? 다 들린다고 큰소리쳤잖아요.

남자   갑자기 화내는데 그럼 내가 어떻게 알아요?

여자   아는 게 있기나 해요?

남자   (짐을 챙기며) 그럼 다른 데로 가요. 조용한 데로 가면 되는 거
        죠?

남자가 주섬주섬 물건들을 챙기고 돗자리를 접는다.

괜히 화가 난 여자는 남자가 뭉쳐놓은 물건들을 발로 차버린다.

뚝 그친 소음.

어색한 분위기. 당황한 남자와 여자.

팔짱을 끼고 토라져버리는 여자.

남자   (분위기를 바꾸려는 듯) 다른 데 가서 뭐 좀 먹어요.

여자   (벌떡 일어나며) 넌 그 말밖에 모르지?

남자   예?

여자   넌 내가 얼마나 힘든지 몰라!

남자   갑자기 무슨 말이에요. 맛있는 거 먹으러 가자는데. 여기 시끄
       러우니까 근사한 데로 가자구요. 내가 쏠게요.

여자   여자가 먹기만 해? 왜 모든 일을 먹는 걸로만 풀려고 해?

남자   내가 언제 먹는 걸로만 풀었다고 그래요? 그리고, 우리 존댓말
       쓰기로 했잖아요!

여자   싸우는데 무슨 존댓말?

남자   백일 될 때까지는 존댓말 쓰자고, 내가 그랬잖아요. 반말하면
       싸우니까, 그래서 내가 싫다고 했었죠?

여자   존댓말이 쓰고 싶다고 써지고, 안 쓰고 싶다고 안 써져요?
       그리고 사랑하면 싸울 수도 있죠. 왜 그렇게 싸우는 걸 싫어
       해요?

남자   반말하면 가까워진다면서요? 이게 가까워지는 거예요?

여자   당신은 정말, 여자를 너무 몰라!

남자   여기서 여자를 모른다는 얘기가 왜 나와요?

여자   그럼 알아요?

남자   왜 남자만 여자를 알아야 되는데요? 여자가 갑자기 화내면 남
       자는 그냥 다 알아야 돼요? 여자가 남자를 좀 알면 안돼요? 왜
       남자만 닦달해요.

여자   모르는 게 지금 잘했다는 거예요?

남자   내가 언제 잘했대요? 여자가 남자를 모르는 건 잘못이 아닌데,
       왜 남자가 여자를 모르면 잘못이냐구요.

여자   따지기만 할 거예요?

남자   화만 내면 다예요? 내가 잘하려고 노력하는 거 안보여요?

여자 　　 지금 생색내는 거죠. 생색내는 거 맞죠?

남자 　　 내가 얼마나 많이 준비를 했는데. 맘에 안 든다고 발로 차면
　　　　 다예요?

여자 　　 그럼 제대로 좀 해야죠.

남자 　　 제대로가 뭔데요? 당신이 화만 냈지 속 시원히 말해준 적이나
　　　　 있어요?

여자 　　 모르면 나한테 물어라도 봐야지.

남자 　　 당신은 한번이라도 나한테 물어본 적 있어? 내가 뭘 원하는지,
　　　　 어떤 생각을 하는지?

여자 　　 당신 생각 같은 거 필요 없어, 난 당신이 내 맘대로 했으면 좋
　　　　 겠어!

남자 　　 당신 맘대로 되는 게 나 밖에 없지? 그래서 화가 난 거지?

여자 　　 아니야. 그것 때문이 아냐.

남자 　　 그럼 뭐야 대체.

여자 　　 난… 난.

남자 　　 그래, 넌, 넌.

여자 　　 (사이) 나도 몰라. 내가 왜 화났는지 나도 몰라,… 요.

남자 　　 맘대로 되는 게 없으니까 그래서 화내고 그러는 거잖아,… 요.

여자 　　 내 목소리가 잘 들린다면서요, 잘 들리긴 개뿔이 잘 들려요?

남자 　　 밴댕이처럼, 아직까지 그 생각해요?

여자 　　 난 속이 손바닥만 해서 삐치면 그 생각만 하루종일 해요.

남자 　　 그만 해요. 무슨 에너자이저예요? 지치지도 않고. 백만 스물
　　　　 둘, 백만 스물셋, 백만 스물넷…. (여자의 손을 잡는다)

여자 　　 나 만지지 마요!

남자 　　 …! (급히 손을 뗀다) 왜요 또.

여자 　　 (화내듯 토라진다) 손가락 하나도 대지 마요!

남자 　　 (손가락으로 여자를 살짝 찌른다)

여자   (손을 톡 쳐내며) 앞으로는 내 엄지발가락에 손도 못 대게 할 거
      예요.

남자   ….

여자   내 손도 못 잡게 할 거예요.

남자   (눈치를 살피며) 데이트할 때 손잡고 다니는 건 당신이 더 좋아
      하잖아요.

여자   내 무릎도 못 만져요. 내 허벅지는 물론이고, 내 머리카락을
      귀 뒤로 쓸어 넘기지도 못해요.

남자   ….

여자   내 코도 안돼요. 내 눈꺼풀도 안돼요. 배꼽도 안 되고, 내 바위
      도 안돼요. 내 언덕도, 절벽도, 골짜기도, 다 안돼요. 아무데도
      안돼요!

여자는 둘이서 만들어냈던 은어들로 이루어진 자신의 몸을 말한다.
남자가 조심스레 입을 뗀다.

남자   … 남들이 들으면 등산하다가 싸우는 줄 알겠어요.

여자   정상등반은 꿈도 꾸지 말아요.

남자   (의자에 앉은 채 두 발을 앞뒤로 움직인다)

여자   (그런 남자를 쳐다본다) 뭐하는 거예요.

남자   발가락이 뜨거워서요. 긴장하면 발이 뜨거워요.

여자   애처로운 척 말아요.

남자   … 아, 발가락 뜨거워.

여자   왜 나한테 화내요. 난 잘못한 거 하나도 없는데. 잘못은 당신
      이 먼저 했잖아요. 날 화나게 한 건 당신이구요.

남자   발가락 뜨겁다는데도 자꾸 그럴 거예요?

여자   당신은 정말 여자를 너무 몰라요.

남자   그 말 하지 말랬죠!!

여자   그 말 할 거야. 넌 정말 여자를 너무 몰라!

남자   나 화 안 내요, 나도 남자 잘 아는 여자만 만났으면.

여자   그럼 나 때문이란 거예요, 지금?

남자   여자는 다 똑같아. 심심하다고 칭얼대고, 짜증난다고 화내고.
       끝이 없어.

여자   당신도 그러잖아. 불안해하잖아. 나를 책임져야 할까봐 두렵
       고 무섭잖아.

남자   난 그 남자가 아니라구.

여자   나도 그 여자가 아냐!

남자   지금 그 여자가 왜 나와요?

여자   누가 날 책임져 달래?

남자   책임 얘기는 당신이 먼저 꺼냈잖아요.

여자   그게 그 뜻이에요, 지금?

남자   그럼 무슨 뜻인지 정확하게 말을 해봐요.

여자   그걸 말로 해야 알아요?

남자   모르면 물어보라면서요.

여자   그런 걸 물어보는 남자가 어딨어요?

남자   왜 이랬다 저랬다 해요.

여자   난 혼자서도 잘 살 수 있어요!

남자   와아~ 천만 다행이네요. 어떤 남잔지 등골 빠지지 않게 되
       서. 변덕은 죽 끓듯 하지, 잠은 하루에 15시간씩이나 자지,
       도대체가 변비약하고 까스활명수에 들어가는 돈은 또 얼만
       데.

여자   당신이 돈 벌어서 나한테 갖다 준 적 있어요? 나 자는 동안 당
       신이 일을 하길 해요, 돈을 벌어요? 방구석에 처박혀 있기나
       하면서.

남자   난 은둔형 외톨이가 아니야.

여자   바보 같은 놈. 외톨이가 은둔형 외톨이만 있는 줄 알아? 활동
       형 외톨이도 있어.

남자   (움찔) 활동형 외톨이? 그, 그게 뭔데.

여자   움직이는 외톨이. 할 일은 하나도 없으면서 괜히 밤에 공사장
       이나 돌아다니는 너 같은 외톨이!

남자   나도 일을 할 거야. 보란 듯이 뭔가 될 거라구.

여자   뭐라도 될 수 있을 거 같아? 지금까지는 왜 그렇게 살았는데?
       당신은 죽었다 깨어나도 비리비리한 놈이야. 이 비리비리한
       놈아.

남자   아. 지겨워. 너 같은 여자들은 다 똑같애. 지겨워, 정말 지겨
       워!

여자   (충격 받은 듯) ….

여자는 기분이 나빠져서 신경질적으로 가방을 연다.

가방에서 조그만 조약돌들을 꺼내는 여자.

돌 위에는 숫자들이 써 있다.

둘이서 야외섹스를 할 때마다 기념으로 주워 와 번호를 매긴 것이다.

화가 난 듯 돌을 움켜쥐고 던지려는 여자.

남자   뭐하려고?

여자   비켜.

남자   던지지 마.

여자   돌 맞기 싫으면 비키란 말야.

남자   던지지 말아요.

남자가 당황하며 말리지만 여자는 돌 하나를 힘껏 던진다.

남자	몇 번 던졌어요? 몇 번이에요?
여자	(다른 돌 하나를 더 던진다)
남자	몇 번이에요? 몇 번 던졌냐구요.
여자	(잠시 뽀로통해 있다가) 3번이요.
남자	3번이요? 거긴 놀이터잖아요.
여자	그게 어때서요?
남자	3번은 안돼요. 그날, 우리 헤어지기 싫어서 동네를 열 바퀴도 더 돌았는데… 스타킹 사이로 모래 들어온다고 투덜대면서 팬티스타킹까지 돌돌돌 말아 내렸었잖아요. 어떻게 3번을 던질 수 있어요?
여자	(다른 돌을 던진다) 쳇 이따위 5번.
남자	5번이요? 이따위 5번? 그럼 이따위 뚝방길이에요? 등 배긴다고 나무벤치에서 잔디밭으로 굴러 떨어졌으면서. 그런 추억 따위 다 던져버리겠다는 거예요?
여자	(돌을 던지며) 이게 돌이지 추억이에요? 이까짓 짱돌.
남자	끝까지 자기가 갖겠다고 해놓고선. 그럴 거면 그것들 다 나한테 줘요.
여자	(몇 개의 돌을 동시에 던진다) 내가 줄줄 알아요?
남자	그러지 마요. 던지지 말아요. (꽃밭 쪽으로 돌을 찾으러 가서, 1번을 찾아들고) 아, 1번! 이 공원 기억이나 해요? 사람들 북적대는 통에 한적한 데 찾느라 공원 다 뒤져 놓고선. 우리의 첫 야외섹스였단 말이에요.
여자	… 그 돌이 내 발밑에 있었어요.
남자	당신 처음에는, 어떻게 밖에서… 그러더니, 나중에는 엄청 크게 소리 질렀었잖아요.
여자	그날 밤에 달 뜬 거 기억나요?
남자	그걸 어떻게 잊어요? (쑥스러운 목소리) 난 당신이 몰입하고 있

는 줄 알았는데 갑자기 '달이 참 예쁘다' 라고 말했잖아요. 그
래서, 나도 모르게 해버렸었는데.

여자　당신이 뒤에서 내 허리 잡고, 아우~ 하고 늑대처럼 울었어요,
하늘 보고.

여자는 조금 누그러진 듯 돌을 찾고 있는 남자를 쳐다본다.
남자는 여자가 던진 돌들을 찾으러 구석구석 돌아다닌다.

남자　(돌을 찾으며) 9번이 없어요. 9번이 없다구요. 대체 어디다 던진
거예요.

여자　(남자를 힐끔 보고, 마지못해) 저~기, 구석에 던졌잖아요.

남자　어디요. 어느 쪽 구석이요.

여자　저~기요. 구석.

남자　없잖아요. 이쪽 구석 말하는 거예요?

여자　아니, 이쪽 구석이요.

남자　어디다 던진 거예요. 9번은 새벽녘의 병원인데. 영안실이 바
라다 보이는 정원 벤치.

여자　아, 답답해. (일어서서 한쪽 구석으로 가며) 이쪽 어디에다 던졌다
니까요.

어느새 여자도 남자를 따라 돌을 찾는다.
꽃밭을 뒤지는 남자와 여자.

여자　(한 개의 돌을 찾아내고, 반갑게) 4번이다! 바닷가예요.

남자　9번 돌은 아무리 찾아도 보이지 않아요.

돌들을 주워 가방에 넣는 여자.

남자는 9번 돌을 찾지 못한 채 상심하여 벤치로 돌아온다.

여자   됐어요. 다시 가서 하면 되잖아요. 병원에 가서 다시 해요. 그
      리고 벤치 앞에 있는 돌을 가지고 와요.
남자   그러면 그 돌에는 화이트로 이렇게 쓸래요. 9-1. 킥킥
여자   꼭 버스 번호 같네요. 9-1번. 우리 병원 구석구석을 누비며 섹
      스를 하고 9-2, 9-3, 9-4, 버스회사 차려요.
남자   버스는 한 대도 없고 버스번호만 있는 회사겠네요.
여자   9-5, 9-6, 9-7, 9-8….

웃는 남자와 여자.
둘은 다시 연애하는 기분이 된다.

남자   난 말이죠, 다시 태어나도 또 당신과 만나고 싶어요. 그때는
      좀 더 일찍 찾아낼 거요. 그리고 절대 놓치지 않을 거예요.
여자   큰일이네… 나 찾지 마요.
남자   왜요? 내가 싫어요?
여자   나… 나 안 태어날 거예요.
남자   네? 내가 당신 겨드랑이 털을 밀어줄 건대두요?
여자   (애교스럽게 속삭이듯) 난, 재수가 없거든요. 내 인생은 불행해
      요. 불행은 내 친구~. 영원한 내 친구.
남자   그래두요….
여자   내 특기가 뭔지 알아요?
남자   뭔데요?
여자   죽은 척 하기요. 돈 벌기 싫을 때, 막 싸우고 나서 뻘쭘할 때,
      힘든 일이 있을 때나 사람들 만나기 싫을 때. 그리고 사랑하
      는 사람이 나 지겹다고 할 때. (바닥에 눕는다) 죽은 척 하는 거

예요.

남자　　(여자를 내려다본다)

여자　　나 따라해 봐요.

남자는 여자 옆에 눕는다.

둘은 똑바로 누워 죽은 척 한다.

여자　　기분이 어때요?

남자　　죽은 것 같아요.

여자　　(누워서 남자의 손을 잡는다)

남자　　죽은 것 같아요.

남자와 여자는 한동안 누워 있다.

정적.

침묵.

자신들의 내면으로 침잠해 들어가는 두 사람.

진짜 죽은 것처럼 누워 있던 여자가 꿈틀거리듯 입을 뗀다.

여자　　사람들이 나한테 말해요. 넌 재수가 없어서 좋아. 또 사람들은
　　　　　말하죠. 너하고 친구라도 안 되길 잘했어.

남자　　(여자를 따라서) 당신은 재수가 없어서 좋아. 당신하고 친구라도
　　　　　안 되길 잘했어.

여자　　(목소리 조금 높여) 난 재수가 없어서 좋아. 내 인생은 불행해.
　　　　　불행은 내 친구, 영원한 내 친구.

남자　　(목소리 조금 높여) 난 재수가 없어서 좋아. 내 인생은 불행해.
　　　　　불행은 내 친구, 영원한 내 친구.

여자　　(손나팔을 만들어 목소리 크게) 난, 재수가 없어. 불행은 내 친구,

영원한 내 친구. 불행은 영원히 영원히, 내 친구~.

남자 (소리 높여) 난, 재수가 없어. 불행은 내 친구, 영원한 내 친구.
　　　　불행은 영원히 영원히, 내 친구~.

　　　　소리칠수록 둘의 목소리는 악쓰는 것처럼 들린다.

　　　　즐겁게 소리치지만, 슬퍼 보이는 두 사람.

　　　　이윽고 둘은 소리치는 것을 멈춘다.

　　　　그러자 깊은 고요와 맞닥뜨리고 만다.

　　　　다시 죽은 척하는 두 사람.

남자 우울해하지 말아요.

여자 ….

남자 잠깐만 기다려요.

　　　　벤치 뒤의 꽃밭으로 가는 남자.

　　　　남자는 꽃들 앞에서 휴대폰을 꺼내 여자에게 전화를 건다.

　　　　벨소리가 울리자 여자가 자신의 휴대폰을 꺼내 발신자를 확인한다.

　　　　우울한 여자는 전화를 받지 않고 그냥 끊어버린다.

　　　　다시 전화를 거는 남자.

여자 왜요?

남자 (휴대폰을 꽃밭에 대고 있다)

여자 말해요….

남자 ….

　　　　휴대폰을 쳐다보다 끊어버리는 여자.

　　　　남자는 다시 전화를 건다.

똑같이 반복하는 남자.

여자 (우울하고 약간 짜증 섞인 말투) 왜요, 왜요?
남자 (휴대폰을 꽃 앞에 두고 여자에게 다가와서) 맡았어요?
여자 전화를 해 놓고선 왜 말을 안 해요?
남자 못 맡았어요?
여자 뭘요?
남자 꽃향기요. (벤치 뒤 꽃밭을 가리키며) 내가 전화로 당신에게 꽃향
     기를 보냈는데….

여자는 자신의 손에 들린 휴대폰과 꽃밭에 놓인 남자의 휴대폰을 번
갈아 쳐다본다.
가만히 자신의 휴대폰을 내려다보던 여자는 수화기를 코에 갖다대고
길고 깊게 꽃향기를 맡는다.
일어나서 벤치로 가 앉는 여자, 휴대폰을 벤치에 내려놓고 남자를 부
른다.

여자 이리 와 봐요. (남자를 안아준다) 다른 여자한텐 절대로 이러지
     말아요. 당신이 전해주는 꽃향기 나만 맡을래요.

여자는 남자를 품에서 둘어주고 일어서서 한걸음 앞으로 나온다.
(시간이 멈춘 듯 남자는 벤치에 앉아 있다)

여자 (혼잣말처럼 객석을 향해) 이런 남자가 있었다… 자기 애인이 너
     무 할 일이 없어서 또 우울해 하니까, 꽃밭에 들어가서 전화를
     한 거야. (글썽해져서) 꽃향기 맡아보라고….

여자는 두 손에 얼굴을 묻는다.
남자가 일어나 여자 곁으로 다가와, 여자를 꼭 안아준다.

음악.

〈에필로그〉

여자가 땅바닥에 사다리타기를 그리고 있다.
남자는 뒤돌아 서 있다.

여자　　(그리다가) 돌아보지 말아요.

사다리는 무척 복잡하다.
여자가 그린 사다리의 도츠지점은 층 다섯 개.
1번에는 〈영원히 이렇게 사랑만 하자〉
2번에는 〈이제 그만 헤어져!〉
3번에는 〈함께 죽자! (더 이상 행복할 자신이 없다)〉
4번은 빈 공간이고, 5번에는 〈꽝!〉 이라고 써 있다.
빈 공간으로 남아 있는 4번 도착점에 가서 서는 여자.

여자　　자, 뒤돌아도 되요.

남자　　(긴장하며 뒤돌아선다)

여자　　1번은 〈영원히 이렇게 사랑만 하자〉, 2번은 〈이제 그만 헤어지
　　　　　자〉, 3번은 〈함께 죽자〉, 5번은 〈꽝!〉 이에요.

남자　　4번은 왜 비어있죠?

여자　　(빈손을 펴 보이며) 4번 답은 내가 갖고 있어요. 나에게 도착하
　　　　　면 그때 가르쳐줄게요.

남자　　난 운이 안 좋다고 했잖아요.

여자　　머리 굴리면 안돼요. 어서 출발해요.

남자　　(눈을 굴리며 길을 훑어본다)

여자   가슴이 시키는 대로 길을 찾아요.

남자는 잔뜩 얼어붙은 채 사다리의 출발점에 선다.
얼기설기 복잡하게 그려진 사다리를 따라 신중하게 길을 찾으며 사다
리를 타는 남자.
하지만 마지막 한 칸이 남은 상태에서 여자 바로 옆의 도착점인 5번
앞에 서게 된다.
한 발을 떼면 〈꽝〉에 도착하는 남자는 울상이 되어 여자와 자신이 딛
고 선 선을 번갈아 쳐다본다.

여자   바보.
남자   내 인생에 행운은 치토스 '한 봉지 더!' 뿐이군요.
여자   바보, 멍청이! 해삼멍게말똥소똥개미핥기똥구멍!
남자   당신을 놓치고 싶지 않아요.
여자   ….
남자   당신과 같이 있고 싶어요.

잠시 어쩔 줄 몰라 하는 남자.

남자   (결심한 듯) 분필 좀 줄래요?

남자는 분필로 여자와 자신 사이에 놓인 사다리에 굵고 진한 선 하나
를 더 긋는다.
남자와 여자는 새로 생긴 선(사다리)을 사이에 두고 마주 서 있다.

남자   당신과 결혼하고 싶어요.
여자   우리는 자주 싸우게 될 거예요. 서로 상처를 받고 못 견뎌하고

그러다가 무책임하게 돌아설지도 몰라요. 그런 나를 견딜 수
있겠어요?
남자　내 곁에 오래오래 살아 있기만 해요. 내가 월급 줄게요.

두 손을 마주 잡는 두 사람.

— 끝 —

(2005년 겨울)

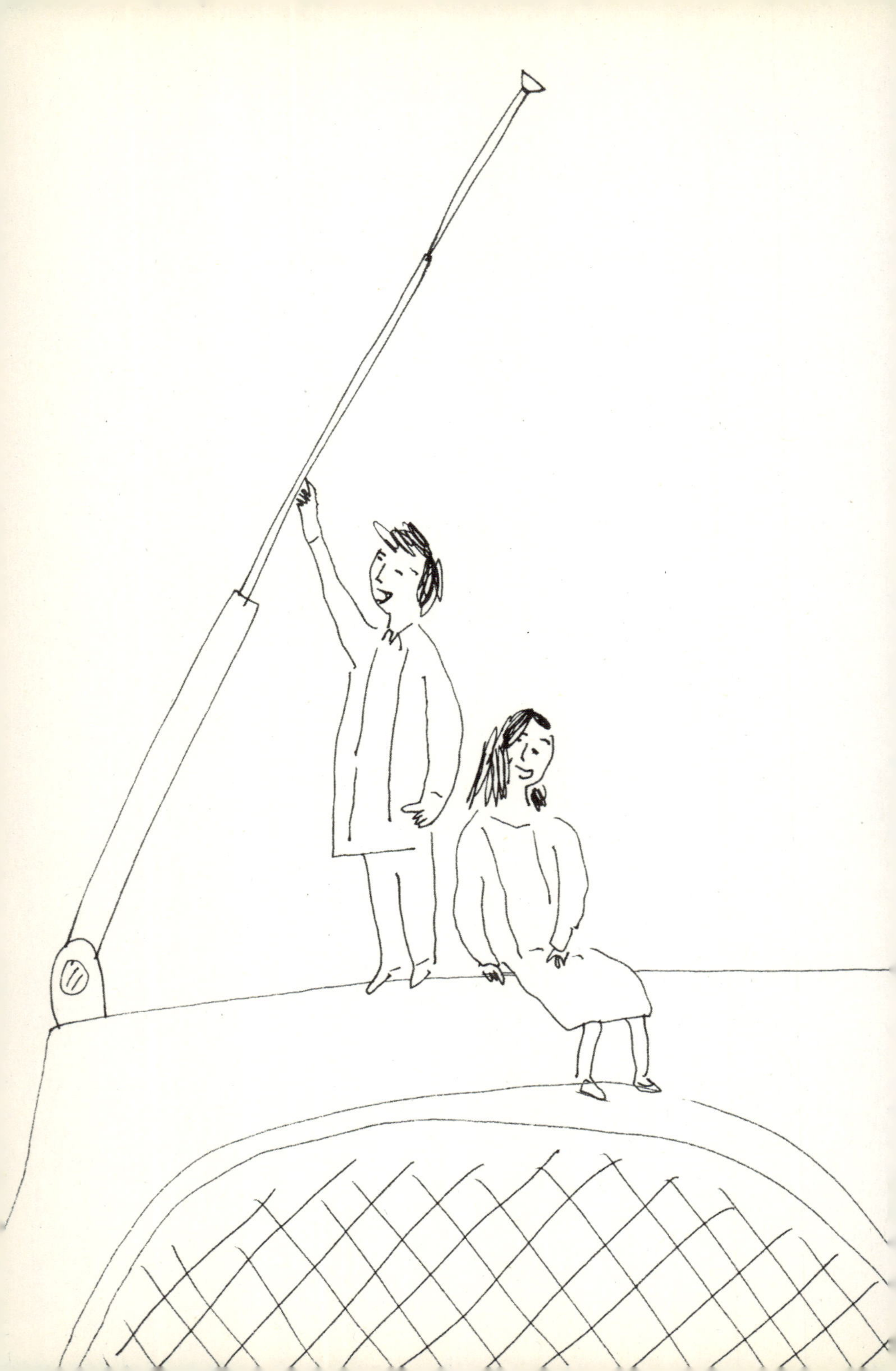

시계가 머물던 자리

등장인물

누나 (소현, 39세)
동생 (은수, 35세)
아주머니 (옆집 아주머니)

무대

어느 소도시, 구시가지에 위치한 시계방.
오른쪽에 도로변으로 향한 창과 출입문이 있고,
왼쪽에는 집으로 통하는 문이 있다.

무대 중앙에는 크고 오래된 석유난로.
그 옆으로 소파와 테이블, 그리고 간이의자.
김이 서린 유리창에는 '해금당' 이라고 써진 하얀 글씨.
텅 빈 진열장, 무심히 벽에 걸려 있는 괘종시계들과 벽시계들….
그것들만이 이곳이 시계방이었음을 말해주고 있다.

초저녁, 겨울날의 이른 어둠이 짙게 내려 앉아 있다.
불을 밝힌 가게 안에는 여기저기 널린 박스들로 북적인다.
진열장 위에는 엔틱 전화기와 라디오, 고풍스런 느낌을 내는 전원풍
의 장식품들이 적당히 놓여있고, 그 옆으로는 노끈으로 묶은 옛날 카
탈로그와 잡지들이 쌓여 있다.

두툼한 카디건을 입은 동생이 박스를 안고 집으로 통하는 문에서 나
온다.
버리기 위해 한쪽에 쌓아둔 시계가 든 상자들 위에 또 하나의 상자를
올려놓았다가, 잠시 박스를 바닥에 내려놓고 시계들을 꺼내본다.

동생   (시계에 쌓인 먼지를 닦아내며 시계에 쓰인 글씨를 읽는) **합평구민
회 황소씨름대회 천하장사 기념**. (상자에 넣고, 다른 시계를 꺼내
먼지를 닦으며 보는) **합평구민회관 축구우승기념. 합평구민회
게이트볼대회 우승기념. 합평구민 신년 배드민턴대회 우승기
념.** (가볍게 탁탁 쳐보는)

초침과 시침이 멈춰있는 시계에 귀를 가져다 대보는 동생.
하지만 모든 시계가 더 이상 가지 않고 멈춰져 있다.
다시 시계들을 박스에 담고 한쪽 구석에 쌓아 올린다.

도로를 향한 해금당 출입문이 열리고 누나가 들어온다.
누나는 진흙탕에 빠진 에스키모 같은 모습으로 흙투성이의 검은 비닐
봉지를 손에 들었다.

동생   (누나의 등장에 깜짝 놀라며) **아이, 깜짝이야.**
누나   **뭐해?**

동생　　그 꼴은 뭐야.

누나　　(눈을 털며) 눈 엄청 온다. 하도 많이 오니까, 동네에 개 한 마리 안 보여.

동생　　전화도 안 가지고 어딜 갔었어.

누나　　(주머니를 만져보며) 아, 놓고 갔었나?

동생　　오후 내내 울려대는데, 전화기 불나는 줄 알았어.

누나　　괜찮아. 안 받아도 되는 것들이야.

동생　　(밖을 보며) 내일 길 엄청 미끄럽겠다, 그치.

누나　　체인 감아 놨어?

동생　　응. 거기에선 몇 시까지 오랬어?

누나　　오전에는 도착해야지.

동생　　그럼 9시 쯤 출발할까?

누나　　길도 멀고, 날씨도 이러니까 8시에는 나가자.

동생　　(수건을 건네며) 근데 누난 어디 갔다 오는 거야?

누나　　(난로 쪽으로) 학교.

동생　　학교?

누나　　합평고등학교.

동생　　거긴 왜?

누나　　(검은 봉지를 들이밀며) 이거. 타임캡슐. 찾았어, 학교 운동장에서.

동생　　타임캡슐?

누나　　응. 21년 전의 내가 지금의 나에게 권하는 건배라고나 할까.

동생　　그게 뭔 말이야.

누나　　그런 게 있어. 난로 꺼졌나? 안 따뜻하네.

동생　　안 따뜻해?

누나　　작년에 눈 많이 올 때는 백 년 만에 찾아온 폭설이니 어쩌느니 하더니, 올해는 123년 만에 최고래나. 근데 123년 만이라고 하니까, 갑자기 내가 123년을 산 기분이 들더라구, 걷고 있는데.

동생　(난로의 불을 올린다) 어때?

누나　어? (난로에게) 힘 좀 내보지 그래. 난로야.

동생　난로도 오래돼서, 힘이 없나보다. (누나의 바지를 보며) 어디 빠졌어?

누나　징검다리가 얼어서 미끄럽더라구.

동생　학교 위쪽에 다리 있잖아.

누나　개천은 징검다리로 건너줘야지.

동생　그 개천 없어진다며.

누나　응. 봄 되면 없어진대.

동생　서울엔 여기저기 산책로 못 만들어서 난린데, 왜 없앤데.

누나　학교도 이사 갈지 몰라, 건물 새로 지어서.

동생　그래? 그럼 이번에 내려오길 잘 했네. 이 동네도 많이 바뀌겠다.

누나　(봉지를 들어 보이며) 그래서 내가 이거 미리 찾아온 거야. 이거 묻어 놨었잖아, 옛날에.

동생　그게 뭔데?

누나　(봉지를 동생 얼굴 가까이로) 여기 하얀 뱀 들어 있다. 독사. 보여 줄까?

동생　싫어. 저리 치워.

누나　너 뱀술 담그는 법 알아?

동생　(고개 저으며) 아니. 알고 싶지 않으니까 말하지 마.

누나　뱀을 잡아서 병 속에 넣는 거야, 머리부터.

동생　하지 말라니까. (귀를 막는)

누나　꼬리부터 넣었다간 (놀래키며) 꽉! 물릴 수도 있거든. (동생의 손을 귀에서 떼며) 조심조심 넣고 거기다 술을 붓고 밀봉.

동생　… 끝?

누나　그러면 뱀이 숨을 쉬려고 병 입구 쪽으로 머리를 막 내밀거든. 무시하고 땅속에 빡 묻어버리는 거지. 그렇게 몇 년 이상 묵히면 되는데, 나중에 열어 봤을 때 뱀 머리가 술 입구로 나와 있으면 성공, 술 밑으로 빠져 있으면 실패야. 중국에선 어떤 사람이 독사로 담근 술을 먹으려고 병마개를 땄다가 뱀이 튀어나와서 목을 콱! 물어가지고 병원으로 직행했대.

동생　(진저리를 친다) 으으.

누나　열어볼까? 뱀 머리가 올라와 있나, 빠져 있나?

동생　하지 말라니까. (징그러운 걸 상상하듯 몸을 떨며) 으으.

누나, 문득 뱀술을 담그던 때를 떠올리며 혼자 웃는다.

누나　아버지가 폼 엄청 잡잖아. 그거 다 후까시다. 옛날에 이 뱀 여기에 넣을 때 말야, (키득거리며) 딴에는 폼나게 집게로 머리를 꽉 집는다고 집었는데, 그게 가만있나 꼬리를 꿈틀거리니까 놀래가지고 아버지가 소리소리 지르고, 난 피하다가 발목 접질러서 쩔뚝이고 넌 막 도망가고. 아마 백미터는 달렸을걸, 너. 끝내는 아버지가 뱀 머리를 발로 콱 밟고 내가 집게로 꼬리 누르고… (크게 웃음을 터뜨린다, 그러다 문득 쓸쓸해져) … 아, 쑈를 했었지 쑈를 했어….

동생　(생각 안 나는 척 하며) 난 생각이 전혀 안 나는데.

누나　되게 웃겼는데, 그때.

동생　… (집 안으로 들어간다. 목소리) 난 세상에서 뱀이 제일 싫어. (시계박스 하나를 들고 나온다)

누나　줘. 내가 할게.

동생　아냐. 무거워, 엄청.

누나　(박스 안을 보고) 이건 저 안쪽에 놓으면 돼.

동생   이것들 다 어떻게 할 거야.

누나   생각 중.

동생   버려. 이젠 필요 없는 고물인데 뭐.

누나   ….

동생   다 짐만 돼. 결국 버리게 돼 있다니까. 내 말 들어.

누나   니 짐은, 다 쌌어?

동생   없어. 내 방 물건들은 죄다 버릴 거야. (다시 집 안으로 들어간
       다)

누나   니 물건은 따로 정리하놨어.

동생   (목소리) 됐다니까. 에?! 이건 또 뭐야?

누나   왜?

동생   (딴 시계상자를 들고 나오며) 이런 시계도 만든 거야, 아빠씨가?
       참 놀라우셔. 이 감탄할만한 어이없는 세심함. (안에 든 시계들
       을 꺼내며) 합평구민회 신년맞이 줄넘기 대회 개인우승기념. 합
       평구민회 썰매타기 개인우승 기념. 합평구민회에서 썰매타기
       도 해?

누나   아버지가 우승했을 걸.

동생   아빠씨가 썰매를 탔다고?

누나   응.

동생   참나. 어떻게 나이를 거꾸로 먹냐, 아빠씨는. 하여튼 알아줘야
       돼. 이런 시계 만들면 누가 공로패 주나?

누나   그거 너 가져가, 기념으로.

동생   (시계를 누나한테 털썩 안기며) 됐거든요. 싫어싫어. 기념될만한
       그 어떤 것도 나는 노땡큐야 노땡큐. 절대 갖고 싶지 않아. 좀
       버리면서 살지 않구, 시계방 닫은 지가 언젠데.

동생, 출입문 옆 벽에 쌓인 상자들 위에 박스를 차곡차곡 올린다.

누나, '합평구민회 썰매타기 개인우승 기념' 시계를 바라보고 있다.

동생은 그런 누나를 바라본다.

동생	그만 쳐다봐. 어차피 버릴 거잖아.

누나	무작정 버릴 순 없잖아.

동생	한번쯤은 무작정 버려봐. 마음 딱 굳게 먹고.

누나	그래볼까?

동생	한번 그래봐봐 좀. 그거 꽤 시원상쾌해. 마음이 훅 뚫린다니
	까. (하품을 한다)

누나	피곤하지? 먼저 들어가 자. 난 더 있다 들어갈게.

동생	왜 혼자 또 뭐하려구.

누나	이런 기분으로 잘 수 있겠어? 술 한 잔 해야지.

누나, 비닐봉지에서 누런 크라프트 종이봉투에 싸인 술병을 꺼낸다.

마개를 따고, 술을 따르는 누나.

한 잔을 바닥까지 마신다.

누나	캬~ 맛, 독하다.

동생	괜찮아?

누나	뭐가?

동생	안 위험하냐구. 독사잖아.

누나	음… 어헉. 어헉 (목을 감싸 쥐는) 어헉. 어헉. 은수야, 은수야~
	억.

동생	참 연기 못한다. 그렇게 독이 퍼지는 사람이 어딨냐.

누나	너도 한 잔 할래?

동생	됐고. 난 세상에서 뱀이 제일 싫어. 더 싫은 건 뱀으로 담근 술
	이야.

누나   (다시 술 한 잔을 따르며) … 아버지도 부를까? 셋이서 술 한 잔
          하게. (집 쪽을 향해) 아버지~ 아빠~ 셋이서 술 한 잔 하자.

동생   ….

누나   (한 모금 마시고) 캬~

동생   … 무리 하는 거 아냐?

누나   … 조용하다. 시계도 다 멈추고… 이상해. 여길 떠난다는 게.

동생   이제 떠날 때도 됐어. 충분해. 만땅. 꽉. 이빠이.

누나   아버지… 그리고 해금강. 여기가 사라지는구나… 넌 아무렇지
          도 않아?

동생   응.

누나   니방, 내 방, 안방… 마당에 감나무, 파란대문, 작은 연못… 모
          두 없어지는데도?

동생   응. 아무렇지도 않아. 밝아. 기분이 아주 밝아.

누나   다행이다.

동생   뭐가?

누나   (웃으며) 밝아보여서.

동생   내가 좀 밝지. 음. 밝아. 밝아.

동생이 누나가 마시려던 술잔을 가로채서 바닥까지 비운다.

동생   (목을 감싸쥐고, 인상 찌푸리고) 어어억. 으아악. 어헉. 누… 나…
          억….

누나   참 연기 못한다, 누구 닮아서

동생   (상자들을 보며) 저것들 다 버려. 고물상에 갖다 주든가.

누나   ….

동생   그렇게 미련이 남으면 한두 개 남겨두든가, 딱 찍어서.

누나   넌 갖고 싶은 거 없어?

동생   없어… 참, 스위스아미 나이프 있어?

누나   나이프?

동생   맥가이버칼 말야. 옛날 진열장에 있었던 거.

누나   글쎄. 그런 건 없었던 거 같은데.

동생   맞아, 그게 남아 있을 리 없지. 노리는 사람들이 많았으니까.

누나   그게 갖고 싶어?

동생   응. 아버지가 지문 묻는다고 못 만지게 해서 그런가, 난 그게
       제일 갖고 싶던데. 맥가이버가 그 칼 하나로 세상의 모든 문을
       열었다는 거 아냐. 심지어 여자의 마음까지도.

누나   열어야 될 마음이라도 있어?

동생   내가 두드려야 하는 마음은… (손가락으로 대충 헤아리며) 잠정
       적으로 집계해도 천만 명은 되겠네.

누나   천만 명?

동생   내 만화가 나오면 말야.

누나   좋은 소식 있구나. 계약했니?

동생   조만간, 그렇게 될 거 같아. 잔혹코믹환타지의 진수를 보여줄
       때가 온 거지.

누나   또 잔혹 만화야?

동생   코믹이야. 그런데 극복하기 힘든 결정적 결함이 있어.

누나   어떤?

동생   웃기지가 않아.

누나   (실소) 뭐야 그게. 장난 그만하고 술이나 한 잔 더 해.

동생   노우. 한 잔이면 충분해.

누나   나, 바지 갈아입고 나올게. (일어나서 집으로 들어가다 다시 나와
       서) 뱀술 혼자 먹지 마.

누나, 집으로 들어간다.

326

혼자 남겨진 동생.

자기가 먹은 술이 정말로 뱀술인지 확인해보고 싶은 마음에 뱀술의 포장지를 뜯어보려고 한다. 그러다 겁이 나는지 망설인다.

다시 조심스레 뜯어보려고 하다가 속이 울렁거리는지 토할 듯 헛구역질을 한다.

참다가 급히 화장실로 뛰어가는 동생.

텅 빈 가게 안.

해금방 밖으로 고양이를 찾는 옆집 아주머니의 목소리가 들린다.

아주머니　　(목소리) 콩이야~. 콩이야~. … 콩이야~. 콩이야~. 콩이야~.

누나가 옷을 갈아입고 나온다.

아주머니　　(목소리) 콩이야~ 콩이야~ (혼잣말) 애가 어딜 갔어…. 콩이야~. 콩이야~

누나, 출입문을 열고 밖을 내다본다.

누나　　콩이 또 없어졌어요?

아주머니　　(문 앞에 서서) 어, 해금당엔 안 왔지?

누나　　안 온 것 같은데요…. 뒷마당으로 왔나 찾아볼까요?

아주머니　　아니야, 내가 찾아보지 뭐. 내가 문 열어 놔서 나갔다고 민정이가 얼마나 구박하는지, 치사해서. 빨랑 찾아다 놔야 돼.

누나　　… 아.

아주머니　　참, 낮에 은수가 왔다갔다고 하던데.

누나　　편의점에요?

아주머니　　날 찾았다는데, 알바애가 모르는 얼굴이라 그냥 보냈나봐.

누나	은수 안에 있어요. (부를 듯이) 부를까요?
아주머니	(콩이를 발견한 듯) 어, 저거 콩이 아닌가?
누나	(머리를 문밖으로 내밀며) 맞는 거 같은데요.
아주머니	(급히 나가며) 쟤 먼저 잡고. 내가 좀 있다 들를게.
누나	(문밖으로 조금 나가서) 조심하세요, 길 미끄러워요.
아주머니	(목소리) 알았어….

아주머니 가고, 누나 문을 닫고 들어온다.

그때, 집으로 들어가는 문 옆에 붙은 벨이 띵동, 하며 켜진다.

누나	(집 쪽을 향해 소리친다) 은수야. 아버지.
동생	(목소리) 어?
누나	아버지.
동생	(목소리) 알았어. 금방 갈게.

잠시후 이어지는 벨소리. 띵동, 띵동, 띵동….

벨소리에서 신경질이 묻어난다.

| 동생 | (목소리) 아얏~! |

누나, 집 안으로 들어가려 하는데, 동생이 씩씩거리며 나온다.

쌓인 걸 억누르듯 크게 숨을 내뱉으며 소파에 앉는 동생.

누나	왜 그래?
동생	몰라. 들어가자마자 컵을 던지잖아.
누나	맞았어?
동생	(이마를 만지며) 아이 씨, 눈 맞을 뻔 했어.

누나   (동생 가까이로) 봐봐… 진짜 맞았네.

동생   누난 맞았나 안 맞았나가 중요해? 던진 자체가 중요하지. 그
         거 까딱하다간 살인 미수야. 거기다 이상한 욕까지 해대고.
         에이 씨.

누나   (상처를 보며) 그래서 플라스틱 컵을 두긴 했는데… 많이 아파?
         피나려고 한다.

동생   피 나?

누나   좀 있어봐. 약상자 갖고 올게. (진열장 뒤쪽으로 간다)

동생   됐어. 열 받아서 그렇지, 아프진 않아. 아이 씨, 어젠 숟가락으
         로 맞고 오늘은 컵으로 맞고, 내일은 뭐 칼이라도 꽂을 건가
         보지.

누나   (약상자를 가져와 동생 이마에 소독약을 발라주며) 가만 있어봐….

동생   던지는 힘이 장난 아니라니까. 아주 살의가 느껴져.

누나   (쿡쿡 웃는다)

동생   왜 웃어.

누나   너 화내는 거 보니까 내 동생 맞는 것 같아. 8년 만에 봐서 얼
         굴도 늙고, 피부도 거칠고, 머리숱도 줄고, 눈가엔 주름이 자
         글자글. 좀 긴가민가했는데 내 동생 맞네. 그리고 너 아빠 닮
         아서 대머리 되겠다.

동생   누나! 왜 이래. 대머리라니!

누나   (아프게 소독약을 발라준다)

동생   아아. 살살해. 멀쩡할 때도 아무거나 막 던지더니. 사람이 어
         떻게 변하질 않냐, 아빠씨는.

누나   뇌졸중으로 쓰러지고 난 후부턴 몸이 마음대로 안 움직여서
         그런 거니까 니가 이해해.

동생   이해하는 관계가 하루아침에 돼?

누나   안되지. 그러니까 넌 혹시 되는지 한번 해보라구.

동생   무리한 부탁은 거절하겠어.

누나   나도 무리한 부탁은 하지 않겠어. (웃으며 상처를 입으로 불어주
        는)

동생   (벌떡 일어나며) 뭐야. 뭐야. 내 상처에 바람을 불구. 이상해. 간
        지럽다구.

누나   열 받지 말라고. 너 다쳤을 때마다 내가 이렇게 불어줬는데.
        넌 잔뜩 열만 받아서 홧병 나잖아. 거기 크게 멍들겠다.

동생   인증샷 찍어야지. 나중에 아빠씨한테 보여줘서 치료비 청구할
        거야. (핸드폰을 꺼내 사진 찍는다)

누나   (소독약을 상자에 넣으며) 보여줄 게 있었음 좋겠다….

동생   ….

누나   (문득) 맞다, 슈퍼 아줌마 지나갔었는데.

동생   … 어, 그래?

누나   니가 찾아왔었다고 그러던데.

동생   잠깐 들렀었지. 별말은 없고?

누나   이따 다시 온대.

동생   ….

누나   뭐, 물어보러 간 거야?

동생   아니. 그냥 인사차.

약상자를 정리해 진열장 뒤쪽으로 가는 누나.

누나   … 엄마 얘기라면 물어봐도 소용없어. 연락이 안 될 거야.

동생   … 아줌마가 그래?

누나   … 찾아 봤어, 몇 년 전에. 아마 이름을 바꿨거나 의도적으로
        보이지 않는 곳에서 사는 거 같아서… 그만뒀어, 찾는 거.

동생   뭐하러 그런 짓을 해.

누나   그러게. 이제 안 그럴려고.

동생   ….

누나   … 엄마 보고 싶니?

동생   얼굴도 기억 못하는데 뭐… 가끔 보고 싶다는 마음이 생기긴
          하는데, 왜 보고싶나 생각해보면… 털어버리고 싶은 기분이랄
          까. 그런 사람이야, 엄마는. 말끔하게 털어내고 싶어.

누나   ….

그때, 노크소리와 함께 해든당 문이 열리고 옆집 아주머니 들어온다.

동생   어, 아줌마!

아주머니   우리 은수!

아주머니와 은수, 두 사람간 아는 복잡한 하이파이브를 거창하게 치
른다.

아주머니   (손가락 쌍권총을 날리며) 나 안보고 싶었어?

동생   (총알을 몸으로 받으며) 보고 싶었는데 참았죠. 아줌만 임자 있는
          여자니까.

아주머니   (은수의 엉덩일 토닥이며) 연락도 없고, 이게 얼마만이야. 만화작
          가 됐다는 소식은 들었는데, 책은 들고 왔어?

동생   아, 아직은 인터넷 싸이트에 몇 편 올라있구요… 책은 다음에
          갖다 드릴게요.

아주머니   그래, 싸인도 큼직하게 적어 넣고.

동생   네.

아주머니   얼굴 좋아졌다.

동생   아주머니는 예전 그대로세요.

아주머니　　나야 주름만 느는 거지 변할 게 있나.

동생　　　　주름 몇 개 늘었나 세볼까요? 하나 둘 셋….

아주머니　　떽. (웃는다)

동생　　　　(웃는다)

누나　　　　콩이 찾으셨어요?

아주머니　　고양이 꼬리가 아니더라구.

동생　　　　고양이? 무슨 고양이?

아주머니　　털이 길고 예쁜 페르시안고양인데, 내가 염색 해줘서 털이 분
　　　　　　홍색이야.

누나　　　　아까 고양이 집으로 안 들어 왔지?

동생　　　　우리집 쪽으로 왔어요?

아주머니　　모르겠어 어디로 갔나. 요즘엔 통 가게에 붙어있질 않네. 바람
　　　　　　이 났나. 도둑고양이들하고 어울리는 것도 같고.

누나　　　　제가 좀 찾아볼까요?

아주머니　　아니야. 콩이가 툭하면 여기로 마실 오니까 한번 물어본 거야.
　　　　　　(상자들을 보며) 그나저나 시계들은 왜 다 꺼내놨어.

누나　　　　그동안 손을 못 대고 있어서, 정리 좀 하려구요.

아주머니　　(상자를 들춰보며) 축 개업… 축 결혼… 이거는 축하시계 모은
　　　　　　박슨가 보네. 내가 뭐 도와줄 일 없고?

누나　　　　늘어놨을 땐 많은 것 같았는데, 챙길만한 건 별로 없어요.

아주머니　　그래도 손이 많이 가지. 내가 진열·정리 그런 건 잘 하는데.

누나　　　　편의점 보셔야죠.

아주머니　　괜찮아. 이 시간엔 손님도 별로 없어. 야간 알바가 속 썩여서
　　　　　　짤라버리고 이번 주는 나랑 민정이랑 봐. 바쁘면 전화 하겠
　　　　　　지 뭐.

동생　　　　아저씬 들어가셨어요?

아주머니　　벌써 들어갔지. 나이가 드니까 초저녁잠이 많아져서 요즘은 9

시 땡이야. 알바 땜빵도 하루 이틀이지, 내가 아침형인간이면
어쩔 뻔했냐구.

누나　　　(웃는다)

아주머니　구멍가게는 쬐끄매도 밤에는 쉬잖아, 이놈의 편의점은 밤낮이
없어.

누나　　　덕분에 저는 밤이나 낮이나 아주머니가 119잖아요.

아주머니　(은수를 혼내며) 누나를 혼자 내버려두고. 아저씨 쓰러졌을 때
누나가 혼자 얼마나 뛰고 다녔는지 알아?

동생　　　다행히 아줌마가 옆에 있어주셨잖아요.

아주머니　우리 아들놈이 그랬으면 딱 몽둥이 찜질감이야.

동생　　　(애교 떨며) 잘못했어요… 화 푸시고 앉아서 저랑 술 한 잔 하고
가세요.

아주머니　술?

동생　　　(테이블 앞으로) 이쪽으로 와서 한 잔 받으세요. 아주 특별한 술
드릴게요.

아주머니　나 일해야 되는데…. 콩이도 찾아야 되고….

동생　　　(잔에 술을 따라 건네며) 민정이 있다면서요.

아주머니　(앉으며) 땡기긴 하는데… 오늘은 나도 알바라서.

동생　　　아저씨가 알바비 얼마 줘요? 내가 줄게요. (주머니에서 돈을 꺼
내 주는 시늉을 하며) 자, 만원.

아주머니　(돈을 받아 주머니에 넣는 척하며) 작가가 인세로 주는 알바비니
까 받아야지. 그럼 알바비도 받았으니 한 잔 마셔볼까? (마신
다) 캬. 맛 좋다, 독하고. (종이봉투에 싸인 병을 간지며) 이거 뭔
술이야?

동생.누나　(동시에) 워워.

아주머니　왜?

동생　　　뱀술이에요. 안보는 게 맛을 음미하기엔 더 좋으실 거예요.

아주머니 뱀술? 그래? (잔속의 술을 쳐다보다 남은 술을 털어 넣고) 한 잔 더 줘봐봐.

동생 역시 아주머니는 주량, 주종을 안 가리신다니까. (따르며) 쭈욱 드세요, 겨울밤은 길고 깊고 짙으니까.

아주머니 (쭈욱 들이키고) 맛 좋다. 근데 이거 어째 맛이 좀 다르다. 내가 먹어본 코브라술하고 어딘가 달라. 비릿한 게 없네. 한 잔 더!

동생 (술을 따르는)

아주머니 (쭈욱 맛나게 들이키는)

동생 진짜 아줌마처럼 술을 맛나게 먹는 사람 본 적이 없다니까.

아주머니 내가 좀 맛있게 먹지. 근데 문제는 안 취해. 취하질 않아. 그게 문제야. 그게 바로 내 문제지.

누나 안주 좀 가져올게요.

아주머니 아냐, 아냐. 됐어. 그냥 앉아 있어. 아참. 그럴 게 아니라 내가 안주를 챙겨와야겠다. 뱀술엔 뭐가 좋을래나. 개구리?두꺼비? 아니 닭 한 마리 잡아올까? 아무튼 있어봐, 잔뜩 챙겨올 테니까 기다려. 조금만 기다려.

동생 예썰.

아주머니 콩이 오면 꼭 잡아두고.

누나 네.

아주머니 (나가려다가 돌아서서 뱀술을 가리키며) 다 마시지 마. 내가 찜했어.

아주머니 나간다.

동생 와~ 아줌마는 아직도 왈가닥 처녀 같애. (하이파이브를 혼자 해 보며) 이거 잊어버린 줄 알았는데 아줌마만 보면 자동으로 나오네.

누나	되게 반가우신가보다.
동생	내 존재감이 좀 그렇지. 안보면 보고 싶고 옆에 있으면 잡고 싶고. 한마디로 미친 존재감이라고나 할까.
누나	(웃는)
동생	근데 고양이가 자주 와?
누나	담이 이어져 있으니까 가끔.
동생	민정인 고등학교 졸업했나?
누나	올해 대학 졸업하시네요.
동생	벌써? 충격이다 충격. 걔 초등학교 때 크면 나랑 결혼한다고 막 그랬었는데.
누나	편의점 보고 있다니까 달려가 브든가.
동생	안돼 안돼. 옆집오빠 フ-오가 있지. 와… 시간 빠르다 빨라. (누나를 쳐다보는)
누나	왜?
동생	나도 한 잔 따라 줘봐.
누나	진짜?
동생	어.
누나	뱀술이야. 독사. 니가 제일 무서워하는.
동생	(잔을 내밀며 따라보라는 시늉)
누나	술도 못하면서. 머리 아플 텐데.

누나가 술을 따른다.

동생	(마신다. 인상을 찌푸리는. 헛구역질 하지만 참는) 맛있네. 한 잔 더.
누나	너 이러다 응급실 실려가.
동생	걱정마. 고등학교 때나 응급실에 실려 갔지, 다 옛날 이야기네요. 나도 내일이면 삼십대 꺾어지거든요.

누나　　　내 동생이 언제 이렇게 나이를 먹었대? 하지만 술은 나이하고
　　　　　상관없어. 체질이거든. 난 아빠씨 체질. 넌 엄마씨 체질.

동생　　　… 엄마도 술 잘 마셨을 걸.

누나　　　마시는 거 본 적 있어?

동생　　　아니. 그랬을 거 같애.

누나　　　엄마는 술 한 잔도 못 마셨어.

동생　　　….

누나　　　… 내일 아버지 병원에 모셔놓고 바로 올라갈 거야?

동생　　　봐서.

누나　　　시간 되면 며칠 더 있지.

동생　　　가봐야지.

누나　　　유진이가 기다려?

동생　　　그건 아니구….

누나　　　같이 오지. 하긴 이런 일로 같이 오는 건 아니겠다.

동생　　　우리 헤어졌어.

누나　　　헤어져? 왜?

동생　　　(어깨를 으쓱해 보이는)

누나　　　싸웠니?

동생　　　….

누나　　　만나다보면 싸울 수도 있지. 오랫동안 같이 살았는데.

동생　　　그런 게 아니라… 유진이가 가정을 꾸리고 싶어 해서. 그냥 같
　　　　　이 사는 거 말고 진짜 가정이 갖고 싶대….

누나　　　니들도 결혼할 때 됐지.

동생　　　같이 산다고 결혼하나… 어떤 이유로든, 모두가 불행해지는
　　　　　걸 왜 되풀이해야 하는지 모르겠어. 그리고 나, 부모 같은 거
　　　　　되고 싶지 않아 …. 누나….

동생　　　시간이 좀 필요해, 나한텐.

누나   ….

동생   (말 돌리며) 그런데 한석이 형은 온다 안 온다 전화가 없냐. 내
      가 이렇게 기다리는데.

누나   … 안 올 거야.

동생   왜 안 와. 내가 이렇게 기다리는게.

누나   니가 기다린다고 꼭 와야 하는 건 아니잖아.

동생   와야지. 누나한텐 헤어진 남자친구지만, 나한텐 피로 맺은 의
      형제라구.

누나   (실소하며) 사고치고 돌아다니다 다쳐서 흘린 피도 피는 피니
      까.

동생   남자들의 의리를 이렇게 몰라주네. 한석이 형한테 권투 배울
      때가 재밌었는데. (주먹을 뻗어보며) 원 투 원 투, 레프트 라이
      트 훅.

누나   ….

동생   아, 출출하네.

누나   (일어서서 진열장 쪽으로 가며) 라면 먹을까?

동생   어. 오랜만에 누나가 끓어주는 라면 좀 먹어볼까.

진열장 뒤편에서 냄비를 꺼내 물을 담는 누나.
냄비를 난로 위에 올리고는 라면을 가져와 앞에 늘어놓는다.

동생   영양사가 인스턴트식품을 이렇게 구비해 놓고 살아도 되나?

누나   영양사도 먹고 싶은 거 먹어야지. 있잖아, 우리 구청 식당밥
      진짜 맛없다.

동생   누나가 식단을 짜니 어련하겠어.

누나   이건 비밀인데, 내가 십 년째 같은 식단을 돌리고 있거든.

동생   그건 좀 심하다, 십 년씩이나. 그런 데서 성격 나온다니까.

누나	(라면을 고르는) 어떤 것을 끓일까요 알아 맞춰봅시다 딩동댕. 대관령 삼양라면.
동생	(오래된 난로를 보며) 물이 끓을까?
누나	그럼. 얘도 난론데. 원래 라면은 난로에 끓여야 제 맛이야.
동생	불가능해 보여.

누나, 냄비의 물을 뚫어지게 바라본다.

동생	뭐 하는 거야?
누나	보는 거야.
동생	왜 그렇게 뚫어져라 보는데.
누나	(주문을 외우듯) 끓어라. 끓어라. 끓어라. 너도 따라해 봐. 물을 뚫어지게 보면서 물이 끓는 모습을 머릿속으로 상상하는 거야. 그러면 물이 훨씬 빨리 끓는다. 끓어라. 끓어라. 너도 따라 해 봐.

둘은 함께 냄비 속의 물을 뚫어지게 본다.

누나·동생	끓어라 끓어라 끓어라 끓어라 끓어라 끓어라….
동생	(뚫어지게 보며) 끓어라 끓어라 끓어라 끓어라 끓어라 끓어라…. 언제까지 해야 돼? 힘드네.

동생 일어나 벽에 걸린 괘종시계 앞으로 걸어간다.
시계를 바라보는 동생.

누나	(혼자 주문 외듯) 끓어라 끓어라 끓어라….
동생	(시계추를 보다가) 똑딱 똑딱 똑딱 똑딱. 누나, 태엽 감는 거 어

딨어?
누나   그 위에. 끓어라 끓어라….

핸드폰을 꺼내 시간을 확인하고, 덤춰있는 괘종시계의 시침과 초침을
맞춘다.
태엽키를 시계에 꽂고 힘주어 꽉꽉 감는 동생.

누나   배터지겠다. 그만 감어.
동생   (감으며) 많이 많이 먹어라. (태엽이 툭 부러지는 소리) 어라?
누나   그럴 줄 알았어.
동생   밥을 너무 많이 줬나?

동생이 끊어진 괘종시계의 태엽을 계속 감아본다.
헛돌아가는 태엽 감는 키

동생   (괘종시계 옆에 서서) 9시를 알려드립니다. 땡~ 땡~ 땡~ 뻐꾹,
         뻐꾹, 에헤헤헤에헤 에헤헤히에헤 헤헤헤헤헤헤헤… (딱따구
         리 웃음소리)
누나   (웃는다)
동생   (소파에 풀썩 앉으며) 이런 데서 어떻게 지냈어.
누나   그런대로 살아져, 변화무쌍한 삶은 아니지만.
동생   스펙타클하지 않은 삶은 개나 줘버려라. 박은수 말씀.
누나   난 감당이 안 돼, 스펙타클 같은 거.
동생   누나랑 난 다르니까. 난 큰 물이 어울리거든. 좀 더 큰 물. 자
         유형이든 배형이든 마음껏 휘저을 수 있는 그런 물이 필요한
         사람이야 난.
누나   너 수영 못했잖아.

동생   배우고 있지, 목숨 걸고. 큰물에서 살아남는 수영법.

누나   (웃는다)

동생   왜 웃어.

누나   너 뭔가에 목숨 걸어봤어?

동생   (머뭇) 누난.

누나   난 없어.

동생   난 걸어봤지. 여기저기 자주 걸어. 목숨을 아주 잘게 쪼개서
         조금씩조금씩 여기저기.

누나   ….

동생   지겹지 않아?

누나   너 떠나기 전에도 그 말 했었어. (흉내 내며) 지겹지 않아? 지긋
         지긋하지 않아?

동생   누나가 왜 이 동네를 떠나지 않았는지 이해할 수가 없어.

         그때, 집으로 들어가는 문 옆에 붙은 붉은 전등이 띵동 하며 켜진다.

누나   아버지 부른다.

동생   (집 쪽을 보며 인상이 변하는) 도대체 이 변덕을 어떻게 감당해야
         하는 거야.

누나   (가려는)

동생   가지 마.

누나   왜.

동생   적응해야지. 불러도 오는 사람이 없다는 거.

누나   적응은 자신이 어떤지 아는 사람이나 할 수 있는 거야.

동생   누나.

누나   왜….

동생   아버지 옆에서… 왜 안 떠났어?

누나   ….

동생   왜 이 동네에서 계속 사는 거야?

누나   한 마디가 듣고 싶어서, 아버지한테.

동생   무슨 말?

누나   그냥 내가 당신 옆에 있어서 다행이었다는 말… 끝까지 그 말
        은 안 하시네.

동생   … 누나.

누나   음?

동생   그린빌리지 말야…요양원. 누나가 걱정하는 것만큼 나쁘지
        않을 거야.

누나   알아.

동생   우리는… 아버지가 우리한테 했던 것보다 훨씬 잘하고 있다고
        생각해.

누나   ….

집으로 들어가는 누나.
난로 위의 냄비 뚜껑을 열어보는 동생.
한동안 멍한 시선으로 냄비 안의 물을 바라본다.
끓어라, 끓어라….

어디선가 들려오는 고양이 울음소리.
동생 두리번거리지만 고양이는 보이지 않는다.

탁자 위의 유선전화기로 전화가 걸려온다.
받을까, 말까 망설이다가 받는 동생.
동생, 잠시 수화기에 귀 기울이다가 확 끊어버린다.
동생의 휴대폰 진동음이 울린다.

발신번호를 확인하자 얼굴이 밝아지는 동생.

동생   형! 어, 형. 응, 어디야? …연락 없어서 혹시나 했는데. 오고 있
        는 거지?… 응? 아, 누나는 잠깐 아빠씨한테. 어, 아직 말 안했
        어. 일종의 서프라이즈지… 형 보고 싶다. 지금 어딘데?… 어.
        눈? 눈 때문에 못 오면 말도 안 되지. 누나랑 내가 얼마나 보고
        싶어 하는데. 진짜야. 나도 보고 싶으니까 빨리 출발해. 밤새
        서 기다릴 거니까 지금이라도 출발해. 형, 형하고 권투 해보고
        싶다. 원 투 원 투 원 투. 어. 빨리 와. 그래.

        동생, 전화를 끊는다.
        다시 고양이 소리.
        동생은 야옹야옹 하면서 낮은 자세로 고양이를 부르며 찾는다.
        누나가 집에서 나온다.

누나   뭐해?
동생   (고양이를 찾으며) 여기 어디쯤에서 고양이 소리가 들려서. 야옹
        ~ 야옹~.
누나   콩인가?
동생   몰라. 안 보여.

        고양이 소리. 야옹~

동생   방금 고양이 소리 못 들었어?
누나   아니?
동생   방금 야옹하고 울었잖아.
누나   못 들었는데.

342

동생   가만가만. 조용히 있어봐.

아무 소리도 들리지 않는다.

동생   이상하네, 안 들리네. 분명히 들었는데.
누나   이제 술 그만해. 내일 은전해야 되잖아.
동생   알았어. 근데 아줌마는 안주 갖고 온다더니 민정이한테 붙잡
         혔나, 왜 안와. 진짜로 개구리 두꺼비 닭 잡으러 간 거 아냐.
누나   니가 술 권하니까 핑계대고 도망간 거지.
동생   아줌마가? 에이. 그건 아니다.
누나   ….
동생   … 아버진?
누나   나쁜 꿈을 꿨나봐.
동생   … 아는 걸까?
누나   … 니가 오기만 하면 금방이라도 일어날 줄 알았는데.
동생   옛날처럼 으르렁대길 바랬단 말이네.
누나   어쩌면.

문 옆에 붙은 붉은 전등이 띵동, 띵동 하며 또 켜진다.
둘은 서로를 쳐다본다.
동시에 한숨.

동생   하루 종일 저 소리 들으면서 어떻게 살아?
누나   … 저게 우리 기억 속에 남게 될 아버지 모습이라고 생각하며
         살아.
동생   (술 한 잔을 입어 털어 넣는다)
누나   ….

동생　참, 한석이 형한테 전화 왔었다, 방금.

누나　…어 …그래?

동생　아직도 출발 안 했다길래 무조건 오라고 했어. 형답지 않게 폭
설 핑계를 대는 거 있지.

누나　….

동생　한석이형 보고 싶지?

누나　잘 지낸대?

동생　아차차. 그건 안 물어봤네.

그때 해금당 전화기의 벨이 또 울린다.
누나와 동생이 전화기를 바라본다.

누나　(전화를 받으려고 한다)

동생　받지 마.

누나　왜.

동생　그냥 받지 마….

누나　….

동생　유진일 거야.

누나　(전화 받는) 여보세요. (동생을 보는)… 응. 여기 있어. 그래. 내
일 올라간다고 하던데. 응. (동생을 보는)… 은수 바꿔줄까? …
받기 싫다고 손을 마구 흔드는데. 그래. 응. … 아니야. 응.
그래….

통화를 끝내는 누나.

누나　너 자꾸 비겁하게 그럴래. (난로 쪽으로 가서 냄비뚜껑을 열어보
는) 안 끓었네….

344

동생   (전화를 의식하며) 유진이 울어? 우진이가 나한테 뭐라 안 그래?

누나   궁금하면 직접 통화를 해보시든가. 석유 좀 가져와. 아냐. 됐
        다. 내가 갈게.

        누나, 집 쪽으로 들어간다.
        또 다시 고양이 소리. 동생 그 자리에서 멈추고 휙 뒤돌아본다.
        살금살금 고양이 소리를 쫓아 진열장 앞쪽으로 간다.
        진열장 틈으로 고양이를 찾고 있는 동생.

누나   (목소리) 참, 나 짐 정리하다가 뭐 발견했다.

동생   뭐?

누나   (목소리) 목소리.

동생   뭐라구?

누나   (목소리) 목소리. 너하고 내 목소리.

동생   그게 무슨 말이야.

누나   (목소리) 너하고 나, 노래하는 거.

동생   그런 게 있어?

누나   응. (석유통을 들고 들어오며)

동생   (혼잣말) 희한하네. 누나만 들어오면 고양이가 딱 멈추고 안 운
        단 말야. 누나, 뭐 참치 같은 거 없어?

누나   냉장고 옆 수납장에.

        동생 집으로 들어가고 누나는 난로에 석유를 넣는다.

누나   혹시나 해서 틀어봤는데, 나오더라구.

동생   (목소리) 진짜 우리 목소리야?

누나   난 아닌 거 같은데, 넌 맞아.

누나, 석유통을 놓고 진열장 뒤 박스에서 카세트라디오와 테이프를 꺼
낸다.
동생이 나온다.
쟁반에 참치캔과 사과 등의 겨울과일을 담아 부엌에서 나온다.
참치캔의 뚜껑을 따 고양이 소리 나는 쪽에 놓아두는 동생.

동생   내 목소리 옛날에도 멋있었나?
누나   (테이프를 건네며) 직접 확인해봐.
동생   (테이프를 받아들곤) 이거 내 글씨야?
누나   (글씨를 보며) 이렇게 못 쓰기도 힘들겠다.
동생   일천구백팔십사년 따뜻한 봄날에 누나와 나.

동생은 카세트에 테이프를 넣고 플레이 버튼을 누른다.

동생   아무 소리도 안 들리는데.
누나   어? 안 나와? 전엔 나왔었는데… 이상하다. (이것저것 버튼을 눌
러본다)
동생   어, 잠깐, 무슨 소리 들린다.

볼륨을 높이는 동생.
작은 소리들이 들려오기 시작한다.
카세트 가까이 귀를 갖다 대는 두 사람.

동생   더 크게는 안 돼?
누나   이게 최대야.
동생   난 역시 어릴 때부터 예능에 끼가 있었어.
누나   원맨쇼다. 아, 내 목소리다. 떨리는 거봐.

346

동생   누난 녹음 좀 한다고 긴장하고 그러냐.

누나   너 재채기 한다. 여기. 들리지.

동생   누난 어릴 때부터 음치였구나.

누나   박자도 안 맞아.

동생   어? 엄마다….

누나   아, 엄마 젊었을 때 이렇게 웃었구나.

잠시 지난날의 소리들에 귀 기울이다가, 어떤 노래(만화주제가)를 따라
흥얼거리기 시작하는 두 사람.

누나   (노래하는) 일어나요 바람돌이 모래의 요정. 이리 와서 들어봐
          요, 우리의 소원.

동생   (이어서 부른다) 우주선을 태워줘요, 공주도 되고 싶어요. 어서
          빨리 들어줘요. 우리의 소원~

누나·동생 (같이) 카피카피 룸룸 카피카피 룸룸 이루어져라~ 모래요정 바
          람돌이 신기한 친구 가자가자 미래로 재밌는 여행….

누나   (노래하다가) 소원을 들어주는 요정이 있을까?

동생   (사과를 깎으며) 있었다면 난 벌써 돈벼락 맞은 만화가가 돼 있
          겠지. 근데 누나, 소원은 이뤄지지 않았을 때만 소원이야 아님
          이루어진 다음에도 소원이야?

누나   이루어진 다음에도 소원이지, 이루어진 소원.

동생   그래? 그럼 누난 간절히 뭘 원해본 적 있어?

누나   글쎄.

동생   누난 꿈이 뭐였어?

누나   언제?

동생   늘. 아무 때나.

누나   넌?

동생　　난 돈 많이 벌고, 성공해서 독립하는 거. 항상 그랬어. 집 떠날 때도.

누나　　난 생각이 잘 안 나는데…, 아 하나 있다.

동생　　뭔데?

누나　　웃지 않을 거지?

동생　　내가? 안 웃지. 누나 꿈에 감히.

누나　　정말이지?

동생　　물론.

누나　　(숟가락을 한 손에 쥐고) 흠… 흠… 지난 주말 서리가 내린 뒤, 오늘 아침 기온이 뚝 떨어진 가운데 내일은 오늘보다 쌀쌀한 날씨가 찾아올 것으로 보입니다. 내일 아침에는 야간 복사냉각의 영향으로 기온이 큰 폭으로 떨어져 전국이 영하권에 들 것으로 전망 되는데요, 특히 강원 산간지방 같은 경우는 오늘 밤 대설특보가 내려질 가능성이 높습니다….

동생　　기상 캐스터?

누나　　(끄덕) 어때?

동생　　뭐라고 대답해야 우리 누나가 좋아할까.

누나　　그런 반응이라면 대답하지 마.

동생　　(키득대며) 나름… 매력 있어.

누나　　안 웃겠다고 했잖아.

동생　　아냐. 이건 웃는 게 아니라… (팡 터지는 웃음) 언제부터야?

누나　　초등학교 때.

동생　　와, 오래된 꿈이네.

누나　　오래돼서 이제 힘없는 꿈이야, 이 난로처럼.

동생　　꿈은 오래될수록 잘 타는 법이지. 마른 장작처럼.

누나　　늙었어, 이젠. 꿈도 나도.

동생　　다시 한 번만 해주면 안 돼?

누나   안 돼.

동생   다시 해봐. 딱 한 번만. 웃지 않을게. 정말이야.

누나   그럼 딱 한번만. (노란 으비를 찾아 쓰고) 음음… 오늘 서울 경
        기 지방에 계신 분들은 많이 놀라셨을 겁니다. 적은 양의 비
        가 내린다는 기상청의 예보와는 달리 많은 비가 쏟아졌죠?
        오늘 하루 동안에 기상청 예보가 12번이나 바뀌었다고 합니
        다. 기상센터 연결해 현재 날씨 상황 어떤지 알아보겠습니
        다. 박소현 캐스터. (몸 방향을 바꿔서) 네. 박소현입니다. (몸
        방향을 바꿔서) 지금 비 내리는 곳이 어디입니까? (몸 방향을 바
        꿔서) 지금은 철원과 영월을 비롯한 강원 일부 지방에 약간의
        비가 이어지고 있습니다. 장마전선에서 동반된 저기압의 영
        향을 받고 있기 때문인데요. 오늘 밤에는 발달된 비구름이
        서울 경기와 강원, 영남지방에 영향을 주겠고요, 중북부를
        중심으로 천둥번개를 동반한 강한 비가 내릴 것으로 보입니
        다. (몸 방향을 바꿔서) 박소현 캐스터, 비가 내일도 이어지는
        겁니까? (마치 뒤 배경에 일기예보 지도가 있는 것처럼, 손을 써가
        며) 내일은 비구름이 모두 해상으로 물러나면서 비가 내리지
        는 않겠습니다. 그러나 내일 밤부터 북상하는 장마전선의 영
        향으로 제주도와 전남 해안에 비가 내리겠고, 이 비는 금요
        일 전국으로 확산돼 토요일까지 이어질 것으로 보입니다.

        눈에 눈물이 글썽글썽 맺히는 누나.
        동생은 그런 누나를 바라보고 있다.

동생   (술잔을 건네는)… 제주도가 아니라 누나 눈으로 장마전선이 북
        상했어.

누나가 술잔을 바닥까지 마시고는 소파에 쓰러진다.
한동안 그렇게.
어디선가 시계 초침소리 들려온다.

동생   (누나의 어깨를 흔들며) 누나… 누나… 괜찮아?

누나   … 이제 기상캐스터 같은 건 꿈꾸지 않아. 이미 오래전에 지워
        버렸어. 꿈 목록에서조차 아득하게 빛이 바랬어.

동생   ….

누나   가끔 생각해. 나의 젊고 빛나던 시절은, 뭔가를 버리고 잊는
        데에 다 바쳐졌다고.

동생   나도 그랬어. 근데… 그냥, 다른 무언가가 될 수 있을 거다, 다
        른 누군가가 될 수 있을 거다… 그러면서 그냥 사는 거지.

누나   그냥 살면 안 되지, 니 인생인데.

동생   그냥이라는 수준을 유지하며 사는 것도 꽤 어렵단 말야.

누나   … 넌 뭐가 되고 싶은데?

동생   난… 내가 아닌 나.

누나   니가 아닌 넌 니가 아니잖아.

동생   그래도 상관없어. 어차피 옛날 내 모습 중에 마음에 드는 부분
        은 별로 없거든.

누나   … 그래서 이제야 온 거야?

동생   ….

누나   ….

동생   내가 밉지?

누나   넌 나쁜 자식이야. 아주 아주 나쁜 놈이야. 세상에 너하고 나,
        단 둘뿐인데….

동생   ….

누나   아무도 없고, 아버지는 나도 못 알아보고… 나쁜 자식.

동생   나쁜 자식….

누나   8년은 너무 길어.

동생   오고 싶지 않았어….

누나   ….

동생   이대로는 돌아오고 싶지 않았어.

누나   왜. 내가 있는데.

동생   누나… 난 여기가… 너가 제일 좋아하는 누나가 있어도 난 여기가 힘들어….

누나   ….

동생   일이 마음처럼 안 풀리면 자꾸 원망을 하게 돼. '니가 그렇지, 너 같은 게 뭘 할 수 있겠어. 마음속에서 그런 질책이 불쑥불쑥 치밀어 올라. 그러고 나면 나조차도 깜짝 놀라는 거야. '그건 아버지가 나한테 했던 말들인데' 하고.

누나   ….

동생   그걸 만회해보려고 뭔가를 하고 또 하고… 자꾸 실패만 거듭되고… 좋아해도 재능이 없어. 내 인터넷만화 조회수는 바닥 수준인 걸. 그마저도 실을 곳이 없어서 구걸하듯 부탁해야 되고. 자꾸만 무력해져서 홈페이지도 폐가 수준이 됐어. 그런데 여길 어떻게 와. 내가 아무것도 변하지 않았는데… 아무것도 아닌 채로 어떻게 여길 와. 아빠씨 통장 훔쳐서 집 나갈 때, 터미널에서 전화했었어, 집으로. 서울 가서 만화가로 성공하면 돈 다 갚겠다고. 나라는 걸 아는 아버지는 아무 말 없이 수화기를 들고 있다가, '일 없다, 넌 이제 우리 집하곤 상관없다' 그러면서 전화를 끊었어. 소리도 지르지 않고 욕도 하지 않았어. 그런데도 난 아버지한테 죽도록 맞을 때보다 더 아파서, 공중전화 박스에 주저앉아 울었어. (술을 한 잔 마신다) 그래도 시간이 지나면 미안했다고 말할 수 있을 거

야…, 용서도 받을 수 있을 거야…, 우린 가족이니까 그럴
수 있을 거야. 그렇게 버텼어. 하지만 그런 시간은 좀체 오지
않는 거야. 나, 누나를 위로해줄 수 있는 가족이 되고 싶었는
데. 한번이라도 좋으니까, 힘든 일 있으면 집에 와서 쉬라고.
아버지한테 그 한마디를 듣고 싶었는데… 아버지 쓰러졌다
는 소식 듣고, 나 핸드폰을 꺼버렸어. 내 인생도 벅차 죽겠는
데, 아버지까지 나한테 무거운 짐을 주는 게 싫어서, 화가 나
서. 요양병원 얘기가 나왔을 때, 사실 마음속으로 '다행이다,
정말 다행이다…', 그러면서 얼마나 안도했는지 몰라.

누나   우린 끝내 아버지 마음을 모르고 헤어지겠지?

동생   설령 어떤 마음이 있었다 해도 표현되지 않으면 의미 없어.

누나   따뜻하게 표현하는 법을 몰랐을 거란 생각은 안 해?

동생   (누나를 보며 그럴 리 없다는 표정을 지어 보인다) 유머감각이 제
로였지. 유머감각이 없는 부모와 사는 건 정말 최악이야. (술
을 한 잔 따르며) …나, …오늘이니까, 오늘 아니면 다신 물어
보지 못할 것 같아서 그러는데… 내가 초등학교 막 들어갔을
때, 누나 왜 나만 여기 두고 엄마하고 산다고 나간 거야. 아
버지하고 그렇게 싸웠고 엄마하고 산다며 가더니, 한 달 만
에 돌아왔잖아. 그리고는 엄마 얘기는 한 마디도 꺼내지 않
았어. 내가 물어봐도 대답해주지 않고, 얘기조차 못 꺼내게
했잖아.

누나   엄마도 아빠처럼 애 키우는 건 서툰 사람이었어. 그래서 널 데
리러 올 수가 없었어.

동생   누나 없는 한 달 동안, 누나까지 날 버렸다는 생각에 내가…
내가 그때… 정말이지 죽고 싶었어. 처음으로 죽음을 생각한
사건이었다구. 겨우 여덟 살에, 인생의 중요한 두 여자한테 버
림 받은 기분을 누나가 어떻게 알겠어… 내가 그때 혼자 뭐하

고 놀았는지 알아? 만화 그렸어. 만화 그리다가 괴로워지면 줄
넘기하고. 내 만화가의 꿈이 거기서부터 시작된 거야. 줄넘기
줄이 2개나 끊어졌었다구.

누나   ….

동생   그때 나와 누나를 바라보던 아버지 눈빛을… 잊을 수가 없
             어… 사랑을 받아도 모자란 우리한테 경멸어린 눈빛이라니….

누나   아버진 평생을 버림받은 남자로 자존심에 상처를 입고 살았으
             니까.

동생   그렇다고 우리한테서 자존심을 보상받으려고 한 건 잘못된
             거지.

누나   그래….

동생   난 누나를 이해할 수가 없어. 아버지랑 자존심 싸움이나 하면
             서 한평생 보낼 거야? 한석이 형이, 누나를 얼마나 좋아했는
             데. 중학생 때부터 누나만 따라 다닌 사람이야. 그런데 어떻게
             그렇게 냉랭할 수가 있냐.

누나   중학생부터 지금의 나까지 알고 있어서 싫었어.

동생   누나가 후회하는 거 보고 싶지 않아.

누나   … 후회해, 이미. 그렇다고 그걸 만회하려고 뭔가를 하고 싶지
             는 않아.

동생   대체 왜 이렇게 돼버린 거야.

누나   어쩔 수 없어. 이렇게 태어나버려서. 이렇게 자라버려서.

동생   그런 말 하지 마. 싫어.

누나   아버지… 이제 오래 못 버텨. 얼마 안 있으면 음식을 삼키는
             것도 잊어버릴 거야. 숨을 쉬는 방법조차 잊어버릴 거야. (술
             한 잔 마신다) 아버지 옆에 끝까지 있으려고 했는데.

동생   누나. 아빠한테서 누나의 자존심을 보상 받으려고 하지 마. 우
             리가 제일 싫어했던 모습이었잖아.

| 누나 | 응. 니가 싫음 이제 안할게…. |
| 동생 | 내가 싫어서 안 하는 게 아니라 누나를 위해서 그래야지. |

그때, 문이 열리고 옆집 아주머니 들어온다.
손에 들린 비닐봉지 안에는 팥죽과 안주들 그리고 술병이 들려 있다.

아주머니	많이 기다렸지?
동생	아, 아줌마 왔다….
아주머니	이거 뭐야. 분위기 침울하네. 소현이 술 마셨어?
동생	우리 누나 술꾼이잖아요. 무조건 원샷.
아주머니	그래. 술이란 게 마실 땐 또 마셔줘야지. (봉지에서 먹을 것들을 꺼내며) 우리 팥죽 먹자. 내가 개구리랑 두꺼비는 아무리 찾아봐도 없어서 된장에 박아둔 당근 짱아찌도 갖고 왔어.
동생	와 팥죽. 누구도 생각 못하는 건데. 뱀술에 팥죽.
아주머니	(기분을 풀어주려) 소현아, 이거 한번 맛봐봐. 내가 만들었는데 맛있다. 너 짱아찌 좋아하잖아.
동생	당근 짱아찌도 있어요?
아주머니	그럼. 밭에서 나는 채소는 죄다 된장에 박으면 얼마나 맛있는데. 오이는 기본이고 당근, 가지, 고추, 마늘, 무. 근데 고구마는 못 먹겠더라. 담그지 마. (동생에게) 짜잔 ~ 오징어순대. 은수 왔다고 해서 만들어뒀다가 방금 쪄낸 거야.
동생	아줌마 짱. 내가 오징어순대 좋아하는 거 기억하고 있었구나.
아주머니	아저씨도 부를까?
동생	자요.
아주머니	(동생 이마의 상처를 보고) 이마는 왜 그래. 다쳤어?
동생	테러 당했어요.
아주머니	아저씨가 또 뭐 던졌구나.

동생　　　와! 족집게시네.

아주머니　이제 성질 좀 죽이시잖고. (누나에게) 요즘에도 약 안 먹고 뱉고
　　　　　그러시나?

누나　　　네.

아주머니　약 꼬박꼬박 먹어야 증상이 늦춰진다던데. 고집 여전하시네.
　　　　　(침울한 소현을 위로하려) ·· 아무튼 잘한 결정이야. 요즘은 시설
　　　　　이 좋아서 뇌졸중, 치매 그런 건 요양원이 낫대. 놀이나 치료
　　　　　프로그램도 잘 돼 있고.

누나　　　….

동생　　　참, 고양이 아직 못 찾았어요?

아주머니　찾았어. 찾았는데, 또 나갔어.

동생　　　또요?

아주머니　바람난 게 틀림없다니까. 아까 전에 우리 가게 앞을 쓰윽 지나
　　　　　가더니 처마 밑에서 다른 고양이들하고 모여 있는 거야. 콩이
　　　　　야 하고 부르니까 쌜쭉하게 쳐다보더니 그냥 가버리는 거 있
　　　　　지. 아주 쌩을 까더라니까.

동생　　　바람난 거 맞네.

아주머니　그렇지? 우리집은 사람도 안 피우는 바람을 고양이가 피고
　　　　　다니네. 이렇게 추운게 싸돌아다닐 수 있는 건 연애질밖에
　　　　　없거든.

동생　　　맞아맞아. 근데 콩이가 예쁘게 생겼나봐요.

아주머니　걔가 날 닮아가지고 지 이쁜 줄을 알아. 걷는 것도 엉덩이를
　　　　　요래요래 해가지고. 아무튼 피울 만큼 피우면 돌아오겠지 뭐.
　　　　　(동생에게) 안 달고 맛있지.

동생　　　살살 녹아요.

아주머니　우리 건배하자. 자, 잔 들고.

동생·누나　(잔을 드는)

아주머니 　새로운 인생을 위하여.

동생·아주머니 　위하여~

동생 　(누나를 보며) 우리 누나를 위하여! 누나, 누나도 한마디 해.

누나 　… 뱀술에 들어가 죽은 뱀을, 위하여!

아주머니 　해금당 아저씨를 위하여!

모두함께 　~위하여!

아주머니 　(누나와 동생의 입에 짱아찌를 손으로 집어 넣어준다)

누나 　맛있다. 이게 또 먹고 싶어지면 어쩌죠?

아주머니 　내가 싸줄게. 우리집 장독에 엄청 많아. 내년에도 후년에도 매
　　　　　년 담가서 공수할 테니까 맛있게 먹기만 해.

동생 　팥죽도 맛있네요. 팥죽도 공수해줘요.

아주머니 　(엉덩이 두드리며) 알았어, 해줄게 해줄게. 맛있지. 아이구, 잘
　　　　　먹는다.

동생 　아하, 또 엉덩이 만지신다. 내 엉덩이 없을 땐 누구 엉덩이 두
　　　　　들기셨대.

아주머니 　아이구, 귀여워죽겠어. 난 딴 엉덩인 안 만져. 성추행으로 고
　　　　　소당하긴 싫거든.

동생 　아줌마 깍쟁이.

아주머니 　한잔 더 줘봐.

동생 　(술을 따른다) 근데 아줌마, 나 궁금한 거 있는데….

아주머니 　(멈칫) 궁금한 거?

누나 　….

동생 　아니, 아니에요. 생각해보니까 안 궁금하다.

아주머니 　… 뭔데 그래.

누나 　(동생을 본다) ….

동생 　팥죽 진짜 맛있다. 오징어순대도 내가 먹어본 것 중에 최고
　　　　　다.

아주머니　우리만 먹을 게 아니라 어르신한테도 팥죽 갖다 주고 와야겠
다. 어르신이 팥죽 귀신이었지 왜. 먹고들 있어. 일어나 계시
면 조금 떠드리고 올 테니까.

동생　아줌마 컵 조심하세요. (던지는 시늉)

아주머니　(피하는 시늉) 내가 순발력 하난 타고 났어.

아주머니, 집 안쪽으로 들어간다.

누나　(뱀술 한잔을 챙겨 일어서며) 나도 잠깐 들어갔다 올게. 아버지
한 잔 드리려.

누나도 집으로 들어간다.

혼자서 팥죽을 먹는 동생

왠지 쓸쓸하다.

거실을 어슬렁거린다. 그러다 박스에서 줄넘기를 본다.

줄넘기를 꺼내 돌려보는 동생.

출입문을 열고 밖으로 나간다.

줄넘기를 하려는데 너무 추워서 그냥 들어온다.

동생　으으으. 추워. 으으 추워.

그때 동생 뒤에서 나는 고양이 소리.

잽싸게 몸을 돌려 보지만 고양이는 보이지 않는다.

동생　(몸을 낮춰 뒤쪽을 향해) 니가 숨바꼭질을 좋아한단 말이지? 여
기 있는 거 다 알아. 빨리 나와 봐. 냐옹~ 쭈쭈쭈쭈 쭈쭈쭈쭈

누나　(집에서 나오며) 뭐해.

동생   쉿. 콩이.

누나   아줌마가 밖에서 봤대잖아.

동생   아냐. 분명히 이 안에 있어.

누나   그럼 콩이 아닌가본데.

동생   이상하네. 누나만 있으며 안 우네.

고양이가 작게 운다. 동생만 듣고 누나는 듣지 못한다.

동생   방금 들었지.

누나   아니. 아무 소리도 못 들었는데.

동생   으으으. 내 팔에 소름 돋는 거봐. 왜 나한테만 들리는 거지? 이
       고양이의 정체는 도대체 뭐냐고요.

누나   (웃는)

동생   근데 왜 그렇게 일찍 나왔어? 아줌마는?

누나   아버지 되게 얌전해. 아줌마가 얘기하니까 조용히 듣고 있길
       래.

동생   하여튼 남한테는 다정다감하다니까. 우리한테 그 반만 했어도
       좋았을 텐데.

누나   팥죽 먹고 아버지 목욕 시켜드려야 해.

동생   그래.

누나   오늘은 니가 목욕시켜드려봐.

동생   뭐?! 안돼. 안돼.

누나   그럼 너도 있는데 내가 해?

동생   내가 어떻게 그걸 해? 못 해. 못 해.

누나   내일까지 목욕도우미 서비스 받을 순 없잖아. 해금당에서 마
       지막 밤인데, 기분 좋게 자야지 아버지도.

동생   난 아빠씨랑 목욕탕 간 적도 없어!

누나   하기 싫어?

동생   그게 아니라.

누나   물 받아 놓는다. (집으로 들어가는)

동생   (누나 뒤에 대고) 바가지르 맞으면 누나가 책임져.

        잠시 고민하는 동생.

        도저히 아버지 목욕을 시킬 수 없을 것 같은 생각이 든다.

        외출복을 주섬주섬 입는다.

        그리고는 출입문을 열고 밖으로 도망친다.

        스쿠터 시동 걸리는 소리. 스쿠터가 부웅~하고 떠난다.

        스쿠터 소리에 누나가 가게로 나와 본다.

        동생이 스쿠터를 타고 도망간 거리를 출입문을 열고 누나가 바라본다.

        누나는 다시 집 안쪽으로 들어간다.

        잠시 후, 아주머니가 집에서 빈 팥죽그릇을 들고 나와 소파에 앉는다.

        그러다 일어나서 난로 위의 냄비를 열어본다.

        냄비 안의 물은 끓지 않고 그대로다. 물을 뚫어질 듯 바라본다.

        그러다가

아주머니   끓어라. 끓어라. 끓어라. 끓어라. 끓는다. 끓고 있다. 부글부
        글. 끓기 시작한다. 오호, 끓는다. 끓는다. 끓는다~

        아주머니의 핸드폰으로 전화가 걸려온다.

아주머니   (핸드폰을 받으며) 왜 또. 갑자기 왜 계산기가 안 열리는데. 뭐
        라구? 알았어. 손님 많아? 알았어. 엄마 지금 중요한 거 하
        고 있으니까, 방해하지 마. 조금 시간 걸릴 것 같아. 그래.
        어? 콩이? 콩이… 아직…알았어. 금방 간다니까.

아주머니, 핸드폰을 끊고, 테이블을 정리한다.
그러다 뱀술 한 잔 마시고, 그리고 가려다가 다시 난로 앞으로 와서
물을 째려본다.

누나 서류 가방 같은 걸 가지고 나오다가 아주머니를 본다.
가방을 소파에 두고 살며시 아주머니 옆으로 다가가 같이 냄비의 물
을 째려보는 누나.

누나　　　아줌마가 바라보면 더 빨리 끓었었는데. 이렇게 같이 보는 것
　　　　　도 마지막이겠죠?

아주머니　에이 무슨 그런 말을, 섭섭하게. 아까 물 받는 거 같던데, 아저
　　　　　씨 목욕시켜 드리려구?

누나　　　네.

아주머니　은수가 애쓴다. 아저씨 목욕시켜드릴 마음을 다 먹고. 기특하
　　　　　네. 근데 은수 어디 갔어?

누나　　　산책한다고, 밖에.

아주머니　도망갔구나. 이눔의 새끼. (밖을 내다보며) 누나 고생은 지가 혼
　　　　　자 다 시키면서, 얼어 죽을 날씨에 가긴 어딜 가. (멀리 불빛을
　　　　　보다가 문득) 아참. 나 편의점에 잠깐 갔다 올게. 계산기가 안
　　　　　열린다고 민정이가. (일어서며) 휴, 이놈의 콩이는 어디서 찾나.
　　　　　민정이는 난리고… 아무튼 금방 다녀올게.

아주머니 나간다.
소파에 앉아 깊숙이 몸을 기댄 채 눈을 감아보는 누나.
어딘가에서 시계들의 초침소리가 들려온다.

잠시 후, 스쿠터가 멈추는 소리.

출입문을 열고 은수가 들어온다.

문을 닫고 문 앞에 서서 추위에 몸을 떠는 동생, 눈을 맞아 머리가 젖
어 있다.

눈을 감고 있는 누나를 잠시 쳐다보고는 아버지 목욕을 시키려는 것
처럼 집으로 들어간다.

누나, 눈을 뜨고 테이블 위에 책자와 서류들을 꺼내 놓는다.

책자를 살펴보다가 서류를 들어 내용을 보는데, 동생이 목욕용 바가지
를 들고 후다닥 뛰어나온다.

동생　　누나, 이 바가지 너무 단단한데 좀 말랑말랑하고 부드러운 바
　　　　가지 없어? 아니다, 됐어. 내가 찾아볼게. 구석구석 찾으면 집
　　　　어딘가 있겠지 뭐.

동생 다시 집 쪽으로 들어간다.

잠시 후 동생이 예물함처럼 생긴 상자를 들고 집에서 나온다.

동생　　누나, 이게 뭔지 알아?

누나　　왜 벌써 나와.

동생　　이거 다락에서 찾았는데….

누나　　다락엔 왜 갔어. 아버지 목욕시키러 들어간 거 아냐?

동생　　나 진짜 아버지 목욕 못 시키겠어.

누나　　왜.

동생　　… 무서워.

누나　　해봐. 앞으로는 하고 싶어도 못해.

동생　　아무리 그래도… 무서운 건 구서운 거고, 못하는 건 못 하는
　　　　거야. 아빠씨랑 나 사이는 이 정도가 딱 적당해. 아빠씨 알몸

은 정말 보고 싶지 않아… 무섭단 말야.

누나   ….

동생   이거 다락에서 찾았는데 누나가 따로 정리해 놓은 거야?

누나   아니.

동생   그럼 아빠씨가 짱박아 놓은 건가 보네.

누나 옆으로 와서 앉는 동생, 상자를 열어본다.
안에 든 것은 시계들이다.
만화 캐릭터가 그려진 전자시계, 케이스에 들어있는 예물시계, 융에
싸인 오래된 중고 시계, 스테인레스 줄로 된 여성용 패션시계 등등.
만화 캐릭터가 그려진 전자시계를 집어 손목에 대보는 동생.

동생   와, 이건 초등학교 때 내가 젤 먼저 차고 다녔던 건데. 우주
소년 아톰. 누나 껀 들장미 소녀 캔디. 여기 있다, 들장미 소
녀 캔디. (캔디 시계를 보며) 여기 캔디 눈에 초침 점이 깜박거
리면 캔디가 윙크하는 것처럼 보였었는데. 아톰은 팔을 뻗는
것처럼 보였고. 지금은 눈도 손도 없어져버렸네. 이건 내가
고등학교 때 차던 거다. (황금색 시계를 손목에 대보며) 으악. 이
무식하게 생긴 것 좀 봐, 누나. (다른 시계들을 꺼내 펼쳐보며)
박은수 중학교 입학. 박은수 초등학교 졸업. 박은수 돌날?
내 돌기념 시계라구? 돌배기한테 시계라니. 그것도 어른 남
자 거야. (다른 시계 천을 들춰보는) 첫애 출산. 이건 누나 건가
본데? 아빠가 된 기념, 스스로한테 하는 선물이었나 보네.
(네모난 케이스를 열어보며) 이건 새 거 같은데. 박은수 취업기
념. (어이없다는 듯 웃으며) 참, 내 거짓말 취업도 기념이 됐네.
… (다른 시계 천을 풀어보는) 2001년 박은수 만화작가 데뷔 기
념….

처음에 신기하게만 시계를 보던 동생의 표정이 점점 변해간다.

누나   은수야.

동생   ….

누나   … 괜찮아?

동생   … 이런 시계나 몰래 두에서 만들고. 무슨 꿍꿍이야. 뭐야, 진
         짜. 구리게.

은수, 어이없다는 듯 웃는다.
그러다 눈시울이 붉어진다

동생   참, 여러 가지 생각하게 만드네….

누나   … 은수야.

동생   ….

누나   너하고 상의할 게 있어. 여기 앉아봐. (책자와 서류들을 동생 앞
         으로 밀어준다)

동생   … 웬 서류들이야?

누나   이거… 같이 하는 게 좋을 것 같아서.

동생   … 뭔데?

누나   입원서류.

동생   (훑어본다) 건강관리 위임장?

누나   (밑에 종이를 가리키며) 이건 사망 선택 유언 자로.

동생   유언은 아버지가 해야지.

누나   … 이건 가족들 동의서. 이제 아버지는 너와 내 허락이 없이
         집에 올 수 없어. 너하고 내 서명이 필요해.

동생   이것들 다 뭐야. 아빠-씨를 마치 죽을 날 받아 놓은 사람처럼
         취급하고 있잖아.

누나   아버지의 마지막을 대비하는 거야. 아버진 이제 자신의 의사
           표현을 정확하게 할 수 없으니까.

동생   이런 것들이? (서류를 읽는) 자해의 위험성이 있을 때는 임의적
           인 조치를 취할 수 있음. (다른 항목을 읽는) 의사의 지시에 따라
           약물은 임의대로 처방할 수 있음.

누나   ….

동생   (약간 흥분하여) 이건 사람을 묶어놓고 아무 때나 약 먹여서 재
           워버린다는 뜻이잖아.

누나   우린 아버질 호텔에 모시는 게 아냐.

동생   몰라. 생각하고 싶지 않아.

누나   ….

동생   생각하고 싶지 않아. 그런 생각하기 싫다구.

누나   ….

동생   (약간 혼란스러운 듯) 잘 모르겠어. 그냥 혼란스러워… 저렇게
           몸도 제대로 못가누고… 병원 침대에 묶어 놓고 아무 때나
           약 먹여서 재워버릴 수 있는 그런 모습이 나의 아버지라면…
           너무 억울하잖아. 내가 보지 않아도 혼자 잘 살고 있으면 내
           가 꼭 잘돼서 저 아버지를 넘어서리라, 이기리라, 그럴 수라
           도 있잖아. 내가 지금까지 아버지 이기려했던 시간과 노력이
           날 너무 허무하게 만들잖아. 너무 억울하잖아. 받아줘야 하
           는 거 아냐. 자기는 나한테 할 거 다 해놓고 내 복수는 받지
           않겠다는 건 비겁하잖아. 이렇게 끝나는 아버지면 안 돼. 아
           버지와 우리는 이렇게 끝나서는 안 돼. 병원에서 이런 식으
           로 끝나서는안 돼.

누나   니 마음 이해해.

동생   우리 아버지가 아니야.

누나   우리 아버지야.

동생	아니야.
누나	인정해.
동생	이게 끝이야? 우리가 도망치려고 했던 그늘이 이렇게 작고 초라했어? 우리 인생을 흔들었던 아버지가, 고통스러울 만큼 막강했던 아버지가 이렇게 사인 하나로 버릴 수 있는 존재였다면, 난 너무 억울해!
누나	…. (아무 말 없이 서류에 사인한다)
동생	누나….
누나	(한장 한장 넘기며 사인하는)
동생	누나…!
누나	이게 끝이야… 어린 시절엔 이유도 모른 채 매를 맞고, 젊을 때는 가치관이 틀려 싸우다 지쳐서 도망치고 그러다 복수를 꿈꾸며 돌아오고… 이게 끝이야, 아버지와 우리 관계는. 니가 바라는 드라마틱한 결말도 없고 극적인 화해도 없어. 그냥 보내는 거야. '아버지, 여기는 우리가 앉아야 할 편안한 소파니까, 저쪽 낡은 소파에 가서 죽음을 기다리세요…' 그렇게 농담 던지듯 보내는 거야….
동생	… 아니야.
누나	은수야, 허탈해도 어쩔 수 없어. 우리가 벗어나려고 했던 그늘이 이렇게 쉽게 사인 한번으로 끝나버리는 것이더라도, 받아들이자. 이게 우리의 삶이니까.

동생의 눈가에 알 수 없는 감정들기 꽃망울처럼 맺힌다.
터질듯 말 듯한 그 감정들을 쓱 문질러 터트려버리는 동생.

| 누나 | 은수야, 니가 한석 씨를 왜 사랑하지 않냐구 물었지? 나 한석 씨 아이 가졌었어. 그때 뱃손의 애기… 내가 지웠어. 그래서 |

헤어진 거야.

동생 … 그게 무슨 소리야?

누나 한석 씨한테 말 안하고 내가 지웠어… 아버지를 이기려고, … 아버지가 틀렸다는 걸 보여주고 싶어서, 내가 그런 거야.

동생 … 누나가? 그럴 리 없어. 누나가… 그럴 리 없어. 왜 그랬어 왜.

누나 … 누구나 부모 될 자격을 가지고 태어나는 건 아니지만, 그래도 부모가 되지 말았으면 좋았을 사람이 있다고 생각했어. 아버지… 엄마… 두 사람이 결혼 따위 하지 않았더라면… 아이 같은 거 낳지 않았더라면… 난 존재하느라 고통스럽지 않아도 됐을 텐데… 그땐 그랬어….

동생 ….

누나 아버지한테 보여주고 싶었어. 자식은 없는 것이 낫다는 말을 평생 입에 달고 살았던 아버지에게 알려주고 싶었어. '난 내 선택으로 부모가 되는 걸 거부할 거예요.' 그건 내가 아버지를 어떻게 생각하는지 말하는 방식 같은 거야. … 아이를 지웠다고 말했는데, 아버진 아무 말도 안하고 방에 들어가 하루 종일 나오지 않았어… 난 처음으로 방문에 대고 소리쳤어. '아버진 왜 자살 안 해요. 늙기 전에 자살하는 게, 인생을 살다 가는 가장 깔끔한 방법이라고 나한테 그랬잖아요. 난 그 얘길 들으며 어른이 됐는데, 왜 아버진 그대로인 거냐구요.'

동생 아…. (통증 같은 신음소리)

누나 '아버지, 당신은 부모가 되지 말았어야 해요.' 그렇게 속으로 외치면서, 아버지와 나의 싸움이 시작됐는데, 이제 잘 모르겠어. 이상한 자존심 싸움이 되어 버려서, 증오가 나를 아버지 옆에 잡아두고… 너도, 누구도, 이젠 나조차도 이해할 수 없게 돼버린 이상한 싸움이 되어버려서. 아무리 싸워도 이기는 사

람이 없는 싸움… 불행히도 난 아버질 닮았던 거야. 그땐 몰랐
는데… 너무도 똑같이 닮아서… 그래서 더 아버지를 이길 수
가 없었겠지.

동생　　…..

누나　　우린 왜 사람으로 태어나서 이렇게 남매로 만났을까? 한 부모
밑에서 자라 어른이 되고, 그 브모 중 하나에게서 버림 받고
또 남겨진 한 부모가 외롭게 늙어가고 아파하는 걸 지켜보
다… 그 부모마저 버리고 배신하고 돌아서고….

동생　　우린 똑같지 않을 거야….

누나　　그렇게 벗어나려고 발버둥쳤는데, 항상 그 자리에서 맴돌고
서로에게 자존심 굽히지 않으려고 싸우고. 이런 게 부모자식
관계인걸까?

동생　　왜 우린 서로에게 위로가 되어주지 못하고 살았던 걸까. 어릴
땐 밤이 늘 무서워서, 이불 속에서 잠들 때까지 누나랑 낱말잇
기를 하면서, 아 내 옆에는 항상 누나가 있구나, 하며 안심하
곤 했는데.

누나　　…..

동생, 해금당을 둘러본다.

동생　　여기를 정말로 떠날 때가 된 건가, 우리가.

누나　　사람은 각자의 알람시계를 하나씩 갖고 세상에 오는지도 몰
라.

동생　　알람시계?

누나　　자기만 아는 시간들. 그것이 기쁨이든 슬픔이든… 알람이 울
리면 사람들은 자연스럽게 그걸 알게 되는 거 같아. 물론 거부
하거나 따르는 건 각자의 마음이겠지.

동생   누나의 시계가 누나한테 떠날 시간을 알려주고 있어?

누나   (웃는다) … 내 시계는 고장인가봐. 사실은 잘 모르겠어.

동생   고장난 시계를 품고 사는 것도 나쁘진 않아.

누나   ….

동생   ….

누나   니 만화… 정말 웃겼어. 재밌었어.

동생   위로하지 않아도 돼. 내 작품이 웃기지도 재미있지도 않다는
       거 나도 잘 아니까.

누나   이번엔 떨어졌지만 다음엔 꼭 될 거야.

동생   … 어떻게 알았어?

누나   저번 주에 유진이한테 전화 했었어. 니가 물류창고에서 일하고
       있다길래 작업은 어쩌고 일을 하냐고 물었더니 얘기해줬어.

동생   돈이 있으면 결혼에 대한 생각이 달라질까 싶어서… 조그만
       사업을 시작했는데 잘 안됐어.

누나   알아… 그까짓 거 갚으면 되지. 그리고 또 뭐든 하면 돼. 어
       깨 펴.

동생   유진이가 나에 대해선 아무 말 안 해?

누나   응. 안 하던데.

동생   ….

누나   오늘 꼭 전화해.

동생   … 그럴게.

누나   ….

동생   나 새로운 거 그리고 있는데, 이번 작품 완성되면 누나한테 꼭
       보여줄게. 나의 자전적 잔혹코믹판타지.

누나   우리 얘기야?

동생   누나와 나의.

누나   (새끼손가락을 내민다)

동생   (새끼손가락을 걸어 약속한다)

문밖에서 아주머니가 기웃기웃 해금당 안을 살피다가 노크를 한다.
누나, 일어나서 문을 열어본다.

누나   아줌마, 안 들어오고 뭐하세요 추운데.
아주머니   어… 그게….

아주머니, 가게 안으로 들어온다.

누나   콩이는요?
아주머니   아직. … 저기 자꾸 마음이 쓰여서 왔어.
누나   뭐가요?
아주머니   은수가 궁금하다고 한 거 말야, 오늘 낮에 편의점에 들러서….

그때 작게 고양이 울음소리가 들린다.
은수, 자신의 뒤쪽 진열장 틈을 들아본다.

동생   방금 고양이 소리 들었어요?
누나   아주머니….
동생   이상하다.

다시 고양이 소리. 이번엔 꽤 크다.
세 사람 동시에 고양이 소리를 듣고 은수가 바라보는 쪽을 본다.

누나·동생·아주머니   (동시에) 콩이다.

아주머니, 진열장 쪽으로 가서 몸을 바닥 쪽으로 붙인다.

아주머니　콩이니? 콩이야. 콩이야, 왜 거기 들어가 있어?

고양이 울음소리.

누나　콩이야. 나와. 콩이야 … 사람이 있으니까 나오기 싫은가 봐요.
동생　사람 집에 얹혀사는 고양이가 사람을 싫어하면 돼?
아주머니　가끔 모른 척하면 옆에 다가와서 몸을 부빌 때도 있어. 그냥
　　뒤보자.
누나　그럼 잠시 무시해볼까요?

아주머니가 진열장에 기댄 채 바닥에 앉는다.
누나도 옆에 기대앉는다.
동생도 아주머니를 중심으로 옆에 기대앉는다.

동생　언제까지 무시하고 있어야 돼?
누나　가만히 있어봐.

누나가 두 눈을 감고 째깍째깍 입으로 소리를 낸다.
동생도 따라 한다. 째깍째깍째깍….

동생　이 자식 안 나올 건가 본데요?
누나·아주머니　쉿.

가만히 앉아 있는 세 사람.
째깍째깍. 시간이 눈처럼 가게 안에 쌓인다.

동생   이렇게 있으니까 좋다.

누나   음. 편안하고.

동생   조용하고. 어디선가 시계 초침소리만 들리고.

아주머니 참 평화롭네.

동생   데자뷰…! 예전에도 이렇게 누나랑 아주머니랑 나란히 앉아
        있었던 거 같애. 언젠지는 기억나진 않지만 언젠가 이랬던 거
        같은데, 언제였지?

누나   … 쉿.

동생   우리, 먼저 말하는 사람이 상대방 소원 들어주기 할까요. 앗,
        방금 내가 한 말도 데자뷰! 내가 누나랑 아줌마한테 이런 말
        했었던 거 같은데.

누나   좋아.

동생   아줌마는요?

아주머니 좋아.

동생   뭐든지 들어주는 거예요, 바람돌이처럼.

아주머니 바람돌이?

동생   네. 우리의 바람돌이. 자, 모두 준비됐죠… 그럼 시이작.

누나   ….

아주머니 ….

동생   ….

        사이.

아주머니 은수야….

동생   어? 아줌마 먼저 말했다.

아주머니 은수야….

동생   벌칙 벌칙. 내 소원 들어줘야 돼요.

아주머니　사실은… 자꾸 마음이 쓰여서… 은수가 궁금하다고 한 거 말
야, 내가 알고 있는 거라면 말을 해줘야겠다 싶어서.

동생　….

아주머니　니들 엄마 말야, 나하곤 8촌 관계라 친척이랄 것도 없지만… 늘
니들한테 미안했었거든. 뭐가 가슴에 얹힌 것처럼 먹먹하고.

누나　… 소식 들은 적 있으세요?

아주머니　처음 몇 해는 가끔 연락이 왔었는데 끊긴 진 오래 됐지. 마지
막 소식 들은 것도 십년 전이야.

동생　… 잘 산대요?

아주머니　… 아니. 잘 못 산대. 혼자 그렇게 나갔는데 뭘 잘 살겠어….

누나　….

동생　….

아주머니　(동생과 누나의 손을 잡는다) 그냥 니들 엄마도 자신의 인생을 묵
묵히 살아가는 거겠지.

세 사람 침묵….

벨소리. 딩동 딩동.
세 사람, 전등을 쳐다본다.

동생　내가 가볼게요.

집으로 들어가는 동생.
누나와 아주머니도 함께 일어난다.

아주머니　이번엔 무시해도 안 나오네. 그냥 냅두자. 떠받들어 줬더니 콧
대만 높아져갖고. 실연의 상처가 아물면 나오겠지 뭐. 아님 배

가 고프든가.

누나   … 아줌마, 고마워요.

아주머니   뭘…?

누나   은수한테 일부러 그렇게 말씀하신 거 알아요. 잘 못 산다고.

아주머니   아 그게….

누나   괜찮아요. 어차피 저도 소식은 몰라요. 그런데 아마 잘 살고
         있을 거라고 생각해요. 어쩌면 더 자유롭게 행복해졌을 거라
         고….

아주머니   그렇진 않을 거야.

누나   그렇다해도 정말 괜찮아요. 이상하게 괜찮아요.

아주머니   우리도 어쨌든 잘 살고 있잖아. 이렇게 그럭저럭.

집 안쪽에서 동생 목소리 들린다.

동생목소리   누나!

누나   왜?

동생목소리   아빠씨 배고픈가봐.

누나   뭐라고?

동생목소리   배고픈가봐.

누나   아까 많이 먹었잖아.

동생목소리   자꾸 뭘 입에 가져가. 통제불능이야. 얼굴이랑 옷에 뭘 잔뜩
         묻혀가지구… 아무러도 아빠씨 목욕 시켜야겠어.

아주머니   감당 안 되나 보다. 내가 들어가 볼게.

아주머니 집으로 들어간다.

가게 안을 둘러보는 누나, 서너 개 남아 있던 벽시계들을 마저 떼어

낸다.

이제 괘종시계 하나만이 벽에 남아 있다.

동생이 태엽을 감다 태엽이 끊어진 괘종시계다.

시계를 한동안 바라보는 누나.

떼어낸다.

창밖으로는 여전히 눈이 소복소복 쌓이고 있다.

진열장 쪽으로 돌아와 노란우비를 입고 카세트를 들고 밖을 본다.

어린시절 소현이 기상캐스터의 꿈을 품고 녹음했던 목소리가 흘러나
온다.

어린소현　흠흠 아아… 저는 8살 박소현이에요. 지난 화이트 크리스마스
에 이어 눈 내리는 연말을 기대하셨던 분들 많으셨을 텐데요,
예상보다 훨씬 많은 눈이 내린 경기 남부와 강원 남부지방에
는 현재도 많은 눈이 내리고 있습니다. 기상센터 연결해 자세
한 눈 소식, 알아보겠습니다. 박소현 캐스터! 지금 눈이 집중
되고 있는 지역이 어딘가요?

누나　(창밖을 보며) 네. 박소현입니다. 지금 눈이 내리는 곳은 경기남
부와 강원남부지역입니다. 오후보다 눈발은 약해졌지만 여전
히 이 지역에는 시간당 20cm 안팎의 많은 눈이 내리고 있습
니다. 대설경보가 발효 중인 경기도 지방은 오늘 밤 사이에 폭
설로 인한 한파가 예상됩니다. 피해 없도록 철저히 대비하시
기 바랍니다.

어린소현　눈이 언제까지 내릴까요, 박소현 캐스터.

누나　(창밖을 보며) 서해상에서 만들어진 눈구름이 동쪽으로 이동하
면서 이번 주말에는 대부분의 눈이 그치겠습니다. 하지만 폭
설이 지나고 난 후에는 세밑한파가 찾아오면서 추위는 계속될
것으로 보입니다. 폭설과 한파 속에서도 고향을 찾는 사람들

의 발길은 끊이지 않고 있습니다. (창가로 다가가서) 지금도 밖
에는 123년 만에 찾아온 대폭설이 세상을 하얗게 뒤덮고 있습
니다.

창가로 다가가 겨울 하늘을 바라보는 누나.
다시 난로가로 돌아와서 난로 위의 냄비를 바라보다, 뚜껑을 연다.
냄비 안의 물을 뚫어질 듯 바라보는 누나.
냄비 안의 물이 끓기 시작한다.
겨울밤이 깊어간다.

— 끝 —

(2011년 가을)

녹차정원

이시원 희곡집 • 1

초 판 1쇄 인쇄   2012년 12월 20일
초 판 1쇄 발행   2012년 12월 25일

글 쓴 이   이시원
펴 낸 이   이정옥
펴 낸 곳   평민사

주   소   서울시 서대문구 남가좌2동 370-40
전   화   375-8571(대표) / 팩스 · 375-8573

평민사 블로그에 오시면 출간된 모든 책을 보실 수 있습니다.
http://blog.naver.com/pyung1976
e-mail: pyung1976@naver.com

ISBN 978-89-7115-593-6   03800

등록번호   제10-328호

값   17,000원

*이 책은 한국문화예술위원회 아르코영아트프론티어 지원금을 받아 출간되었습니다.